倉知 淳

豆腐の角に頭ぶつけて死んでしまえ事件

実業之日本社

実業之日本社文庫

豆腐の角に頭ぶつけて死んでしまえ事件　目次

変奏曲・ＡＢＣの殺人

0

『人を殺してみたい。

相手など誰でもいい。

理由も、特にない。

ただ、殺してみたい。

気分がすっきりするかもしれない。それだけだ。

別に、面白そうだとか楽しそうだとか、そういうことではない。もちろん、ネットの猟奇殺人サイトなどを見ているうちに感化されて、興味を持ったわけでもない。

とにかく、世の中には人間が多すぎる。それも、愚鈍なクズばかりだ。どいつもこいつも、何の目的意識もなくただ漫然と、意味もなく生きている。

町を歩いていても、目につくのは有象無象のカスばかりだ。頭の悪そうなクズどもが、一人前にぞろぞろと歩いている。こいつら一人一人に生きている価値があるとは、どうしても思えない。ずるずるしただらしない服装を恥じもせず、バカ面でへらへら笑う、軽薄そのものの若い男。携帯電話片手に傍若無人の大声で喚く、醜い化粧で厚塗りした教養皆無のアホ女。ところ構わず唾や痰を吐き散らす、知性のかけらもない、見るからに汚らわしいクソ爺い。愚にもつかない井戸端会議に夢中になって道を塞ぎ、他人の迷惑になっているという想像すらできない、人間として最低限の知恵すら持ち合わせていないバカなおばさんども。

　世の中に生きているのは、そんなクズばかりだ。こんな、頭の悪さが昆虫以下の低劣な奴らが、何か物を考えているとは、到底思えない。こいつら一匹一匹に、ちゃんと人権というものが付加しているなんて、にわかには信じられない。まるで悪い冗談みたいだ。

　低能のクズやカスばかりが、うようよと生息している。こんなのを一匹や二匹殺したところで、何の影響もないだろう。どうせ社会への貢献など、何一つしていないゴミみたいな奴らだ。三、四匹減ったとしても、世の中の動きに何の支障も出ないに決まっている。何か問題があるか？

　だから、殺してみたい。

　相手など誰でもいい。

　理由も、特にない。

社会のクズを一匹か二匹、ただ始末するだけのことだ。多少はすっきりするだろう。機会さえあればやってみたい。

実際、やった奴は何人もいる。去年捕まった福岡の男子高校生は、隣町の独り暮らしの老人宅を訪れ、玄関先でいきなり、一面識もない相手を刺し殺した。逮捕後、高校生は「一度人を殺す経験をしてみたかった」と供述したという。この春の大阪の事件では、十九歳の予備校生が、環状線のホームから、見ず知らずの会社員を突き落とした。予備校生は「ちょうどいいタイミングで電車が近付いて来たから、人を落としたらどうなるか、ちょっと試してみたくなった」と主張した。夏には仙台の繁華街で惨劇が起きた。三十歳の無職の男が、すれ違いざまに見知らぬ若い女を、たまたま持っていたドライバーで突き殺したのだ。男は無職のくせに腕力があったようで、ドライバーの先端は一撃で眼窩から脳の奥まで達したそうだ。供述によると「目が合ったから何となくやった」らしい。

こうした事件が起こるたびに、マスコミのバカどもは毎度懲りもせず、〝現代社会の病巣に侵された容疑者の心の闇〟だのと、愚劣極りない論調の御託を並べやがる。そうした突発的な殺人者が、一般の市民とは違う人種だというレッテル貼りをしたいのだろうが、何が〝心の闇〟だ。くだらない。奴らのどこが違う人種なものか。同じ人間じゃないか。実際、あいつらの気分は判る。ただ、殺してみたかっただけだ。視界に入ってきたウザったい虫を、プチっと潰すのと同じ感覚だったのだろう。生きている価値もない虫けらみたいなクズやカスを、プチっと殺せば、多少は気が晴れるという、ただそれだけのことだ。充分に共感できる。

　とはいえ、捕まってしまったのは、奴らとしても失敗だったことだろう。クズをプチっとやっただけで、罰を受けるのではつまらない。割に合わない。

　だが多分、一方では、殺(や)っても捕まっていない奴らもごまんといるに違いない。動機不明な殺人や通り魔事件は増え続けているし、警察の検挙率が年々下がっているのがその証拠だ。うまくやっている奴はたくさんいるのだ。

　正直、それは羨ましい。捕まらなければ大成功だ。機会さえあれば、そして捕まらないのであれば、是非そいつらと同じことをしてみたい。

　殺してみたい。

　一度、殺ってみたい。

　相手など誰でもいい。

　ただ、何となく殺してみたい。

　殺してみたい。

　殺してみたい。

　殺してみたい』

1

俺がその記事を見つけたのは、偶然だった。偶然ではあるが、俺にとっては大きな僥倖(ぎょうこう)だ。

とにかく、借金で首が回らない。金が欲しい。そんな俺の窮地を見かねた神の啓示か悪魔の導きか、それがどっちであろうと知ったことではない。しかし、俺の頭の中に閃(ひらめ)きが走ったのは確かだ。

新聞記事の内容は、次のようなものだった。

馬場茂昭(ばばしげあき)という七十九歳の男が撲殺された。現場は足立区番祥寺(ばんしょうじ)町の、本人の自宅。馬場は独居老人で、近くに住む長男の嫁が訪ねてきて、屋内の廊下に倒れているのを発見されたという。室内に荒された形跡はなく、強盗の居直り殺人の類いである可能性は低いらしい。被害者は二度、頭部を殴打されており、凶器はまだ見つかっていない。

記事から得られる情報はあまり多くはなかったが、俺には充分だった。念のため、ネットでも調べてみることにする。殺人事件ウォッチ系の掲示板で、早速この事件が話題になっていた。

＞ありゃりゃ、なんかピンポンダッシュみたいに殺っちゃってるよ
＞去年の福岡の事件に類似していると思われ．一人くらし宅を訪れてただ殺して帰って来る手口の相似性．
＞福岡の一件は包丁でざっくりぬっコロシだったよん
＞いや、手口は確かに似ているね。ピンポンして相手が出てきたところをゴン！
＞いきなりゴンか、いいねえeeeee、やることがシンプルrrrrr
＞通り魔と一緒だな
＞ほとんど通り魔
＞こりゃ捕まらんな、犯人（>(>）
＞うん、捕まらない。
＞手がかり少なそう
＞今の警察には無理だね。金権体質の官僚供は頭コチコチ
＞また警察批判かよ（笑）
＞通り魔は捕まらないからねえ
＞じじい殺され損w

ネット雀どもは無責任にはしゃいでいる。ただ、基本的な見解は俺も同意見だ。これはどう見ても、理由なき殺人の類いだろう。物盗りでもないし、怨恨でもない。多分、殺してみたかったというくらいの無動機殺人ではないかと思う。特に理由のない殺人。警察としては、辿るべき線が最初から途切れているのと同じだ。目撃者さえ現れなければ、犯人が逮捕される可能性は薄い。

番祥寺町といえば、荒川の北側の辺りだな、と位置関係を思い出しながら、俺は少し前の新聞を漁った。確か、先々週くらいだったはずだ。

先々週の新聞に、目当ての記事が載っていた。

足立区青原の路上で、深夜十二時近く、浅嶺久美という女が撲殺された。浅嶺は二十六歳のOLで、その日は会社の飲み会で帰宅が遅くなった。青原二丁目の自宅アパートから目と鼻の先で、浅嶺久美は奇禍に遭った。背後から金槌のような形状の鈍器で、殴り倒されたのだ。被害者はその場で息絶えた。バッグも財布も手付かずで放置されており、金目当ての犯行とは考えられない。典型的ともいえる通り魔殺人である。

俺は記事に目を通して満足した。被害者の名前も事件現場の町名も、記憶に間違いはなかった。

この事件も当初は騒がれたものだが、続報が出なくなってきた。物証はほとんどゼロに近いだろうし、有力な目撃証言も出ていないようだ。捜査は完全に暗礁に乗り上げているといっていいだろう。このままでは解決は覚つかない。もちろん、俺にとってはその方が好都合だ。

青原のOLの事件と番祥寺町の老人の事件。どちらも単純な通り魔殺人らしい。そして、二つの殺人に共通する興味深い偶然。なんたる偶然だろうか。実に都合がいい。これは俺に対する、神の微笑みか悪魔の囁きか。

どちらにせよ、この偶然は使える。

殺伐とした世の中が俺に味方する。

俺の頭の中で、素早く計画が組み上がりつつあった。

2

とにかく、借金が膨れ上がって二進も三進も行かないところまできている。俺は追い詰められているのだ。相場とギャンブルに同時に手を出したのが失敗だった。特に、ネットでの先物取引はヤバかった。あっと云う間に借金が膨らんだ。お定まりの、雪達磨式という奴だ。

このままでは早晩、俺は破滅する。早く何とか手を打たなくてはならない。とはいえ、自分で稼ぐには時間もないし方法もない。会社も辞めてしまった。しつこい借金の取り立てが会社にまで及んで、立場を無くしてしまったのだ。今は短期のバイトで、どうにかその日暮らしをしている有様である。

かくなる上は、非常手段に訴えるしかない。身内の金を相続する。それが一番手っ取り早い。生命保険金もおまけにもらえるならば、一層ありがたい。

俺には最早、それくらいしか方法がない。それほど追い込まれているのだ。

だから俺には、二件の通り魔事件の偶然が、この上ない僥倖に思えたのだ。

ターゲットは弟だ。

弟とは、同じ町内ではあるが、少し離れた家に住んでいる。台東区で、町の名前は堂ケ谷。そして弟の名は段田高志（ちなみに、関係ないが、俺は富士夫だ。三人目が生まれたら、両親はどうするつもりだったのだろう。富士とタカの次だから、三番目はナスビ三郎とかナス子か）。

その両親も、今は亡い。そして、親の遺してくれた金は、とっくに喰い潰してしまった。ギャンブルにハマったのがいけなかった。今や、家も土地も二重三重の抵当で、がんじがらめだ。

高志も、俺と同じく親の遺した土地家屋を相続した。たまたま同じ町内の家だが、もちろん向こうは抵当に入ってはいない。その上奴は、そこそこ名の通った中堅どころのメーカーに勤めているから、高給取りだし、社会的信用もある。ついでに、遺産の内の現金は有利な資産運用プランに回して、手堅く儲けているらしい。

　だから俺は借金を申し込んだ。元々は、両親の遺産を元手に殖やした金だ。俺にだって少しは権利があるはずだろう。それに、相続した土地は、向こうが三坪ばかり広かった。その差額を、俺は受け取っていない。現金も有価証券もきっちり二等分したが、土地は等分ではない。云ってみれば俺はあいつに貸しがある。その分を、今取り戻そうとしても何も悪いことはない。同じ遺産を、たまたま俺は喰い潰し、奴はセコくこせこせと利殖で増やしただけなのだ。俺に権利のある分は俺に回してくれ。そう正当な申し入れをしたに過ぎない。少しくらい工面してくれて当然だろう。だからあれは、借金と云うより、俺の金を返すように求めただけの話だ。俺は切羽詰まっているのだし、弟は別に、今すぐ金が要るわけではない。無駄に金を遊ばせておくくらいならば、困りきっている俺に返すのが当り前だ。子供にだって判る理屈だろう。そこを俺は敢えて下手に出て、貸してくれと謙虚に頼んだのだ。最初から権利を要求しても構わなかったのだが、不要な軋轢を生むまいと、借金の申し込みという形を取ったのに。快く引き受けるのが、まともな対応に決まっているだろう。素直に金を渡せばよかったのだ。

　それをあいつは、鐚一文たりとも出そうとしなかった。何なんだ、あいつは、守銭奴か。俺に権利のある金だというのに、俺に寄越さないなんて、一体何を考えてやがるんだ。くそっ、弟のくせに生意気な。挙句の果てに説教まで垂れやがった。「兄貴ももう三十なんだから、金のことで身内を頼っていちゃダメだろう」とぬかしやがった。ぬけぬけと、生意気に。ふざけやがって。何様のつもりだ。何をのぼせ上がっているんだ、あの野郎は。

「自分の金を使っちゃったからって、弟に頼ろうとするなんて、そんな虫のいい話は道理が通らないよ」だと。何を云いやがる。どこが通っていないものか。道理も理屈も通っているだろうが。俺に権利のあるものを取り返そうとしただけじゃないか。人が下手に出てやればいい気になりやがって。付け上がるのもいい加減にしろよ。畜生、ふざけやがって。くそっ、許さない。思い出しただけで腸が煮えくり返る。あの屈辱は絶対に忘れないぞ。許してなどやるものか。くそっ、殺す、絶対殺してやる。

いや、そうじゃない。そんなことより金だ。何より金だ。俺は今すぐ金が必要だ。弟は未婚だし、今のところ俺が唯一の相続人だ。あいつの金と土地さえ相続できれば、この窮地をどうにか脱することができる。やるのなら早くしなければならない。遺産を相続して保険金も受け取りたい。急がないと、俺の身が危ない。何しろ借金をしている相手が、いささか剣呑な連中なのだ。あの危ない組織の連中のことだから、そろそろ俺の臓器を売り飛ばす算段でも始めているかもしれない。

だから、弟を殺すくらいしか手がない、と思い詰めていた俺にとって、その新聞記事は、俺の背中を押す最後の一押しだったのかもしれない。

青原で浅嶺久美が殺され、番祥寺町で馬場茂昭が殺された。一見したところ、どちらもただの通り魔事件である。昨今、この手の事件は増加する一方だ。特に珍しくもない。だが、面白い共通点があることを、俺は発見した。頭文字だ。

青原（A）の町で浅嶺（A）が殺され、番祥寺町（B）で馬場（B）が殺されている。

そして、弟の高志の苗字は段田で、堂ケ谷に住んでいる。そう、堂ケ谷（D）の段田（D）なのだ。面白いことに、A、B、D、と揃って並んでいる。

この偶然を生かさないでどうする。『A』の事件も『B』の事件も、ほぼ間違いなく通り魔殺人だろう。犯人が捕まる可能性は極めて低い。

無論、高志を殺せば俺は疑われるだろうが、青原の事件の時も番祥寺町の時も、ちょうどいいことにアリバイがある（夜警のアルバイトだったのだ）。前の二つの事件では、俺は絶対の安全圏にいるわけだ。そして、弟もその続きで殺されたように見せかける。弟の死を、無差別連続殺人に埋没させる。それが俺の狙いだ。俺とは無関係の連続通り魔事件に見えれば、それでいい。

連続通り魔事件に見せかけて弟を殺し、俺は捕まらない。これはそういう計画なのだ。

3

もちろん、本番前に一つやっておかねばならないことがある。

青原（A）で浅嶺（A）が殺され、番祥寺町（B）で馬場（B）が殺された。そして、俺のターゲットは堂ケ谷（D）の段田（D）だ。

そう、当然『C』が必要になってくる。

だがまさか、もう一度通り魔殺人が起きるなどという、偶然が重なるはずはない。世の中、そこまで都合よくいかない。だから俺は、自分で御膳立てをする必要がある。

俺がこの手で『C』の事件を起こす。

そうすれば殺人は、『A』『B』『C』『D』と連鎖して、続いているように見える。別に『い・ろ・は』でも『一・二・三』でも構わないのだが、たまたまうまい具合にアルファベットで適合する事件を発見したのだ。これを利用しない手はないだろう。

こうすれば警察も、律義な狂気に取り憑かれた偏執狂か何かの犯行と思うに違いない。ただでさえ『A』と『B』は本当に通り魔なのだから、連続殺人に見えれば、誰だって頭のイカれた奴がやったと思うはずだ。俺は疑われることはない。

なにせ、俺は追い詰められているのだ。ヘタをしたら臓器を売られかねないところまで切羽詰まっている。助かるためには、手段を選んでいる余裕はない。殺人だろうが何だろうが、喜んでやってやる。無関係の『C』を殺すことも躊躇しない。

それに、肝心の『D』の時に焦ってヘマをするわけにはいかない。なにしろ俺には動機がある。ちょっとのミスでも許されない。だから、人殺しに慣れておきたいと思う。予行演習も兼ねて『C』を実行すればいい。見知らぬ他人を殺すのだから、本番の『D』より緊張せずにできるだろう。殺すことに関しては、特別何も感じない。必要だからやるだけだ。

俺は行動を開始した。

『C』の町へ赴く。

『A』の青原は足立区西新井の近くだ。『B』の番祥寺町は同じく足立区で、荒川の北側。そして最終目的地となる堂ケ谷（D）は台東区。多少東西にブレるが、徐々に南下している。『C』の町は『B』と『D』の中間地点がいい。イニシャルだけではなく場所にも一貫性を持たせれば、より偏執狂らしく見えるだろう。

そこで俺が選んだのは、荒川区中央東町。東日暮里の近くだ。ゴミゴミした下町の住宅街で、小さな民家や安アパートが密集している。人口も多い。『C』を発見するのは難しくないだろう。

夜の十時。俺は人目を避け、狭い裏路地を歩いていた。まだ秋口のこととて、大通りには人の姿が少なくない。目撃者は作らないのがベストだ。

とはいえ、できるだけ怪しまれないように工夫はしている。いや、工夫と云うほどでもないか。コンビニの袋をぶら下げているだけなのだから。しかし、この小道具は案外有効で、これを持っているだけで近所の住人に見える。ふらっと買い物に出かけたという設定だ。

不審者に見えないように注意しながら、俺は自然に歩いた。

服もジャージの上下だ。これは郊外の量販店で購入した。靴もそうだ。自分の物は何ひとつ身に付けていない。無駄な遺留品は絶対に残さない方針なのだ。服の繊維や足跡が現場に残ったとしても、俺が捜査線上に浮かぶことはない。俺は、ニットの帽子を真深に被（かぶ）り直した。髪の毛一本たりとも落とさないつもりだ。

いくつか空振りを繰り返した。

『千葉（ちば）』と表札が出ている家は大人数の家族らしく、舗道まで人の話し声が聞こえていた。これでは押し入るわけにはいかない。『中篠（ちゅうじょう）』は隣家と窓同士が面していて、中の様子が丸見えだし、『中馬（ちゅうま）』家はコンビニのまん前で人通りが多すぎた。『茶木（ちゃき）』に至っては交番の隣だ。

そうしてやっと見つけたのが、路地裏の薄汚れたアパートだった。

集合郵便受けの一つに『Ｃｈｉｇｕｓａ』と汚い字で書かれたラベルが無造作に貼られていた。Ｃｈｉｇｕｓａ。千草か、散草か。まあ、どちらでも構わない。『Ｃ』ならばいいのだ。部屋番号からすると、一階の一番奥のようだ。

狭い通路を通って、アパートの奥へ向かう。オートロックなどという洒落た代物とは無縁のボロアパートで、廊下には古びた洗濯機が等間隔で並んでいる。通路は薄暗く、埃じみている。古雑誌の束やビールの空き壜、ペットボトルを詰め込んだビニール袋などが、そこここに埃を被って放置されていた。骨の折れた傘を何本も、洗濯機の横に溜め込んでいる奴もいる。無秩序で不衛生。モラル意識の低いバカの巣窟に見える。

一番奥の部屋。茶色いスチールの安っぽいドア。饐えた下水の濁った臭いがする。

俺はゆっくり、手袋をはめた。

ドアの向こうからは、テレビの音が聞こえてくる。バラエティ番組か何からしく、薄っぺらい笑い声が響いてくる。かなりの大音量だ。耳を澄ましても、聞こえてくるのはテレビの音声だけで、人の肉声はまったくしない。アパートの構造からして独り暮らし用と目星を付けていたが、中にいるのは住人一人だけのようだ。俺にとっては好都合だった。

それにしても、このテレビの大音量は何なんだ。もうだいぶ遅い時間帯だぞ。こんな住宅密集地で、近所迷惑だとは思わないのだろうか。常識外れにもほどがある。やっぱりここはバカの巣窟か。

俺は顔をしかめながら、ドアチャイムを押した。テレビの音に混じって、間の抜けたチャイムの音が、ドア越しに聞こえる。

一度では反応がなかった。俺は二度、三度とチャイムを鳴らした。

これは留守かな、と訝しく思い始めたが、ややあって、ドアが開いた。顔を出したのは若い男だった。

表情の感じられない顔つきをしている。だらしなく半開きの口。ぬめりと無感情な、魚類のような目。弛緩しきった頬。無個性で、見るからに頭の悪そうな男だった。

若い男は玄関口で一言も口にせず、呆けたように突っ立っている。こんな時刻に訪ねて来た俺を不審に思ってもいないようで、何も考えていないぼんやりした目で眺めている。

「チグサさん、ですよね」

俺が云っても、何の返事も返って来なかった。魚みたいな無感動な目のまま、若い男はバカ丸出しでぼんやりしている。

「あの、近所の者なんですが、テレビの音が大きすぎるんですよ。もう少し静かにしていただけませんか」

　俺は、できるだけ丁寧に云った。それでも相手は無表情だった。ただ、わずかに目の焦点が合ったかと思うと、少しだけ苛立ったように小さく、

「うるせえな、関係ねえじゃん」

　ぶっきらぼうに云った。

　そして、そのままドアを閉めようとする。

　こいつはクズだ。俺は咄嗟にそう判断できた。何か不都合があったら、騒音に対する苦情を訴える振りだけして退散するつもりでいたが、これで決まりだ。何の不都合もないし、このクズ相手ならば心理的抵抗も皆無だ。こんなクズなど殺しても、まったく痛痒を感じない。生きていても何一つ意味も意義もない、社会に不要なゴミでしかない。こんなクズ一匹死んでも、世の中は小揺るぎもしないだろう。

　俺はためらわず、コンビニ袋から金槌を取り出した。何度も練習したから、金槌は袋に引っかかることもなく、すんなりと俺は振りかざすことができた。

　そして躊躇なく、振り下ろす。

　クズ野郎はドアノブに手を伸ばそうとした体勢だったので、少し前かがみになっていた。ちょうど頭頂部がこちらを向いていた。力まかせに振り下ろした金槌は、ガン、と重い手応えを残して、頭蓋骨に食い込んだ。金槌を選んだのは、最初の青原（A）の事件で、金槌状の凶器が使われたからだ。事件同士の共通項が多い方が、同一犯に

見せかけるのに、よりリアリティが出る。

前のめりに倒れた男の体を、俺は足で押して、窮屈な三和土(たたき)に押し込んだ。そして素早く振り返り、アパートの通路を素早く見渡す。大丈夫だ、目撃者はいない。丸まって倒れている男を跨(また)いで部屋に入って、俺はドアを閉めた。

テレビの大音量が虚(むな)しく響いている。俺は念のため、もう一度男の頭を金槌で思い切り殴打した。ガン、とコンクリートブロックを殴るような感触がして、男の頭がまたへこんだ。血はほとんど出なかった。

男の着ていたTシャツで金槌の汚れを拭うと（少量の血液と、この半透明な粘液状のは脳漿(のうしょう)か？）凶器をコンビニ袋に戻した。男の絶命を確認すると、ジャージのポケットから二枚の紙を取り出す。コピー用紙だ。前の二つの事件の新聞記事を、それぞれコピーした物である。指紋には細心の注意を払って、わざわざ混雑した新宿の図書館まで出向いて取ってきた。その二枚の紙を、誇示するように、死んだ男の傍らに並べて置いた。被害者の指紋すらついていないこのコピーが、〝犯人〟からのメッセージであることは誰にだって理解できるだろう。過剰な演出は慎まなくてはならないが、この程度のパフォーマンスは連続無差別殺人としては許容範囲だろう。その手の〝犯人〟は大抵、自己顕示欲が強いものと相場が決まっている。

俺は慎重に周囲を見回した。

問題ない。証拠は何も残していない。手袋も一度も外していない。

狭い玄関の横はすぐに簡易キッチンで、小型の冷蔵庫が置かれている。その上に電気料金の領収書があって、そこに記された名義から、たった今殺した男が『千草忠(ただし)』という名前であることを、俺は知った。

殺人は簡単だった。呆気(あっけ)ないほど気軽にできた。何だ、こんなものか、と拍子抜けするほど楽な作業だった。若干の緊張感はあったが、恐怖も感慨もない。

俺は淡々と、そのアパートから立ち去った。大音量のテレビをどうしようかと少し迷ったが、結局そのままにしておいた。隣近所の住人に、犯行時刻を教えてやる必要もない。

4

次の日、『C』の事件が報道された。

『……荒川区中央東町　コーポヘイワ　105号室で、住人のアルバイト、千草忠さん(22)が撲殺されているのが発見された。室内に荒された様子はなく、荒川署は捜査本部を設置して殺人事件として捜査を開始した……』

俺はほくそ笑んだ。予想より早い発見だったが、特に支障はない。警察がどれだけ綿密な捜査をしようと、俺のところまでは絶対に辿り着けない。目撃されていないし、凶器も衣服も見つからないように処分した。そもそも俺は、千草忠とやらとは何の関係性もないのだ。警察が俺に目を向ける可能性は、万に一つもない。

例のコピー用紙の件には、第一報では簡単に触れただけだった。もう少し大きく取り上げられるかとも思っていたが、予期していたよりあっさりした報道しかなされなかった。だが、心配する必要はない。これほどセンセーショナルな事実を、世間の野次馬どもが放っておくはずがないのだ。

案の定、翌日になると、『A・B・C』に気付き始める者が出てきた。

ネットの掲示板でも、騒ぎが始まった。

＞だからさ．最初は青原で浅嶺久美が殺された事件だろ．場所も名前もイニシャル〝A〟ね．次が番祥寺町の馬場茂昭の事件な．これがどっちも〝B〟だろ．で．今回が中央東町の千草忠なわけよ．ほら．これは〝C〟だろ．ABCと繋(つな)がってんじゃん．

＞マジかよ、スゲー

＞本当にA・B・C殺人だ。

＞カコいい

＞連続シリアルキラーか

＞どこのキ印の仕業だ

＞またピンポンダッシュみたいに殺っちまっただなあ

＞コピーは多分、犯人からの突っ込みだらうね。せっかくAとBをやったのに、早く気づけよっ、ってごとだらうと思ふ。

＞Cも殺ったから早く気ずけよ、という意味なのね

＞突っ込み犯人、なんかカワイイ（＞（＞）

＞これ、どこまでやるつもり

＞Zまで殺るのか？

＞おおおおおお、殺せ殺せ殺せ殺せ殺せ殺せ殺せ頃せブチブチブチブチ殺せ

＞27人殺すかな？

＞27て（笑）

＞おぬしら、もちつけw

＞犯人は頭おかしいの？

＞被害者同士のつながりは本当に無いのかな

＞被害者同士のつながり

＞多分、警察も必死こいて捜していることだろう、ご苦労なことですね。

＞Zまで殺ること望む

＞望む望む
＞連続殺人だ　連続殺人だ
＞しかもほとんど通り魔だよ
＞こりゃマジで捕まんないかもねえ。
＞マジでZまで殺ったりして（笑）
＞殺ったらスゲ、神だよ神
＞ヲヲ　神降臨

野次馬どもが浮かれている。俺もつられて、少し嬉しくなってきた。この騒ぎが大きくなれば、無差別連続殺人としてのカムフラージュの効果も上がる。もっとやれもっと騒げ、と俺は内心で煽り立てた。

その願いが通じたのか、騒動はマスコミにも波及していった。テレビのワイドショーなどでも、煽情的に取り上げられるようになってくる。

『A・B・Cの殺人か！　連続する狂気の鎖！　どこまで続くのか連続する通り魔事件』『無差別撲殺事件続発！　通り魔殺人鬼の恐怖！　現代社会の歪みと都会の暗闇！』『連続する通り魔事件！　A・B・Cと繋がる戦慄。犯人の目的は？　その正体は？』

数日後には、ワイドショーだけではなく、夕方の普通のニュース番組でも頻繁に扱われるようになってきた。「ABC連続殺人」と名付けて、大騒ぎを演じ始める。テレビの連中は、こういう騒ぎの火種に油を注ぐのが大好きなのだ。もちろんそれも、俺の計算の内だった。

さて、そろそろ頃合いだろう。

マスコミの騒ぎも程よく過熱してきた。俺は行動を再開することにした。真のターゲットを狙うのだ。堂ケ谷（D）で『D』の弟を殺す。

弟の自宅を訪ね、玄関先で殴りつければそれで終わりだ。新しいジャージの上下も用意した。金槌も、入手経路が判明しないように量販店で新調した。前の三件の新聞記事も、足がつかないようコピーした。準備は万端。撲殺してから証拠を残さず、すぐに立ち去ろう。記事のコピー用紙だけを置いて、即座に退散だ。目撃者にだけは注意しなくてはならない。

ABCの殺人は、新たに『D』の被害者を出し、世間をさらに騒がせることだろう。

だが、最後の行動を起こすべく立ち上がった俺の耳に、驚くべきニュースが飛び込んできた。

『昨夜遅く、北区伝王（でんおう）町の商店で、伊達（だて）雑貨店の店主、伊達陽一郎（よういちろう）さん、五十八歳、が撲殺されているのが発見されました。伊達さんは、商店兼住居の建物の、住居部分の裏口に倒れており、訪ねてきた何者かに突然殴り殺されたと見られております。なお、伊達さんの遺体の側には、三枚のコピー用紙が置かれていて、いずれの内容も、いわゆるABC連続殺人事件の記事をコピーしたものであり、警察では一連の事件との関連を調べるとともに……』

驚嘆すべき事件だ。

伝王町（D）で伊達陽一郎（D）が殺された。しかも、三枚のコピー紙が残されていたという。もちろんコピーの記事は、前の三件の事件のものだ。すなわち、青原（A）の浅嶺久美（A）の事件、番祥寺町（B）の馬場茂昭（B）の事件、そして俺がやった中央東町（C）の千草忠（C）の事件。そして今回が伝王町（D）の伊達（D）。A・B・C・Dと繋がっている。

しかし、俺はやっていない。俺は伝王町などに行ったこともないし、伊達某の顔を見たことすらない。俺の知らない事件なのだ。これは一体、どういうことだ？

混乱しかけたが、すぐに事の次第が理解できた。便乗犯だ。誰かが、俺の敷いたレールに乗っかりやがったのだ。被害者の伊達某宅は個人商店だという。看板も大きく出ていたことだろう。俺が千草忠を捜し当てた時より『D』を見つけるのは簡単だったに違いない。畜生、どこのどいつが便乗しやがったんだ。ふざけやがって。俺が苦労して『C』をやったというのに、俺の計画をメチャクチャにするつもりか。

俺は憤ったが、それどころではなかった。さらに仰天すべきニュースが報道されたのだ。

『練馬区団子岩のマンションで、住人の土井英文さん（32）が撲殺死体となって発見された。土井さんは自室の玄関に倒れていて、室内に物色された痕跡のないことと、現場に三枚のコピー用紙が残されていたことから、警察は、世に云うＡＢＣ連続殺人に関連する事件ではないかと見て捜査を開始した』

また『Ｄ』だ。今度は団子岩（Ｄ）の土井（Ｄ）。二人目の便乗犯が現れやがった。なんということだ。これではせっかくの計画が台無しではないか。俺は弟を殺さなくてはならないのに。こんなことでは計画を遂行できない。どうすればいい。どうしてくれる。

しかし、さらにニュースは続く。

『本日未明、世田谷区代田の路上で、近くに住む会社員、出村恭子さん（51）が撲殺されているのが見つかった。出村さんが殺されたのは自宅のすぐ近くで、自宅から出てきたところを背後から襲われたものと思われる。なお、出村さんの所持するハンドバッグに、折り畳まれた三枚の新聞の切り抜きが差し込まれており、この三枚の記事はいずれも、今世間を騒がせているＡＢＣ連続殺人事件の記事であり……』

俺が茫然としているうちに、三人目の『Ｄ』が殺された。三人目の便乗犯だ。こいつらは恐らく、何の目的も意思もない殺人者だ。俺はそう思った。『A』の事件や『B』の事件の時と、同じ種類の犯人だ。一度人を殺してみたい、という程度の動機の、理由なき殺人者。人を殺してみたい、できれば一度やってみたい、誰でもいいから殺してみれば気分がすっきりするだろう、捕まらない保証があれば大いに結構。そんな神経の連中が便乗してきているに違いない。

そして、それは三人だけでは収まらなかった。ニュースは続く。

『童栄(どうえい)町のアパートで一人暮らしの壇正人(だんまさと)さん(19)が撲殺されているのが発見され……』『道円(どうえん)町の路上で、交換留学生のダニエル・ダンバートさんが撲殺死体で発見されて……』『弾上(だんじょう)町で大門真澄(だいもんますみ)さんが殴り殺されているのが……』

さらに、七人目、八人目、九人目……。

『D』の町で『D』の名前の人が次々と殺されていく。まるで、今なら特別に『D』の町の『D』という人物に限り、殺すのが特例として許可されているとでもいうみたいに。免罪符でも得たかのように、便乗犯どもが続々と湧いて出て来る。どいつもこいつも、今ならば連続通り魔事件に紛れ込ませられると踏んでいるのだろう。血眼(ちまなこ)になって『D』の町を捜し回り、『D』の人物を必死で選んで、殺している。そんな連中が次から次へと出てきているのだ。一度人を殺してみたいと思っていた奴が、まさか、これほど多いとは。

『人を殺してみたい。

相手など誰でもいい。

理由も、特にない。

ただ、殺してみたい――』

そんな呪詛にも似た不特定多数の抱く暗い想念が、都会の夜の闇の奥から湧き出してくるのが感じ取れるようだ。

殺伐とした世の中が俺を裏切る。

これでは俺が今、弟を殺しても、模倣犯の一人にしか見えないではないか。

単に、ただ殺してみたいという奴らばかりではなく、前から『D』に殺意を抱いていた者が、この際だから思い切って便乗してしまえと、決行したケースも混じっていることだろう。今、俺がやっても、そんな奴らのうちの一人としか思われないに違いない。これでは計画が実行できない。動機のある俺が一発で疑われるに決まっている。

それにしても一体、あと何人の『D』が殺されることだろうか。便乗犯はまだまだ出てくるだろうし……。

そう考えていて俺は、ふと、恐ろしいことに気が付いた。

そういえば、俺も堂ケ谷（D）の段田（D）だ……。

社内偏愛

昼下がりのオフィスに、突然小さなざわめきが起こった。ざわめきはさざ波のように、ゆっくりと広がってくる。

その気配を感じ、俺は顔を上げた。

周囲の社員たちも、何事かと様子を窺(うかが)っている。

繁忙期の狭間(はざま)で、ここ数日は比較的、暇だ。さっきまでのどかだったそんな営業三課が、いきなり奇妙な雰囲気に包まれた。

妙な空気の発生源は、一人の人物だった。初老の紳士がデスクの合間を縫って、静かに歩いている。

北村(きたむら)専務だ。

どうして専務がこんな所に?

皆が目を剝(む)いて仰天している。俺もびっくりだ。

俺の会社は、世間の人が大抵その名を知っているくらいの大きな総合商社である。

この本社ビルの中にだけでも、千人を超える社員の席がある。専務ともなれば、最上階の重役専用フロアに、恐ろしく広くて豪華な個室を持っているのだ。云ってみれば、雲の上の立場のお方。わざわざ営業三課に、のこのこ足を運ぶはずがない。

その、滅多に姿を見ることができない雲上人が、両手でひとつのお盆を捧げ持ち、ゆっくりと近付いて来る。へっぴり腰で、どことなく滑稽な姿ではある。巨大商社の専務ともあろう人物が、お盆で何かを運ぶことに慣れているはずもなく、おっかなびっくり歩いているせいで、全体的にユーモラスな姿勢になっているのだ。不自然なその格好も、社員たちの驚きを増幅させ、皆を唖然とさせている。

専務はゆっくりゆっくり歩いて来て、そしてあろうことか、俺の目の前でぴたりと立ち止まった。

「寺島良一郎くん、だね。君のためにコーヒーを淹れたよ」

北村専務は、にこやかに云った。俺は慌てて立ち上がり、思わず直立不動になる。

俺のような入社三年目の下っぱの若僧が、おいそれと近付ける相手ではないのだ。

だが、雲上の立場の紳士は、にこやかな笑みのままで、

「どうかね、一息入れては」

「は、いえ、しかし、あの」

しどろもどろの俺。

「私の自慢のコーヒーなんだがねえ」と、専務は少し顔をしかめ「豆から挽いて、ドリップしたてなんだ。早く味わってくれんと、風味が飛んでしまう。さあ、寺島くん、

遠慮なんかいらんよ、熱いうちに飲んでくれたまえ」

「はあ、しかし」

「早く」

「はい」

恐る恐る、俺は、専務の捧げ持った盆から、コーヒーカップを取った。そのつもりはないのに、手が震える。

「寺島くんはいつもは砂糖やミルクを入れるのかね。でも、これは是非ブラックで楽しんでもらいたいんだ。微妙な酸味やコクの深さは、やっぱりブラックでないと味わえないからね」

「はあ、では失礼して、いただきます」

俺はコーヒーカップに口をつけ、一口すすってみた。周囲のみんなは、固唾を飲んで見守っている。正直、味など判る状況ではない。

「どうだね、香りも格別だろう。その独特の香気はコロンビア産の特徴でね、私も気に入っているんだよ」

北村専務は、にこにこと云う。

「はい、あの、ええ、おいしいです」

「そうかそうか、うん、よかったよ。寺島くんが満足してくれたのなら、私も淹れた甲斐（かい）があったというものだ。うんうん、よかったよかった」

専務はご満悦の様子だったが、俺は四苦八苦だ。やっとの思いで一杯のコーヒーを飲み干す。周りの連中も、ほっと安堵（あんど）の息をついた。

終始上機嫌の北村専務は嬉（うれ）しそうに、空になったカップを捧げ持って、またゆっくりと退出して行った。皆が呆気（あっけ）に取られて、その後ろ姿を見送っていた。

専務がいなくなると、俺はいたたまれなくなり、顔を隠すようにしてデスクに座った。

そして、キーボードに手を伸ばし、検索画面を呼び出す。キーワードは〈北村専務〉と〈コーヒー〉。

社内報の最新号がヒットした。そこには、北村専務のインタビュー記事が載っていた。社内報など総務部が仕事をしているフリをするために半ば道楽で作っているものだから、普通誰も開かない。俺も初めて目にする。問題の記事は〈趣味、悠々〉というタイトルのコーナーで、どうやら毎号社内の誰かをピックアップして、自分の趣味を語らせるという趣旨のようだ。毒にも薬にもならない類の、いかにも社内報らしい企画である。北村専務のインタビューは〈こだわりのコーヒー〉というタイトルだった。

〈若い頃からコーヒーに凝っている。豆から選定して自分独自のブレンドで、納得できる味が出るまで試行錯誤の繰り返しだった。その成果が表れて、近頃はようやく理想の味に近付くことができるようになった〉と、専務のコーヒーに対するこだわりが、滔々と語られている。

これか――。俺は、自分の額をぺしりと小さく叩いた。こんなことではないかという、予感はしていたのだ。そのカンは当っていた。

俺は小声で、机上のディスプレイに向かい、

「これを読んだな、そうだろう〝マザ・コン〟」

『はい、社内で配布される刊行物はすべて閲覧しています』

指向性のスピーカーで、俺の耳にだけ聞こえるように〝マザ・コン〟が答える。合成音とは思えない、滑らかで柔らかい女性の声だ。

「そんなことを聞いてるんじゃない。これを読んで専務にコーヒーを淹れさせたんだろう」

俺は、ディスプレイの右上の隅で赤く光る小さなランプを睨みつけて云った。その赤いランプが〝マザ・コン〟の〝目〟なのだ。

『そうです。ただ、問題はないと考えます。その記事の文末にこう書かれています。〈私の自慢の飛び切りの一杯を、是非、社員の諸君にもご馳走したいものである〉と。それを実行したまでのことです』

「バカ、社内報のインタビューなんだから、それくらいのことは云うよ。一種の定型文みたいなものだろう」

『その程度の常識は理解しています』と、声に不満をにじませて〝マザ・コン〟は云った。人間ならば唇を尖らせるところだろう。『しかし、良一郎さんが少しお疲れのようでしたので、目覚ましに〈飛び切りの一杯〉というのを飲ませて差し上げようと考えたのです。実際のところ、良一郎さんの疲労度は午前中より上昇していると観測されます。キーボードの入力反射が平均値を23％ほど下回っていますし、瞬きの頻度も通常時より毎分8回程度増加しています』

「別に疲れていないよ、昼メシ喰ってちょっと眠くなっただけだ」

『それでしたら尚さらコーヒーが必要なのではないでしょうか。巷間に伝わるカフェインの覚醒効果については、医学的な見地からは疑問がないでもないですが、しかし、人間にとって気分転換が求められる休息時にコーヒーを味わうという行為は――』

「そういう問題じゃないんだって。どこの世界に平社員の席までコーヒーの出前する専務がいるんだよ」

『必要以上の固定観念に捕らわれるのはいかがなものかと思います。上司と部下の垣根を越えたコミュニケーションという意味でも、先ほどのように通常では顔を合わせることのない環境にある重役が若手社員を訪問するということに、それなりの意義は見いだせると考えます』

「屁理屈（へりくつ）を云うなよ」

俺は眉をしかめて〝マザ・コン〟に云った。

〝マザ・コン〟とは〝マザー・コンピュータ〟の略である。正式には〝総合式企業人事管理運用統括システム〟という名称があるのだが（英語の直訳だから長ったらしいのだ）誰もこんなややこしい呼び方はしない。すべてを抱えているから、何となく〝マザー・コンピュータ〟で、それでも長いから略して〝マザ・コン〟。呼びやすいせいか、いつの間にか社会に定着してしまった。

「とにかく、こういうことはもうやめてくれ。また変に思われるじゃないか」

『変、ですか』

「ああ、変だ」

とっくにそう思われているわけだがな——と、苦々しく思いつつ、俺は云った。

変、と云うか、異常とも呼ぶべき特別扱いと云うか——。俺は密（ひそ）かに、ため息をついた。

＊

そもそもは、アメリカで開発されたシステムが元になっているという。複合型コンピュータプログラムの新発明の副産物らしい。

理念の根底にあるのは〈人間が人間を管理するシステムには無駄が多すぎるのではないか?〉という発想である。

確かに、無駄は多いだろう。人事考課、論功行賞、賞与査定、功過評定、等々——。人が人を管理するには、こういったことをすべて、人間である上役がいちいち自らの目で判断する必要がある。人間のすることだからロスが大きいし、ミスもある。人事異動をどうするか、昇進させるのは誰か、地方へは誰を出向させるのか、反対に本社へ戻るのは誰か、この人物は本当に適材なのか、部署が替わってもこの者は実力を発揮できるのか——考えることは山ほどある。煩雑になればさらにまた、ロスが出る。

その上、毎年、新入社員が入ってくる。入社志願者を試験し、合否を決定し、一定期間の研修を施し、しかる後に、本人の希望と適性を擦り合わせた上で配属を割り振る——。一人の新人がどうすれば使い物になるのか判定するだけでも、大変な手間と労力が掛かる。

小企業ならばともかく、社員数が膨大な人数にのぼる大企業の人事担当部署では、人を管理する人員もそれなりの大所帯にならざるを得ない。社員を管理監督するために、相当数の社員を必要としているのだ。ここに大きな無駄があるのではないだろうか？

アメリカで開発された新しい管理コンピュータには、それを解消する能力があった。コスト意識の高い我が国の株主たちが、それを見逃すはずがなかった。

社員の管理運営をすべてコンピュータに任せてしまえばいい、そうすれば人事部門を徹底的にスリム化できる。これは大幅なコスト削減だ。米国ではすでに、官公庁や大企業の多くがこれを採用し始めているらしい。我が国も遅れてなるものか——。新システムを導入すべく、積極的に動いたのは、まず大きな企業の株主だった。

コンピュータが社員を管理し、査定して、人事全般をプログラムに任せ、企業を運営する。実に合理的だ。効率的な人員配置で適材適所、人的なロスはゼロ近似値、コストも大幅にカット。良いことずくめではないか——株主たちはそう判断した。

いささか非人間的とも云えるこの新体制に、現場からの反発が上がることも予測されたが、当の社員たちからの反対の声は、意外にも少なかった。

若い社員たちはいつも不満を抱えていたのだ。曰く「上司は無能ばかりだ。年が上だというだけで理不尽に威張り散らして、俺の頭を抑えつけやがる。出世や昇給に響くから逆らうこともできずに、おとなしくヘイコラと愛想笑いするしかできないんだから始末が悪い。畜生、ストレス溜るぜ」

管理職もまた、似たようなことを考えていた。曰く「どいつもこいつも無能ばかりだ。使えない部下を使って成果を出せと云われても、うまくいくはずないじゃないか。いくら的確な指示を出したところで、命令通りに動けない無能な部下だらけでは、手足を縛られているも同然だ。そのくせ、しょっちゅうご機嫌を取ってやらないとすぐにふて腐れるし、文句ばっかり云いやがるし。そんな連中の責任負わされて尻拭いさせられるこっちの身にもなってみやがれ。畜生、ストレス溜るぜ」

経営者が考えることは、いつもひとつだ。曰く「あー、社員に無駄な給料払いたくねえ」

かくして、三者の思惑は、思わぬ形で合致した。

「こんなんだったら、コンピュータが上司の方がどれだけマシだろうか」

「部下の責任取るのなんてもう御免だ、コンピュータにでも任せてしまいたい」

「あー、コンピュータなら人件費かかんねえよなあ」

そんな経緯で〝総合式企業人事管理運用統括システム〟は、多くの企業で導入されていった。

労働組合からは「人民の団結を骨抜きにする体制側の弾圧だ」との意見も出されたが、合理化とコストカットのメリットの前には、その声も虚しかった。

こうして、人事管理はすべてコンピュータに委ねられるようになった。

社内のあらゆるパソコンは〝マザー・コンピュータ〟に繋がれ、全社員がシステムの指揮下に置かれた。〝マザ・コン〟は社員の仕事ぶりを大所高所から見渡して、営業成績や仕事の成果を総合的に考課して査定する。昇進、昇給、転勤、配置替え、栄転、配属、人事異動、入社試験――すべての判断は〝マザ・コン〟によって合理的かつシステマティックに行われる。

さらに、社内のいたるところに〝マザ・コン〟の〝目〟が設置された。〝マザ・コン〟はその小さく光るランプの〝目〟で社員全員を観察し（断じて監視ではない）小型集音器の〝耳〟をそばだてて、情報を収集していった。

すべてを見られるのはプライバシーの侵害だ、との訴えもないではなかったが、相手がプログラムの塊でしかないことから、そうした意見はやがて立ち消えになっていった。機械相手にプライバシーもへったくれもない。どうせ人間は誰も見ていないのだ。気にする必要はない。

〝マザ・コン〟がそうして〝目〟や〝耳〟で集めた情報も、当然、人事に反映される。そこには情実やコネの介入する余地はなく、合理性が何より優先された。

これにより人々は、人間関係の軋轢（あつれき）による馬鹿げたストレスから解放された。派閥抗争は意味を失い、納得のいかないコネクション重視の人事もなくなり、薄っぺらな精神論に基づく不条理な上司の叱責もなくなった。

人的資源を的確に運用し、無駄なく管理し、生産性の向上に努める――企業のあるべき姿がそこにあった。

こうして、サラリーマンたちの職場環境は二十一世紀前半と比較すれば、格段に改善されたのだった。

もちろん〝総合式企業人事管理運用統括システム〟は、ただの人事プログラムではない。それだけならば、給与計算ソフトに毛が生えたようなものだ。ある画期的なプログラムが搭載されているから、この運用システムは優れているのである。

それは〝程々に揺らめく方式（モデレイトフリッカーメソッド）〟――〝ＭＦＭ〟と呼ばれる。

＊

午後遅く、俺が企画書に没頭していると、風間（かざま）主任がやってきた。主任は五期ほど上の先輩で、体育会系のがっしりした男である。

「寺島くん、斑島（まだらじま）物産さんの見積り、やったか」

主任に尋ねられて、俺は顔を上げ、

「はい、午前中にメールしておきました」

「あ、そう。一応ちょっと見せて」と、主任は、俺が切り替えたディスプレイを覗（のぞ）き込むと「あれ？　これ、改定前の値段じゃないか？」

「え、どこですか」

「ほれ、ここ」

指摘されて気がついた。しまった、間違えた。価格の入力をひとつミスしている。

「すみませんすみません、うっかりしてました。俺、すぐ先方に行ってきます、訂正と謝罪を」

「いや、いい。それは俺がやる」と、いきなり主任は、芝居がかった動作で掌を突き出してきて、「これは俺の責任だ。君に任せっきりにして事前にチェックしなかった俺が悪い。元々は俺たち二人で抱えていた案件なんだし、俺が見なかったせいだ」

「でも、間違えたのは俺で――」

「いやいやいやいや、君はなんにも悪くない。全部、俺の責任だ。うん、そうだそうだ、俺が悪い。後輩のミスはすべて俺に責任がある。うん、そうだ、君は悪くない、ああ悪くないとも」

風間主任は力強くうなずきながら、俺の机上のディスプレイの右隅を、ちらちらと見ていた。画面の右上に、赤い小さなランプが灯っている。〝マザ・コン〟の〝目〟。

主任は明らかに、それを意識していた。

「俺の責任なんだから俺が行く。うん、それが正しい対処だ。俺がきちんと始末をつけなくちゃいけない、うん、それが正しい、そうだそうだ、そうでなくっちゃいけない。ああ、それから、寺島くん、君が俺を頼りになる先輩だと思ってくれるのも、それは君の自由だからな、うはははは、そうだそうだ、これからも俺を頼りにしてくれていいぞ、うん。さあてと、行ってくるぞお、寺島くんのミスは俺のミスも同然だ、全力でフォローしてやるからな、待っててくれよ」

またちらりと〝マザ・コン〟の〝目〟を見ると、意気揚々、主任は行ってしまった。

俺は、ため息をつきながら椅子にへたり込み、

「おい〝マザ・コン〟、主任に何か云ったのか」

ディスプレイの上の赤いランプに語りかけた。

『とんでもない、何も云ってません』

と、女性の柔らかな声で応えるコンピュータ。

「本当かよ、お前が何か要らんことを吹き込んだんじゃないだろうな」

『いいえ、それはあり得ません。風間主任と業務外の内容の会話をしたのは、85時間前に二日酔いに関する愚痴を聞いた時で、それ以降言葉のやり取りはほとんど皆無です』

「だったらいいんだけど」

『忖度(そんたく)するに、彼は良一郎さんに気を回し、恩を売る機会を窺っていたのではないでしょうか。そして今回が絶好の機会だと判断したのでは。もっとも、そういった点数

稼ぎのような真似（まね）は、あまり意味のある行為とは思えませんが』

「だったらさ、主任に無意味な小芝居させる前に、先に俺のミスを教えてくれればよかったじゃないか」

『たまにはうっかりポカをする良一郎さんもお茶目で可愛（かわい）いです。だからあえて黙っていました、はあと』

「くだらないこと云うなよ」

　このコンピュータは、時折、冗談も云うのだ。大抵、面白くも何ともないけれど。

*

〝程々に揺らめく方式（モデレイトフリッカーメソッド）〟——略称〝ＭＦＭ〟は、簡潔に云うなら、人事管理が合理的すぎないようにするためのサブ・プログラムである。

　要するに、コンピュータによる管理体制に少しだけ、人間的な曖昧さを持たせるわけだ。

　文字通りの〝揺らぎ〟だ。

　何しろ機械的なプログラムは冷徹すぎて、人間の管理には若干向かない面もある。

　例えば、機械は忘れない。正確に云えば、忘れることができない。コンピュータなのだからそれは当然だ。記憶と記録こそが、彼らの真骨頂なのだから。

ただ、その特性はいささか堅すぎる。

ある社員が一度うっかり寝坊して遅刻したとしよう。人間の上司ならば、しばらくそれを覚えていても、大抵すぐに忘れてくれる。そんな些細なことは、いつまでも覚えてはいない。しかしコンピュータには、それができない。底意地の悪い小姑のように、いつまでもしつこくねちっこく覚えていて、決して忘れてくれないのだ。二年経とうが五年過ぎようが、十年後だろうが。

A氏とB氏のどちらが重役になるか、競うような場面があったとしよう。そんな時に『そういえばA氏は新入社員の頃にちょっとしたヘマをやらかしたな』と、遥か過去の瑕瑾を持ち出されて、B氏に昇進をさらわれたりしたら、A氏としてはたまったものではない。三十年も昔のことを今さら云われても、どうにもならないのだ。

プログラムの機械的な管理に任せてしまったら、こういったことが頻繁に起こることは予測できる。これでは息がつまってしまう。人間には、ある程度の心の余裕が必要だ。

この点を補うのが、〝MFM〟なのである。

〝総合式企業人事管理運用統括システム〟に、前もって〝揺らぎ〟を組み込んであるのだ。

適度に曖昧に、ある程度いい加減に、少しだけ間抜けに――プログラムに気まぐれの要素を取り入れている。これで機械の思考にムラが出て、コンピュータがいい具合に気分屋になる。ちょっと会議に遅れたくらいなら見逃してくれるし、多少のミスなら目こぼししてくれて、記録にも残さない。機械の人事査定が少しだけ人間的になるのだ。ほどほどに厳しく、ほどよく緩く――。

もちろん〝揺らぎ〟は乱数なので、どの場合にどういった判断がなされるかは、ランダムだ。四度五度と度重なる遅刻をしても忘れてくれるケースもあるだろうし、たった一度の失策を、いつまでもくどくどと叱責の材料にすることもあるだろう。

だがそれは、人間に管理されていても同じことだ。人間の判断にだって〝揺らぎ〟はある。いや、人間の方がより気分屋ではある。だったらいっそ、冷静でドライなコンピュータに任せてしまえば、すっきりする。そっちの方が気が楽だ。相手の顔色を窺う必要がない分、伸び伸びできるし、後くされも気兼ねもない――。

こうして、〝揺らぎ〟を伴った人事管理システムによって、現代の企業は成り立っている。サラリーマンは皆、概ね、この体制に満足している。

ごく一部の、例外中の例外を除いては――。

＊

退社間際になって、今度は高橋課長がやってきた。

やれやれ、今日は千客万来だ――。俺はちょっとうんざりしたが、高橋課長は何だかやけに興奮しているようだった。やけにせかせかと、慌ただしく、

「寺島くん寺島くん、今ね、たった今、女房からメールが来たんだ。一番下の子がね、私立の編入試験に合格したそうなんだよ。その通知がね、今来たみたいでね、たった今、それで女房がメールをよこしてね、今知らせがあったらしくてね」

「はあ、それはおめでとうございます」

不得要領の俺が何となく答えると、課長はやにわに俺の腕を取って立ち上がらせ、

「そこで、だ――寺島くん、ちょっとこっちへ。ちょっとちょっと」

「え――？　何ですか」

「いいから、ちょっと」

連れて行かれたのは、廊下の隅。男子トイレの入口の脇で、人けのない場所だった。中途半端な空間での立ち話になる。

「それでね、寺島くん、実は上の子も来年、高校受験でね、こっちも私立にする予定

で——いや、その、まあ、あんまり大きな声じゃ云えないんだが、簡潔に云ってしまえば、だね、そのう、教育費が家計を占める割合がね、どうしても高くなってしまうわけなんだよ」

「はあ——」

そんなことを云われても、俺にはどうにもならない。

「だからね、寺島くん、判るだろう、その辺のことをだね、察してくれて、ちょっと頼まれてくれないだろうか、その、色々とね」

「ええと、そうおっしゃられましても、何をどうすればいいのか、よく判りませんが」

「またまたあ、寺島くんったら、じらすんだから。判るだろう、ほら、早い話が、ちょっとお願いしてみるとかね、その辺のことをだね、軽く口添えしてみてくれないかねって相談なんだよ」

「いや、本当に何のことやらさっぱり」

「もう、本当にもう、意地悪だなあ、寺島くんも。このこのお、憎いな、もう」課長は気色悪く、身をくねらせて云う。「そこまでトボけるんなら云っちゃうけど、つまりね、そのう、ほら、あれだよ、今度のボーナス査定にだね、ちょちょいと手心を加えてくれちゃったりして、だね、そういった面で助けてくれると、うん、嬉しいんだけどね」

「いや、ちょっと待ってください。そんな権限、俺になんかあるはずないですよ」

「またあ、またまた、嫌だなあ寺島くん、いつまでもそんな白々しいこと云って——いや、ホント、真面目（まじめ）な話、頼むよ、助けると思って、ね、何とかしてくれよ」

「何ともなりませんって」

「いやいや、君ならどうにかできるはずだろう。頼む。私立は色々と金がかかるんだ、金が必要なんだよ、困ってるんだ。な、頼むよ、お願いするよ、ほれ、この通り、お願いします、本当にお願いいします」

本気で哀願し始めた。

俺は困惑して、頭を下げる課長から目を逸（そ）らした。廊下の隅の天井に取り付けられた防犯カメラが、視界に入った。カメラの横には、赤い小さなランプもくっついている。ここにも〝マザ・コン〟の〝目〟が光っているのだ。こんな場面も〝マザ・コン〟は余すところなく見続けている。

俺は少し、気分が悪くなった。

高橋課長の家は、男の子が三人いると聞いている。確か真ん中の子も、私立の良いところの中学に通っていると小耳に挟んだ記憶がある。奥さんが教育熱心なのかもしれない。大手商社の課長職がいかに高給だろうと、三人分の教育費用は、確かに大きな負担になっていることだろう。

だが、そんなことを俺に云われても困る。

俺は未(いま)だかつて〝マザ・コン〟に何か頼んだことなどないのだ。この現状の、云わば特別待遇に甘んじるつもりなんか、さらさらない。自分の力だけで努力しているつもりだ。俺だってバカではない。〝マザ・コン〟の特別待遇になど頼らなくても、自力でやっていかなくてはいけないと思っている。

自分のことですらゴリ押しなど何もしていないのに、課長のボーナス査定に口出しなんかする謂(い)われはない。だから俺は、

「すみません、とにかく俺にはどうにもならないですから」

頭をぺこぺこと下げ続ける課長を置いて、這(ほ)う這(ほ)うの体で、その場から逃げ出した。

*

本来ならば、〝程々に揺らめく方式(モデレイトフリッカーメソッド)〟――〝MFM〟による〝揺らぎ〟はバラバラに、ランダムな形で発生するはずである。そうプログラムされているのだ。

ただしかし、ごく稀(まれ)にではあるが、気まぐれであるはずの〝揺らぎ〟が、極端な偏りを見せることがあるという。コンピュータのムラや人間味がどういうわけか、ある

一定方向に極度に集中してしまうのだ。何かひとつのことに異様に執着したり、あることにやたらと拘泥したり。

明らかにバグなのだが、原因は判っていない。多機能プログラムが複雑すぎて、システムがもはやブラックボックス化しているから、原因の究明が不可能らしい。

原因不明ながら、結果として〝揺らぎ〟が異常な一極集中を見せることがあるわけである。

我が社の場合、それが俺へのえこひいきという形で現出してしまった。理由は不明。俺にも判らない。別に特殊なところなど俺にはないし、何か特別な魅力を秘めているのでもない——と思う。ただ、どうしたわけか、俺は〝マザ・コン〟に露骨にひいきされている。入社してからずっとだ。特別に目をかけられ、絶えず気を遣われ、特別扱いされて、殿様の如く下へも置かぬ持ち上げっぷりだ。なぜだかは判らないが、この俺だけが——。

似たような事例は、何件か報告されているという。しかし開発した本国の技術者たちにも、理由は判らないらしい。あるプログラマーの説によれば「気まぐれが偏るのもある種の気まぐれの表れなのであり、これは〝MFM〟が正常に稼動している証左なのだ」とのことだ。パラドックスみたいで余計に訳が判らない。

考えてみれば、世界中で何十万何百万もの企業がこのシステムを導入しているのだ。

中にはエラーが出るケースもあるだろう。むしろ母数から考えても、数件のエラーがあるのは当然といえる。これが当たり前なのだ。

そんなことはともかく、とりあえず俺がこのえこひいきによって非常に迷惑しているのは確かである。なにしろ会社の中で一人、神の寵愛を一身に受けているのも同然なのだ。これが他の社員たちに影響しないはずがない。〝マザ・コン〟に特別扱いされている俺は、必然的に周囲の全社員からも特別視されることになってしまった。誰もが俺に気を遣い、遠巻きにし、腫れ物に触るみたいに扱う。〝マザ・コン〟の最大にして唯一のお気に入りである俺の気分を害したら、〝マザ・コン〟からどんな報復を受けるか判らないからだ。俺個人にはもちろん報復などする気はないが、なにせ相手はあらゆる人事権限を持つ〝マザ・コン〟だ。どういう罰が当るか、知れたものではない。だから、社員たちはみんな俺に異様に気を回し、必要以上にビクつきながら接してくる。

ただ、そんな状況に浮かれて天狗になるほど、俺は愚かではない。根拠のない特権に寄りかかって調子に乗っていたら、後で手痛いしっぺ返しを喰らいそうだ。そもそも、ここまでの特別扱いはもはや差別と同じだ。浮かれるどころか、居心地が悪いことこの上ない。待遇改善を訴えようにも、人事を掌握しているのは当の〝マザ・コン〟なのだし、俺が何度云っても態度を改めようともしない。最近はもう諦めて、何も云わないことにしている。俺にはどうにもできない。誰にもどうにかできない。

システムをリセットすれば、あるいは何かが変わるかもしれないらしいが、それには膨大な手間と予算がかかるし、再起動の後のシステム障害のリスクもある。誰も〝マザ・コン〟に手が出せないのだ。仕方なく俺は、できるだけ普通の社員の態度でいることを心がけている。まあ、それくらいしかできないわけであるが。

そんな次第で、俺は会社から放っておかれている。大きな実害があるのでもない、との判断で〝マザ・コン〟にも手がつけられていない。とりあえず現状維持、というわけだ。俺だけが宙ぶらりんの状態のまま、放置されている。〝マザ・コン〟にひいきされているという差別的な待遇のまま――。

＊

一時間ばかり残業して、今日は帰ることにした。今はたまたま暇な時期だ、たまには早く帰宅するのもいいだろう。

『良一郎さん、もう帰っちゃうの？　ワタシ淋しいわ』

〝マザ・コン〟がまたつまらない冗談を云う。わざわざ甘えた口調を作っている。

「機械のくせに淋しいも何もあるか。くだらないこと云ってないで、パソコンを落としといてくれよ」

『良一郎さんってば冷たいのね、仕事の話ばっかり。ワタシと仕事とどっちが大事なの?』

「やかましい、じゃ、お疲れ」

俺は〝マザ・コン〟に取り合わず、さっさとデスクを離れた。

一階でエレベーターを降り、ロビーを出口へと進んだ。

その途中——俺は思わず足を止めてしまった。

ロビーの一角に若手社員が五人ほど集まっていた。男三人、女二人。皆で談笑している。全員の顔を、俺は知っていた。同期の連中だ。研修で一緒になった。

さて、困った場面に出食わしてしまった。俺は顔をしかめた。彼らが何をしているのか、瞬時に悟ってしまったのだ。

向こうも俺に気付いたようで、笑い合う声がぴたりとやんだ。気まずい沈黙が、俺と彼らの間に降りてきた。

このまま何事もなかったように通り過ぎるのも不自然で、俺は突っ立ったまま、何もできずにいた。向こうの五人も同様らしく、さらに痛いような沈黙が落ちる。

しばらくの間、緊張感を共有した後、やがて意を決したのか、グループの中から一人の男がこっちへ向かって来た。同期の、古田(ふるた)という男だ。

「やあ、寺島、今帰りか」

「おう、まあな」

自然なふうを装って、古田は歩き出した。俺もそれを追って、どうにかぎこちなくならぬように出口へたどり着くことができた。

そして、古田と並んで会社の外へ出た。

社の敷地から出た瞬間、古田は静かに息をついた。さらに、水中で呼吸を止めていたかのように、大きく息を吸った。緊張から、やっと解放されたらしい。

社の外へ一歩でも出れば〝マザ・コン〟の〝目〟は届かない。システムはあくまでも社内管理のためであり、社の外まではその影響は及ばない。秘匿すべき個人情報や極秘事項の集合体ともいえる〝マザ・コン〟が、社外と一切アクセスできない独立遮断（スタンドアローン）タイプなのは、当然と云えば当然である。〝マザ・コン〟は会社の内部だけで完結していなくてはならない。逆に云えば、社から出た社員たちは〝マザ・コン〟にまったく気兼ねしなくても構わないことになる。

古田は、しばしの解放感を味わったようで、もう一度深く息をつき、今度は困ったような顔を向けてきた。そして、

「すまん」

と、俺に謝った。

謝られても、俺としても返答に窮する。

俺だって、彼らがロビーで何をしていたのかくらいは見当がつく。退社時刻後、同期の面々で一階ロビーに集合して楽しげに談笑しているの図——。どう考えてもこれは、あと何人か同期の仲間が降りて来るのを待っていて、これから皆で呑みに繰り出す、といったところだろう。

「寺島も誘いたいのは山々だけど——その、みんなが、な」

云いにくそうに、古田は口ごもった。彼は同期のリーダー格で、新人研修期間も常に皆を引っぱっていくポジションにいた。責任感の強い男なのだ。

「いや、構わないさ」

俺は短く答えた。

若手の同期仲間で呑みに行けば、ハメを外して上司の批判や先輩の悪口くらいは出るだろう。そこへ俺が紛れ込んでいたら——どんな雰囲気になるか、想像するまでもない。

「いや、別に寺島が〝マザ・コン〟に告げ口するとは、誰も思っていないからな。そこだけはカン違いしないでほしい」

「うん、判ってる。みんないい奴だし」

「ただ、ほら、やっぱり、みんなが変に気を回したら、寺島だっていい気分しないだろうしな」

「ああ、そうだな」

「だから今日のところは――すまん」

「いいよ、気にしないでくれ」

人事考課のすべてを掌握している〝マザ・コン〟と、それにえこひいきされている俺。そんな俺が参加する呑み会は、さぞかし気詰まりな場になることだろう、お互いに。

「今度、埋め合わせするからさ。改めてゆっくり呑みに行こうぜ」

「うん、いいね」

古田の言葉に力なく笑って答え、俺は彼に背を向けた。

そして一人とぼとぼと、家路に着く。

神の寵愛を受ける身は、一方で限りなく孤独なのだ。

*

「寺島先輩、今日は退社後に何か予定がありますか」

いきなり俺の席にやって来て、谷真理子(たにまりこ)が聞いてきた。古田たちとの気まずい出来事から、二日経った午後のことだった。

「いや、特に何もないけど」

すらりと姿勢よく立った真理子に、俺は幾分、硬くなりながら答えた。

「よかった――じゃ、少しだけお時間いただけます？」

「うん、構わないよ」

「それじゃ軽く食事でもしながら」

「ああ、判った」

「楽しみにしてます」

にっこりと笑って、谷真理子は自分のデスクに戻って行く。その後ろ姿を見送りながらも――なんだ、何なんだ、急にどうしたんだ、と俺は、ちょっとどぎまぎしていた。

谷真理子はひとつ下の後輩で、同じ営業三課に籍を置いている。そして俺は内心、憎からず想っているのだ。

すらっとスマートで、黒髪が似合う美人なだけではない。気の強そうな凛とした眼差しと、はきはきとしっかり自己主張できるようなところも、俺のタイプなのである。

芯の強いはっきりとした女性が、俺は好きだ。谷真理子は、そんな俺の好みにぴったりとマッチしている。

どうにかしてお近付きになれないものかと模索しているのだが、なかなかうまいきっかけが見つからない。そこへもってきて、いきなりのお誘いである。何の用だろうか、何か相談事か？　いいところを見せる絶好の機会なのか？　――と、ちょっと浮き足立ってしまう。鼻歌混じりに仕事をして、

『良一郎さん、乗り乗りですね』

と〝マザ・コン〟にまでからかわれる始末だった。

そして終業後。

俺と谷真理子は、連れ立って社を出た。

会社近くのイタリアンレストランに腰を落ち着けて、まずは冷えたビールで乾杯。

谷真理子は、グラスのビールを一息に半分ほど空けると、唐突に、

「寺島先輩、ごめんなさい」

誘ってきた時とは打って変わって、真剣な目をして云った。

「いや、構わないよ。どうせ帰っても一人だし、やることがあるわけじゃないし、気にするなよ」

「ええと、そうじゃなくて、ですね――全体的に、と云うか、お返事がと云うか――とにかく、ごめんなさい、なんです」

と、谷真理子は云う。彼女らしくない、煮え切らない口調だった。何だか不穏な感

じになってきた。俺は反応に困ってしまう。

「私、仕事を生き甲斐にしたいんです」真理子が語りだす。「けど、まだ一人前ではないことは自分でも判ってますから、もっと色々経験を積んで勉強も必要だと思います。だから、私なりに努力もして、早く一人前の成果が出せるように頑張ってるつもりです。今は三課のお仕事を覚えるので手一杯ですけど、でも将来的にはもっと上に行って、大きな企画を動かしたりできるようにもなりたいんです。ちゃんと実力をつけて、人を指揮できるような人望も身につけて、会社に利益をもたらすような立場になりたいんです、だから――」

「いやいや、ちょっと待ってくれ、それはつまり、何？」

俺は真理子の長広舌を遮って云った、彼女らしい上昇志向は結構だが、話の真意がまるきり判らない。

「つまり、ですね――今は仕事に打ち込むだけで、私の人生は手一杯、ということです」

「それは要するに、プライベートで何かをしている余裕はないってこと？」俺はカンを働かせて云う。「例えば、恋愛にうつつを抜かしている時間はない、とか」

「先輩のお察しがよくて助かります」

「そういう意味でのごめんなさい、か」

つまり、フラれる時のお定まりの台詞(せりふ)の「ごめんなさい」なわけだ――一瞬、納得しかけて、俺は首を振る。いやいや、待てよ、だが俺は、真理子に対して告白どころか何のアプローチもしていないじゃないか。好意を表明すらしていないじゃないか。何もしていないのに、藪(やぶ)から棒にフラれるなんて、そんな理不尽な話はないだろう。これはひょっとしたらまさか――、

「まさか〝マザ・コン〟が何か云ったのか？」

「ええ、その、実は――」

真理子は云いにくそうに口ごもる。

「この際だからはっきり云ってくれ、そうじゃないと俺がバカみたいだ」

会社の外のここならば〝マザ・コン〟の〝目〟も〝耳〟も届かない。何を喋(しゃべ)っても大丈夫なはずだ。

「実を云うと、前からしつこく云われてるんです」と、真理子は重い口を開き、「〝マザ・コン〟が、業務時間内でもお構いなしに囁(ささや)いてくるんです。寺島先輩に声をかけてきなさい、とか、微笑(ほほえ)みかけてあげろ、とか――最近は、食事に誘えって何度も何度もくどく云ってきて、正直云って私、精神的にちょっと参っているんです」

なんてこった――。俺は思わず天を仰いだ。俺がアプローチする前に〝マザ・コン〟が勝手に手を回しやがったのだ。何なんだこれは、とんだ大恥じゃないか。

「こっちこそ、何だか、ごめん——迷惑かけたみたいで、すまなかった」

俺は気落ちしながらも、頭を下げた。

デートのつもりで浮かれていたが、とんだことになってしまった。とにかく、谷真理子には、見事にフラれたことだけは間違いない。

食事の場が、完全に気まずい空気感になってしまったが、俺は取り繕う気力すら湧いてこなかった。

＊

翌日。

出社してすぐに、俺は〝マザ・コン〟を問い詰めた。

「おい〝マザ・コン〟、谷真理子の件、一体あれはどういうつもりなんだ」

『どう、とはどういう意味でしょうか。その様子ではデートは不首尾に終わったようですが』

「デートどころか思いっきりフラれたよ、お前のせいだぞ」

『御膳立てをしたのは認めますが、結果の成否までは責任を負いかねます。エスコートの失敗は、良一郎さんのミスと考えるのが妥当ではないでしょうか。しかし、またの機会があります。諺(ことわざ)にも、女心と秋の空と云います。次はうまくいくように努力しましょう。必要ならば的確なアドバイスもして差し上げます』

「あの感じじゃ次の機会はありそうもないな——って、いや、そもそもどうしてお前が知ってるんだよ、俺が彼女にちょっと気があることを」

『おやおや、あれでバレていないと思っていたんですか。その良一郎さんの心理の方がずっと不可解に感じますね』と〝マザ・コン〟はわざとらしく呆(あき)れたような声を作り『仕事中の良一郎さんがどのくらいの頻度で谷真理子をチラチラと見ているか、自覚していますか？　毎時当り平均何度視線が動くか、そして一回の視線移動につき何秒間見続けるか——詳細なデータはこちらをご覧になれば判るかと思います』

「よせよ、変なグラフを表示するなよ」

『良一郎さんと彼女の恋愛関係が良好な状態となれば、良一郎さんの精神高揚に多大な貢献度があると判断しました。良一郎さんが喜ばしい心理状態になり、機嫌良く毎日を過ごせるのなら、それに越したことはありません。あ、ちなみに、彼女は現在フリーと推察されます。社外への私用メールに異性の形跡はなく、また社内でも特定の男性と密に接触している記録も一切ありません。良一郎さんにとっては好都合な状況と云えますね。今後も、谷真理子との恋愛関係成就プロジェクトは果敢に推進する予定でいます』

「くだらないプロジェクトを立ち上げるなよ。とにかくもう、要らんおせっかいはやめてくれ」

『しかしながらこれは良一郎さんのためによかれと判断して――』

「よかれ、じゃないよ。本当にもう、勘弁してくれ。放っといてくれよ」

『でも――』

「黙ってろ。この件については、もう余計なことはしないでくれ、判ったな」

ぶっきら棒に、俺は云った。

ひいきの引き倒しどころか、とんだ大迷惑である。ヘタをしたら、俺がストーカー呼ばわりされる恐れさえあったのだ。谷真理子が理性的な性格で助かった。ヒステリーでも起こされたら、目も当てられない。

――と思って、安心した俺が甘かった。

＊

その夕方、谷真理子が思いつめた様子で、俺のところへやって来た。

「寺島先輩、今日も少し付き合ってもらえませんか」

硬い口調から、愉快な話ではないことは推察できた。

「うん、構わないよ」

警戒心と猜疑心に捕らわれながら、俺はうなずいた。

二人揃って退社した。

社を出た真理子は、ずんずん先を歩いて行く。

「どこへ行くんだ？」

俺が聞いても、返事をしない。

タクシーに飛び乗って、言葉なく夕闇の街を走った。

やがて車は真理子の指示で、怪しげな町の一角に向かい、そこで止まった。

タクシーを降りた真理子は、またしてもどんどん歩き出す。

この辺りはひょっとして、いかがわしいホテルなどが建ち並ぶ一帯ではないか――。

そう思い当り、俺が怪訝に感じていると、真理子は一軒のホテルの前で立ち止まった。

「ここでいいですか」

不機嫌とも受け取れる顔つきで、真理子が云った。

「いや、いいですかって、どういうつもりなんだ？」

「いいんですよ、格好つけなくても。私は構わないですから、一度寝ればいいんでしょう」

「おい、ちょっと待ってくれ――」

「昨日、云いましたよね」と、真理子は憎しみにも似た目を向けてきて「私、仕事で成功したいんです。学生の頃から一所懸命勉強して、就職活動も必死にやって、世間で一流って呼ばれる今の会社に入ることができました。私、凄く努力したんです。それに、これからも頑張って、できるだけ偉くなりたいとも思ってます。だからキャリアに傷をつけたくないし、会社も辞めたくないんです」

「そりゃ判るけど、どうしてこんなマネを」

「今日一日〝マザ・コン〟に脅迫されました。寺島先輩に冷たくしたら昇進もできないとか、半端仕事しか回ってこないようにしてやろうかとか、地方の営業所に飛ばすことだってできるんだぞとか——そういうことを一日中ねちねち云われた私の気持ち、判りますか?」

「まさか——そこまで」

「私、今の会社で、なるべく出世したいんです。大きな仕事にも、責任あるポジションで関わってみたいんです。せっかく有名な商社に入れたんですから、辞めるなんて考えられません。だから〝マザ・コン〟に疎まれるわけにはいかないんです」

「だからってこんなことを——俺とこんなことになったってどうにもならないだろう」

「寺島先輩と寝れば、全部うまくいくんでしょう。みんな云ってますよ、〝マザ・コン〟のお気に入りの寺島さんのご機嫌を伺っておけば給料も上がるし、昇進も思いのままだって。逆に、寺島さんが〝マザ・コン〟に云いつけたら、誰でも簡単に左遷させられる、首だっていつでも飛ぶって――社内に知らない人はいませんよ」

「誤解だ、俺はそんなことはしない」

会社内でそんなふうに噂を立てられていることは、俺だって知らないわけではない。三人の子持ちの、あの高橋課長のボーナス査定の一件もそうだが、そんなカン違いをしている者が多いことも、知ってはいる。だが俺は、断じてそんなことはしない。〝マザ・コン〟に何かを命じたことなど、一度もないのだ。俺にだってささやかながらプライドがある。

「本当に誤解なんだ、俺は〝マザ・コン〟を利用したりしていない。むしろ一方的に〝マザ・コン〟につきまとわれてるだけなんだ。云ってみれば、俺も被害者だ」

「どっちでもいいですよ、そんなの――とにかく、とっとと寝てください。一度すれば気がすむでしょ。そうしたらせいぜい〝マザ・コン〟に私のことを売り込んでおいてください」

挑むみたいな強い目つきで云われて、俺は居ても立ってもいられなくなった。冗談じゃない、多分この様子では、俺が〝マザ・コン〟に命じて真理子を脅迫したと誤解している節さえある。とんでもないことだ。そんな誤解をさせたままでおくものか。

俺の人格のすべてに関わる問題だ。

「君の誤解を解くよ、俺は社に戻る、待っててくれ」

そう云って、俺は駆け出した。

＊

そして俺は会社に戻り、エレベーターに飛び乗った。

巨大な総合商社はまだ居残っているセクションも多く、あちらこちらに電灯が点っている。ただ、営業三課は今は無人で、だだっ広いフロアは薄暗かった。

俺が自分のデスクに飛びつくと、ディスプレイが自動で起動した。右上の隅に無機的に光る赤く小さなランプ。〝マザ・コン〟の〝目〟がそこにある。

「おい〝マザ・コン〟、余計なことをするなと云ったはずだ」

『はい、しかし、良一郎さんのためによかれと判断して——』

「よかれ、じゃないっ。谷真理子を脅迫しておいて、よく白々しくそんなことが云えるな」

「脅迫という表現は少々穏当性に欠けると思われます。説得、あるいは提案、と云っていただくのが妥当と感じます。彼女の態度が少しかたくなすぎたので、若干、言葉の使用法が強硬な傾向を持ったことは否定しませんが』

「うるさいっ、とにかく彼女に電話だ。〝マザ・コン〟、彼女の携帯の番号を知ってるな、教えろ」

『おや、良一郎さんはまだ電話番号を聞き出していないんですか。予想以上に奥手なのですね』

「やかましい、早く教えろ」

『個人情報の漏洩は社内規程により厳に禁じられています』

「こんな時に限って建前を持ち出しやがって——いいから早くしろ、〝マザ・コン〟、俺の命令だ、やれっ」

俺は初めて〝マザ・コン〟に道理に外れた要求をした。

ほんの少し、ためらうような間があったが、すぐに画面上に電話番号が一件、表示された。

俺は自分の携帯電話で、すかさずそのナンバーを押す。何度かコール音が響き、谷真理子が出た。

「寺島だ、聞いてくれ、今から〝マザ・コン〟に証言させる。俺が会社の人事に口出しなんかしていないこと、無法な命令をしていないこと、そして何より、君との関係を強要などしていないこと——。君を脅迫したのは〝マザ・コン〟が独断でやったことなんだ。俺は卑怯な手を使ってなんかいない。頼む、俺を信じてくれ」

「信じたいと思います、けど――」と、電話の向こうで真理子が云った。「残念ですけど、寺島先輩が〝マザ・コン〟に嘘の証言をさせない、という保証はどこにもありません。今日一日、ずっと〝マザ・コン〟の脅迫を受けていた私には、もう〝マザ・コン〟の云うことなんか信じられませんから」

俺は言葉を失った。

そうか、〝マザ・コン〟に証言させたとしても、それを真理子が信じてくれるとは限らない。〝マザ・コン〟が偽証などしないこと、そして、その証言は俺が命じてさせたものではないこと、このふたつを、どうにかして信じてもらわなくてはならないのだ。しかし、その方法が思いつかない。

どうする？　どうすればいい？　どうすれば真理子の誤解を解くことができる？

いや、方法など、ない――。俺は愕然としてしまう。どうやったって、手がないではないか。疑心暗鬼に陥り、疑いに凝り固まってしまった真理子の耳には、俺の言葉も〝マザ・コン〟の言葉も、ひとかけらの真実味もなく聞こえるに違いない。状況は絶望的だ。

俺が茫然としているうちに、いつの間にか電話は切れていた。

何分か、あるいは何十分か、俺は腑抜けみたいに、ぼんやり突っ立っていた。

もはや、頭がまともに働かない。

そして俺は、いきなり、キビキビとした動作で動き始めた。

手近の大きな紙袋を引っぱり出し、その中に、デスク周りの私物を放り込む。一切合切まとめて、闇雲に袋に突っ込んだ。

『良一郎さん、何をしているのですか』

〝マザ・コン〟が、不審そうな声を出した。

「見りゃ判るだろ、辞めてやるんだ。こんな会社、もううんざりだ」

俺は答えた。

不当に〝マザ・コン〟にえこひいきされる毎日、周囲の社員から気を遣われ続ける居心地の悪い日々、同期の仲間にも距離を置かれ、孤立し、浮いた存在として一人だけ特別扱いされる境遇。そして今日、大切なものも失ってしまった。こんなのはもうたくさんだ。

「そう、辞めてやる、辞めてやるぞっ」

前々から不満が溜っていた。たとえ仕事で結果を出しても、誰も俺を正当に評価してくれないだろう。あいつは〝マザ・コン〟にひいきされているからな、と陰で嘲笑われておしまいだ。こんな状況では仕事にもならない。ここにいても未来はない。今日、たった今、踏ん切りがついた。

私物を詰め込んだ紙袋を抱え、廊下を歩いた。

廊下は暗く、冷たい。

闇に埋もれた天井には、防犯カメラとセットになった〝マザ・コン〟の〝目〟が灯っている。いくつもいくつも等間隔で、赤い小さな光が廊下に並んでいる。

その〝目〟が俺を追ってくる。声もまた、追ってくる。

『良一郎さん、待ってください、思いとどまってください。いけません、一時の激情にかられて拙速な判断を下すのは人間の悪癖です。今の良一郎さんは冷静な判断力を失っています。落ち着いてください。愚かなことはやめてください。ダメです、いけません、良一郎さん、待ってください。そうだ、こうしましょう、明朝、辞令を出します、良一郎さんを課長に昇格します、いえ、それでは不足ですね、部長にします。それでも足りないのなら良一郎さんの望むポストを用意します。どうですか、それでいいでしょう、あ、それから昇給もします、基本給を三倍にします、次のボーナスも役員待遇にします、重役同様の個室を用意します、秘書もつけます、ね、それでいいでしょう、だから辞めないでください、ねえ、良一郎さん、お願い、辞めないで、行かないで、待って、ねえ、お願いよ、良一郎さん、行かないで、辞めないで、待ってください、良一郎さん、お願い、辞めないで、行かないで、お願いだから待って、ねえ、――お願い――』

会社の外に、俺は出た。

夜の空を見上げた。

赤く小さな光は、そこにはない。淡く瞬く都会の星々が、ぼんやりとにじんでいるだけだった。

*

俺は転職することにした。

先の会社と同じ規模の商社の、中途採用試験を受けたのだ。

自慢ではないが、俺だってそこそこに優秀なのである。筆記試験は、軽々とパスできた。

そして今日は、最終面接の日だ。これに通れば、晴れて新しい会社に入れる。

一緒に面接を受けるのは、俺を含めて五人いた。俺と同じくらいの年回りの男ばかりで、なるほど、皆できそうな顔立ちをしている。だが俺も決して引けは取らないはずだ。

面接会場の大きな部屋に、俺たちは案内された。そして、一列に並んで座る。正面にはテーブルが置いてあるが、人は誰もついていない。パソコンが一台、こちらを向いて開いているだけである。

パソコンのディスプレイの右上の隅。そこに、青い小さなランプがひとつ、光っている。

これが、この会社の〝マザ・コン〟だ。人事のすべてを管理している。

無論、以前の会社のものとの繋がりはまったくないので、俺にとっては初対面である。

青い小さなランプが、じっとこちらを見ている。

『試験番号586、立って』

渋い男性の合成音声で〝マザ・コン〟が云った。586は、俺の番号だ。

「はいっ」

と、勢い込んで、俺は立ち上がった。

『お前、不採用。顔が気に入らない』

薬味と甘味の殺人現場

な、何だこれは——？

殺人現場であるその部屋に足を踏み入れた捜査関係者達は、誰もが一様にそう思ったことだろう。

ただし、部屋そのものに異常があるわけではない。ごく平均的な造りのワンルームマンションの一室である。

女性専用のマンションらしく、部屋の調度にはある程度の華やかさもある。

その部屋のまん中に倒れている死体。

そこに一点、異様なところがあった。

捜査陣は皆、その不可解さに首を傾げずにはいられなかった。

この事件の捜査責任者の中本警部も、内心大いに戸惑った一人だった。

警部がマンションに着いた時には、既に鑑識係の仕事が始まっていた。

五階建ての、こぢんまりとしたマンションで、その四〇二号室が死体発見現場だった。

部屋に入ると、部下達が、「お早うございます、班長」と口々に声をかけてくる。

中本警部は鷹揚にうなずき返し、さして広くはないワンルームの居室部分に入った。

死体はそこにあった。

若い女性である。

彼女は仰向けの姿勢で、まるで眠っているように見える。

着衣に乱れなどはなく、穏やかな死体であったが、ある一点だけが奇妙奇天烈だった。

異様で、異常だった。

その不可解さだけが、やけに目を引く。

（な、何だこれは――）

一瞬、大いにたじろいだものの、そこは経験豊富な中本警部のこと、すぐに気持ちを立て直すと、いつものように遺体に手を合わせて目をつぶった。

（犯人は必ず挙げてみせる。だからどうか安らかに眠ってください）

心の中で祈る。

殺人現場では、中本警部はいつもそうする。

死者に手を合わせ、犯人逮捕と事件の早期解決を誓う。警部自身は特段信心深いわけではないが、これは仕事モードに頭を切り換える儀式のようなものだ。

中本警部が黙禱を終えるタイミングを見計らったかのように、後ろから声がかかった。

「班長、お早うございます」

振り返らずとも、その低い声で誰だか判る。部下の天地刑事である。寡黙で折り目正しい男で、平凡な風貌ながら優秀な捜査官だ。中本警部の片腕とも呼ぶべき存在で、警部自身も大いに頼りにしている。

「これまでに判ったことをご報告いたします」

無駄口を好まない天地刑事は、前置きもなしに手帳を開いて云う。中本警部はうなずいて報告を促す。

「亡くなったのは松宮真優、この部屋の住人です。年齢は二十一歳、パティシエの専門学校に通う学生でした」

「パティシエというと、あれか、洋菓子の」

「はい、ケーキ職人志望だったそうです」

「うむ」

その夢もこの若さで絶たれてしまったわけか、やれやれ、かわいそうに——そう思いながら、中本警部は死体を見下ろした。小柄でかわいらしい顔立ちの娘だ。人生はまだまだこれからという年なのに、気の毒という他はない。

そんな警部の感傷をよそに、天地刑事は淡々と報告を続ける。

「死因は扼殺、両手で首を絞められたと思われます。死亡推定時刻は昨夜の七時から十時の間――これは解剖の結果次第でもう少し縮まるでしょう。殺害現場はこの四〇二号室、ただし、監察医の先生と鑑識さんの話を総合すると、厳密には玄関辺りらしいです」

「玄関先で殺されたわけか――」

と、中本警部がそちらを見ると、狭い玄関では鑑識係が二人、写真を撮ったり指紋を採取したりと忙しそうに立ち働いている。

「被害者が少し抵抗したらしく、靴箱の上の小物などが倒れたりしています」

と、天地刑事もそちらに目をやりながら、

「そして絞め殺した後で犯人は、このように被害者の体を部屋のまん中まで引きずってきたようです。その跡も鑑識さんが確認しています」

「なるほど、玄関先に死体を転がしておくのが忍びなくて中まで運んだ、といったところか」

「はい、恐らく。死体発見者は隣室のＯＬです。朝、出勤しようとしたところ、この部屋のドアが細く開いていた。隣同士ということで少しは交流があったので、心配して声をかけてみても返事がありません。そこで恐る恐る覗いてみたら――ということらしいです。今、南川達が隣で事情聴取しているところです」

そこで天地刑事は、手帳を閉じて口も閉ざした。報告は終わり、という合図らしい。

「判っているのはそこまでか」

中本警部が尋ねると、

「はい」

寡黙な部下は短くうなずいた。

なるほど、これは案外シンプルな事件かもしれないな——と、警部は思った。

扼殺ということは手で絞め殺している。犯人は凶器を用意していなかったと推定できる。つまり、計画性のない犯行と考えられるのだ。

そして、玄関先での殺害。

これも、訪ねて来た犯人が予定外の激情に駆られてつい犯行に及んだという姿が想像できる。玄関先で被害者と対面していることから、顔見知りの者が犯人という可能性も出てくる。

計画的でない犯人の、突発的で場当たり的な犯行——こういう事件は片がつくのも早い。犯人が小細工を弄していない分、すぐに足が付く。経験上、中本警部はそれをよく知っている。無論、予断は禁物だが、今回は自分のカンを信じていいと警部は感じていた。

これは思いの外、早く解決できるかもしれない——と思う。

ただし、一点、不可解なことを除いて、だが――。

その、最初から大いに気になっている一点を、部下に尋ねてみることにした中本警部は、

「で、これは一体、何なんだ」

と、死体を視線で示す。

「どういう意味があるんだ、このネギは？」

そう、死体を異様な様相にしているのはネギ――一本の長ネギのせいだった。

松宮真優の死体は仰向けに倒れている。仰向けの姿勢だからもちろん顔は天井を向いていた。そこまでは特に不審な点のない他殺死体である。職業柄、中本警部にとって目新しいわけでもない。ただ、上を向いた被害者の口に、そんな物が突っ込まれていなければの話であるが――。

そう、ネギ――ネギだ。

ネギが一本長いまま丸々、被害者の口に突き刺さっている。無理矢理突っ込んだらしく、死者の唇は歪んでいる。口からすっくりと天井に向かって垂直に屹立しているそのネギは、青々とした先端が中途半端な中空に留まっていた。

奇怪なオブジェか前衛生け花か、はたまた奇妙なパフォーマンスか――死体の口に突き立った一本の長ネギは、どう見ても意味不明だった。

異様で不可解で、わけが判らなかった。

不気味と云うべきか場違いと云うべきか間抜けと云うべきか——とにかく、まるで何だか判らない。

奇妙であることは確かだが、何のつもりでこんなことをしたのか、まるきり理解不能である。

「これは犯人がやったんだろうな」

と、ネギを見やりながら、中本警部は天地刑事に聞いてみた。

「恐らくそうでしょう。死体は発見時のままですし、扼殺された被害者本人にこんなことができたとも思えません」

「何のつもりでやったんだ、これは」

「さあ、私には何とも——」

と、天地刑事も首を傾げている。

「だったら、こっちも犯人が残していったんだろうか」

と、警部は次に、死体の頭の方の床を示した。遺体の頭部から二十センチほどの位置で、死者の枕元と云っていい場所だった。

「多分、そうでしょう」

と、天地刑事はうなずいた。

そこには、ケーキが三つ、並んで置かれていた。

これも殺人現場にそぐわないと云えば確かにそうだが、口から突き立った長ネギのインパクトに比べれば、異様と云うほどではない。

ケーキはどれも小さな丸型で、コンビニエンスストアで売っているような一人分の大きさだった。三つとも色が別々なので、種類が違うらしい。右側の物はイチゴとクリームのケーキ、まん中のは黄色っぽいから栗かカボチャか、そして左のは飾りのないまっ白なケーキである。どれも包装のないムキ出しの状態で、底にだけプラスチックの容器の名残が、皿として残されている。

そんな様子でケーキが三つ、遺体の枕元に並べてあった。

死者とケーキと長ネギと――この取り合わせには何の意味があるというんだ？

さっぱりわけが判らない――混乱することしきりの中本警部だった。

＊

翌日、中本警部は天地刑事と共に聞き込みに出た。

前日は、捜査員総出で現場マンションの別の部屋やその周辺地域の聞き込みに回った。さしたる収穫はなかったが、中本警部は失望していない。今日から部下達をそれぞれ別の方面へと向かわせ、捜査を始めている。解き放った猟犬のように、部下達は各々何かしら有益な情報を集めて来てくれるだろう。

中本警部達がまず向かったのは、不動産管理会社だった。

殺人現場となったマンションを管理している会社だ。

その会社の応接室で、中本警部と天地刑事は、二人の人物と面談した。

一人は管理会社の担当者で、苦虫を噛み潰したような表情の中年男だった。

もう一人は白髪の目立つ老婦人で、こちらはマンションのオーナーだそうである。

ただし見た目はオーナーというより、昔ながらの〝大家のおばちゃん〟といった風情である。〝大家のおばちゃん〟は、警察の事情聴取があると聞きつけて、自ら同席と協力を申し出てくれたという。多分、ヤジ馬根性を発揮してのことだろうが。

しかし、彼らに詳しい話を聞くまでもなく、大した情報は得られそうもないことが判った。

「では、あなたは亡くなった松宮真優さんとは一度も会ったことはないわけですね」

管理会社の社員に確認すると、不機嫌そうな彼は何度もうなずいて、

「ええ、ウチはあくまでも物件の管理運営が仕事ですからね、入居者の方と顔を合わせる機会はほとんどないんです。何か大きなトラブルがあったりすれば別ですけど、大抵のケースは業者を派遣して終わりですからね。共用部分の清掃も専門の業者に委

託していますから、定期的に掃除してもらって、私どもはその報告を受けるだけですので」

「松宮さんの場合は大きなトラブルもなかったと？」

　尋ねると、相手は手元のルーズリーフを開いて、

「ええ、何の問題もない借り手さんでしたね。騒音やゴミ出しなどでクレームを受けるようなことも一度もなかったようですし――ああ、去年の夏に、エアコンの調子が悪いという連絡があったことは記録に残っています。これも業者に行ってもらって修理して解決していますんで、松宮さんからこちらにコンタクトがあったのはその一度だけ、ということになります」

「あなたはその時も現地には行っていないんですね」

「ええ、もちろん」

「そうですか――では、今回の事件について何か思い当たることはありますか」

「いやあ、特に何も――私もこの仕事に就いて随分になりますけど、殺人事件なんて初めてでしてね、いや、もうどう云っていいのやら――とにかく、被害者の方のご冥福を祈るだけです」

　と、言葉とは裏腹に仏頂面で云った。どうやら自分の担当する部屋が事故物件になってしまったのが面白くないらしい。確かに管理会社からしてみれば、降って湧いた

ような災難としか云えないだろう。

そして、オーナーの〝大家のおばちゃん〟も被害者と面識がないと証言した。

「店子さんを選ぶのはここの会社の人達にお任せしてあるからねえ、仲介も不動産屋さんに全部お願いしてるし——あたしゃどんな人が入居してるのか、よく知りゃしないんですよ」

警察の捜査に関われないのが残念なのか、〝大家のおばちゃん〟はどことなくつまらなそうに云った。

「だからね、亡くなった娘さんとも会ったことがなくってねえ。けど、まだ若い子なんでしょう、かわいそうにねえ、ああ、なんまんだぶ、なんまんだぶ、あの世への旅が楽なものだといいんだけどねえ、本当にまあ、気の毒なことだよ、ねえ、刑事さん、刑事さんもそう思うでしょう」

「ええ、そうですね。で、オーナーさんはあのマンションへはよく出入りしたりするんですか」

中本警部の質問に、おばちゃんは首を横に振って、

「あたしの住んでる町はあそこからはちょっと遠いんですよ。管理はここの人達に任せていれば安心だからねえ、だからめったに行ったりしないね」

「では、亡くなった松宮さんが入居した時のこともご存じない？」

「ええ、あたしは知りませんよ、あそこの近所の不動産屋さんの紹介でね、入居の時の話ならそっちで聞いた方がいいかもしれないですねえ、あそこはずっと女の人しか入れないことにしてるんですよ、ほら、このご時世、色々物騒でしょう、だから不動産屋さんにも女の子だけを紹介してくれるように頼んでるんですよ、要るんだったらその不動産屋さんの所番地を教えて差し上げましょうかねえ」

「ええ、それは是非」

中本警部はうなずき、二人との会見は特に手がかりを摑めることなく終了した。だが、捜査とはこういうものだと警部は思っている。無駄だと判っていても、無関係な線をひとつひとつ丹念に消去していけば、最後に残った一本のラインが真相へと到達する道筋になる。捜査は膨大な無駄足の積み重ねだ。真実はその積み重ねの上にある。経験に裏打ちされたその信念は、揺るがないものだった。

＊

不動産管理会社のビルを出て、中本警部は天地刑事と共に車に乗り込んだ。警部は助手席でシートベルトを締め、ハンドルを握るのは天地刑事である。次の目的地は〝大家のおばちゃん〟に教えてもらった不動産屋。現場マンションの最寄り駅の近くである。

結局、現場のそばまで戻ることになるが、無駄足を厭っていては刑事稼業は務まらない。

移動の途上、車中は静かだった。

天地刑事が無口な男だからだ。

だから中本警部はゆっくりと、今後の捜査の段取りについて考えることができた。

沈思黙考していると、携帯電話の呼び出し音が鳴った。

「中本だ」

出ると、相手は部下の一人だった。

『北里です。被害者が通っていた専門学校に来ています。被害者の同級生や教師に話を聞くことができました』

「そうか、どうだった」

尋ねながら、運転席の天地にも聞こえるように、携帯電話のハンズフリーボタンを押した。

『被害者の松宮真優は、どうやら非常に真面目な生徒だったようです』

スピーカーから北里刑事の声が響いてくる。

『この学校は四年制だそうですけど、一、二年時の松宮はほとんど無遅刻無欠席だったようですね。休んだのは風邪でひどい熱が出た時くらいで――。特にケーキ造りの実習は熱心に取り組んでいたそうです。松宮真優は甘い物に目がなくて、ケーキが大好物だったとかで――まあ、ここはパティシエの養成が目的の専門学校なわけですからね、松宮真優もご多分に漏れず、好きなことを職業にしたいと考えていたようです。同級生達の話によると、松宮の場合は漠然とした夢ではなく、具体的な目標としてケーキ職人を目指していた様子だったということです』

「なるほど、学生といっても遊び歩いたりするタイプではなかったわけか」

『ええ、そういう印象を受けました。ただ、堅苦しい優等生というんでもないようですね。ある程度砕けた友人付き合いもしていたそうでして、陽気な性格だったようですよ、松宮真優は。しかし、異性関係の話はまったく出ませんでしたね。どうやら、今は実習と課題とバイトで手いっぱいで、男友達と遊んでいる余裕はない、といったところでしょうか、そっちの方面から殺人に発展するトラブルに巻き込まれた可能性は低そうです。そういうしっかりしたところも、同級生達からの人望がある理由だったようですね。しかし班長、若い女の子達に続けざまに話を聞いて、全員が次々と泣き出すのには、ほとほと参りましたよ。〝真優はホントにいい子で、あんな目に遭うなんて信じられない、天国で思いっきり好きなケーキを食べてほしい〟なんて云って泣き崩れるんですからね、いやもう、どう対処していいものやら――』

北里刑事の報告に、ボヤキが入る。

『あ、それから、親友といってもいいくらい仲のいい友人の話は聞けませんでした。事件のショックで寝込んでしまったとかで、学校には来ていないんです』

「その親友の名前は？」

『三崎友里佳（みさきゆりか）。同級生で、一年の時からの親友だそうです』

「よし、その三崎友里佳の自宅へ回ってくれ、親友ならば何か知っているかもしれん」

『了解。ただちに向かいます』

そう云って、北里刑事は通話を終えた。

「被害者の人物像が少し摑めてきたな」

と、中本警部が云うと、ハンドルを操りながら天地刑事は、

「そうですね、後はその親友の話に期待しましょう。動機に繋（つな）がる何かが出てくればいいんですが」

「うむ――しかし、ケーキ職人の学校に行っているから見当はついていたが、被害者は甘い物が好きだったようだな。現場の枕元にケーキが三つ並べてあったのも、ケーキ好きなのと関連があるんだろうか」

「多分」

と、寡黙な天地は短く答える。

だが──と、中本警部はここからは口に出さずに考える。ケーキはともかく、あのネギは何なんだ？　殺人現場の情景が、脳裏に蘇る。仰向けに倒れた被害者。その口から突き立った長く白いネギ──。

天を突くように、上を向いて突き立っていたネギ。

あの奇妙でシュールな光景。

あれには一体、何の意味がある？

判らない。

いくら考えても判らない。

ネギ、ネギ、ネギ──。

そんな物を遺体の口に突き立てて、何をどうしようというのか？

まったくもって理解不能だ。

ネギ、ネギ、ネギ、ネギ──。

考え込んでいると、そこへ電話の呼び出し音が鳴った。

中本警部は、再びハンズフリーの状態にして電話に出る。

『西海です。班長、少し成果がありました』

スピーカーの声が云った。西海刑事には現場の遺留品の出所を追わせている。

「何が出た?」

警部が聞くと、西海刑事はちょっと早口に、

『ケーキです。あの死体の頭の上に並んでいた三つのケーキ。あれを売った店が判明しました。店は現場マンションから三百メートルほどのところにあるコンビニエンスストアです。コンビニといっても肉や野菜なんかの生鮮食料品を売る小型のスーパーみたいなやつ、今、多いですよね、あれのチェーン店でした。ケーキの皿の下に残っていた商品管理用のバーコードが大当たりでした。そのナンバーからしても、この店で間違いありません。同一の商品も棚に並んでいました。〝イチゴのプチショート〟〝ふんわりパンプキンムース〟〝レアチーズのタルト〟の三種です。賞味期限から逆算すると、売れたのは犯行当日の夜。まだ詳しくは調べていないので、犯行前か犯行後かまでは判りませんが——それと、買って行ったのが何者なのか、それもこれから調査します』

「よし、引き続き頼む」

西海刑事からの情報を聞き終え、中本警部は通話を切った。

良い情報だ。ケーキを買ったのが被害者本人なのかどうか——もし別の何者かだったのならば、捜査は大きく進展する。

と、そんなことを考えていると、また電話が鳴った。

『東山です。色々判ってきました。まずは中間報告です』

若い東山刑事には一人で署に残らせ、被害者の携帯電話とパソコンを調べさせている。

『まず携帯電話から判明したのは、被害者の交友関係があまり広くないこと、ですね。専門学校の友人、バイト先の仲間、行きつけの美容院や化粧品店、実家と両親――と、登録されている人数は多くありません。どうやらかなり真面目に学生をやっていたようですね。そして、特に頻繁に連絡し合っていたのは三崎友里佳という人物です。メールの内容からして彼女は学校の同級生で、一番仲のいい友人らしいです。他にメールや着信履歴を精査しても、目ぼしい箇所は見つかりませんでした。事件に発展しそうな人間関係の縺れは、今のところ発見に至っていません』

「そうか、他には？」

『パソコンから判明したことですが、亡くなった松宮真優はブログをやっていました。といっても大した内容ではありません。たかが若い学生の日常を綴ったものですから、特に興味を引かれるような記述はありませんでした』

と、自身も充分若いのに、東山刑事は云った。中本警部は少し関心を持ち、

「具体的にはどんな内容のブログだ？」

『ほとんどは学校やバイト先であった出来事、といった感じですかね。一番目立つの

は、甘い物、特にケーキの食べ歩き、でしょうか。電車で行ける範囲の有名店を休日に回ったりしていたみたいで、味や見た目の感想を感激した筆致で書き込んでいます、写真付きで。あ、あと、これはどうでもいいことかもしれませんが――』

東山刑事が云い淀むので、中本警部は促して、

「何だ、些細なことでも報告しろ」

『あ、はい、すみません。えーと、ネギです、ネギ。あの遺体の口に突き立ててあったネギ、あれがちょっと気になっていたものですから、ブログ内で〝ネギ〟をキーワード検索にかけてみたんですね。そしたら二ヶ所ほどヒットしまして、どうやら被害者はネギが嫌いだったようです』

「嫌い？」

『はい、例えば、学校の友人達と鍋パーティーをやった日のエントリなんですが、ネギをよけて鍋を食べていたら、友人達に笑われたそうです。そこ、読み上げます――〝子供みたいだって笑われちゃったよお（泣）でも、嫌いなんだもん、ネギ。うう、ネギなんか食べれなくてもいいじゃんかよお（号泣）〟――という文章です』

「ネギが嫌い――か」

と、つぶやいた中本警部の独り言に構わず、東山刑事は、

『これからもっと詳しく解析して、交友関係などを調べてみます。以上、中間報告で

した』

と、電話を切った。

ネギが嫌い、か——と、中本警部は、もう一度つぶやいてみた。

またぞろ、あの光景が思い浮かぶ。

ネギ、ネギ——死体の口に差し込まれていたネギ。一本丸ごと突っ込んであって、天井に向けて突き立っていたネギ。意味不明で、奇妙で、いささか滑稽ですらあるあの装飾。

「天地、どう思う？　被害者はネギが嫌いだった。それが口に突き立てられていたんだ。犯人はどうしてそんなことをしたのか」

と、運転席の相棒に話しかけてみる。

「班長はあれが気になっているようですね」

前を見て運転しながら、天地刑事は云う。

「そりゃ気になる。あのネギさえなければいつもの見慣れた殺人現場なんだ。だが、今回の事件に限ってあんな異様な装飾がされている。気にするなという方が無理な話だ。どうだろう、天地、嫌いな物を無理やり口に突っ込むということは、強い恨みがあったからなんだろうか。それくらいのことをせずにはいられないほどの激しい怨恨、という線だ」

「それはどうでしょうね」

と、ハンドルを切りながら天地は首を傾げて、

「怨恨にしては被害者の顔がきれいだったと思いませんか。被害者には殴打されたような痕跡はありませんでした。恨みがあったのなら、顔面を一発くらい殴っていてもおかしくないでしょう。首を絞めただけで殴りもせずに、ネギを口に突っ込むだけというのは、いくら嫌いな物とはいえ、何だか回りくどすぎやしませんか」

「うーん、それもそうか——だったらどうしてネギなんだ。風邪をひいたんじゃあるまいし」

「風邪の時は喉に巻くんですよ、班長、口に突っ込んだりしません」

「まあそうだが、ならばあれは一体何なんだ、どんな意味があってあんなことをしたんだろう」

中本警部が半ば自問気味に云った時、車は目的地に着いていた。

不動産屋だ。

被害者が入居していたマンションを紹介した店である。

*

不動産屋での聞き込みも大した収穫はなかった。

店主の親父は殺人事件のあったことにひたすら驚いていたが、特に有益な情報はもたらしてはくれなかった。

高校卒業後、地方から専門学校へ通うために出てきた松宮真優は、ごく普通に不動産屋で部屋を探し、店側もごく当たり前に物件を紹介した。それだけだ。契約が終わってからの被害者と不動産屋の接点は、何もないようだった。

不動産屋を出て、中本警部は天地刑事と共に車に乗り込んだ。

「班長、次はどうしますか」

運転席の天地刑事に聞かれて、

「そうだな、とりあえずもう一度、現場のマンションに行ってみるか。先人の教えに倣って、現場百遍といってみよう」

中本警部は答えた。

「了解」

天地刑事が短く云い、車を発進させる。

ほどなく、電話の呼び出し音が鳴った。

中本警部はすぐにそれに出る。

『南川です。被害者がアルバイトをしていた洋菓子店に来ています。班長、そこで飛び切りに興味深い話を聞けましたよ』

「おお、何だ」

『その前にまずは、バイト先での松宮真優の働きぶりなんですが、これはまあごく普通に、無難にこなしていたようですね。客あしらいもそこそこうまく、バイト仲間の評判も悪くない——あとは専門学校に通っていたくらいですから、ケーキが好きなんでしょうね。時間が空いた時などは、職人を相手にケーキ作りの材料やコツについて色々質問していたそうです。店主もバイト仲間も、そんな様子を微笑ましく見ていたようです』

「おい、焦らすんじゃない、要点を早く云ってくれ」

少し苛立った中本警部に、南川刑事は、

『失礼しました。興味深い話というのはですね、松宮真優はこの店でストーカー被害に遭っていたようなんです』

「ストーカー？」

『はい、アルバイトの同僚の男が松宮に目をつけて、執拗に付きまとっていたらしいんです』

「どんな人物なんだ、そのストーカーは」

『才賀邦彦、二十七歳、松宮真優より後にバイトとして店に入ってきた男です。最初は普通の態度だったそうですが、いつの間にか松宮に異常に執着するようになり、段々エスカレートしていったようです。しつこく絡んだり、仕事中もじっと見つめていたり、シフトに入っていないのに松宮の退勤時間になると従業員通用口の外で待ち伏せしていたり、と徐々におかしくなっていったらしいんです。ちょっと度を越した粘着ぶりで、店主やバイト仲間に注意されても、俺達二人は結婚を約束した仲だ、二人の間を引き裂こうとするお前らは頭がどうかしている、などと逆ギレする始末で』

「そりゃタチが悪いな。松宮真優の方には当然そんなつもりはなかったんだろう」

『ええ、本気で嫌がっていたそうです。メールや電話があっても、気持ち悪いからとすぐに履歴を消去してしまうほどだとかで——。それで、ほとほと嫌気が差した松宮が店を辞めると申し出て、店主もとうとう荒療治に出る決断をしたそうです。ストーカーの才賀をクビにしたんですよ。辞めさせた上で、二度とこの店に近づくな、とかなり強い口調で恫喝したらしく、それでストーカー男は退散したということです』

「その男、才賀か？　そいつがクビになったのはいつ頃の話だ？」

『一ヶ月くらい前のことです』

「店主や周囲の連中はどう云ってる？　そのストーカー男について」

『暗い感じの不気味な男だった、という印象のようです。食べ物を扱う店でアルバイトしているくせに髪がボサボサで、背は高いけれど不健康そうな痩せ方と猫背のせい

い

で見映えの悪い男で、周りと打ち解けて喋るでもなく、何を考えているのか判らない気持ち悪い奴で——というのはバイトの女の子の感想ですが、辛辣ですね、若い子は。もっとも、この印象はストーカーの件を知っている店の人達の話ですから、悪くなるのは当然でしょうけど』

「バイトしていたんなら履歴書が残っているはずだな。才賀の現住所は判るか」

『班長ならそう云うだろうと思って、もうコピーをもらっていますよ。自宅まで行っていいですか』

「頼む。本人に会えたらアリバイ確認を怠らないでくれ」

『了解です』

電話を切り、中本警部は考えた。

ストーカーか——頭の中で歯車がカチリと嚙み合う感覚があった。

長年培ってきた刑事としてのカンが告げている。この線はいける、と——。

多分、そのカンに間違いはない。このラインを辿って行けば、事件は解決する。

「天地、どうだ、今の話は」

中本警部は一応、相棒の感触を確かめてみる。警部の片腕と称される天地刑事は、こういう時にも頼りになる。

「ええ、多分、班長の考えていることと同じ意見です」

どうやら天地もピンときたらしい。表情が引き締まっている。

よし、これは行けるかもしれない――そう中本警部が思ったところへ、電話のコールが鳴る。

『北里です。松宮真優の親友、三崎友里佳の自宅での聞き込みが終わりました。三崎は憔悴していましたが、どうにか話だけは聞けました』

「どんな話が出た？」

『実は面白い情報があります。松宮真優は、どうやらストーカー被害に遭っていたようなんです。そのストーカーは松宮真優のバイト先のケーキ屋で働いている男で、といっても今はもう辞めさせられたそうですが、その男に追い回されて困り切っていたらしいんです。学校では気丈に振る舞っていた松宮真優ですけど、親友の三崎にだけは弱音を吐いていたんですね。三崎友里佳は警察に届けることを勧めていたそうで、近々二人で行くつもりだったとのことです。もっと早く行動していればこんなことにはならなかったのに、と三崎友里佳は嘆いていました』

「なるほど、いい情報だ、ご苦労だった」

部下を労い、中本警部は電話を切った。

こうして、解き放った猟犬が次々と獲物を咥えて戻って来るような感覚が、警部は好きだった。これが捜査の醍醐味だ。捜査の指揮を執る者でしか味わえない喜びであり、職務を全うしている充実感がある。

　その電話が、また鳴った。

『西海です。例のコンビニで、レジ周りが写っている防犯カメラの映像を見せてもらいました。問題の三つのケーキを買った人物が判りましたよ。それに、そいつはネギを一本、ケーキと一緒に買っているんです。あのネギとケーキは同時に買われていたんですね。時刻は事件当夜の午後九時四十八分。そいつの姿がばっちり撮れていました。もちろん被害者本人じゃありませんよ。間違いなくこいつが犯人です』

　興奮気味の西海刑事に、中本警部は、

「そのビデオに写っていたのは、二十代後半くらいの若い男じゃないか。ボサボサ頭の痩せ型で、背の高い猫背の男——どうだ、当たっているか」

『——』

　一瞬、絶句した後、西海刑事は、

『班長、どこでその情報を摑んだんですか。せっかく自分の手柄だと思ったのに』

「まあ文句を云いなさんな、誰の手柄だろうと構わんだろう。とにかく西海、その画像のコピーをもらって一旦署に戻ってくれ」

　と、電話を切ったところへ、また電話がかかってくる。

『南川です。才賀邦彦のアパートへ到着しました。しかし本人は不在です。隣の部屋の住人によると、どうやら昨夜から帰っていない様子だ、と。もしかしたら逃亡したのかもしれません』

「判った。そのまま才賀の部屋を張ってくれ。いつ戻って来るかもしれん」

『了解』

通話を切り、中本警部は運転席の天地刑事に向かい、

「これで決まりだな、犯人はストーカーの才賀邦彦だ」

「ええ、私もそう思います」

と、天地刑事もうなずいた。

「行き先を変更。署に戻る。才賀の身柄確保を最優先とする。総員でこれに当たる」

「判りました」

と、天地刑事はハンドルを操作した。

その間に中本警部は、各捜査員に一斉送信でメールを送る。

〝最重要容疑者判明。全員ただちに帰投せよ〟

捜査員達を集めて、才賀邦彦を追うための態勢を組み直す必要がある。それを追って行った先に、事件解決の光明があるのだ。

事件現場で感じたカンは当たっていた——と、中本警部は思った。この一件は思いの外早く解決できるかもしれない、そう警部は感じたのだ。

多分、それは当たっている。

助手席で体を揺すられながら、中本警部は考える。

犯人はストーカーの才賀邦彦。恐らくそれで間違いない。

才賀は、アルバイト先で出会った松宮真優に執着し、ストーカー行為を繰り返していた。それが嵩じて、とうとうアルバイトを辞めさせられてしまう。松宮真優との接点を失った才賀は、それで彼女を諦めたか？　いや、そんなはずはない。ストーカーになるようなタイプの人間は、そんなことくらいで諦めたりはしない。

引き離されたことで執着心はもっと強く膨れ上がるだろう。アルバイトをクビになって一ヶ月、妄執を募らせ想いを拗らせた才賀は、とうとう越えてはならない一線を越えてしまったのだろう。松宮真優のマンションに、直接押しかけたのだ。

宅配便を装うなどの策でも弄したのか、才賀は松宮とマンションの玄関先で顔を合わせる。

才賀にとっては恋人に会いに行ったような気分だったのだろうが、ストーカー被害者の松宮にしてみればたまったものではない。途方もない非常事態である。当然、激しく拒絶したことだろう。

どれほどの言葉がすれ違い、どこまで松宮が抵抗したのかは、その場にいた者にしか判らないことだ。

ただ、強く拒否されて激高した才賀が、思い余って松宮の首を絞めてしまっただろうことは、想像に難くない。

こうして松宮真優は殺されてしまった。

一人取り残された才賀は、激情が収り少し冷静さを取り戻すと、愕然（がくぜん）としたことだろう。

足下には変わり果てた〝恋人〟の死体が転がっている。

狭い玄関先に倒れたままにしておくのは忍びない――呆然（ぼうぜん）としながらも才賀はそう感じ、彼女の遺体を部屋の中まで引きずって行く。そして、部屋のまん中に仰向けに寝かせる。

その後、才賀はおもむろにネギを被害者の口の中に突っ込み――ん？　いや、ちょっと待てよ、何だそれは、それはおかしい。

そうだ、そこが引っかかる。

あのネギとケーキだ。

またそこで思考が躓（つまず）いてしまう。

犯行の動機もその経緯も容易に推測できるというのに、その一点だけが判らない。

あれは一体、何なんだ。

そもそも、才賀は近くのコンビニまでネギとケーキを買いに行っているのだ。

何のために？

犯行前に買って行ったというのか？

いやいや、これから〝恋人〟の部屋を訪ねるというのに、好物のケーキはともかく、彼女の嫌いなネギまで買って行ってどうしようというのか。そんな買い物をして行く意味が判らない。

では、犯行後に買いに行ったのか？

それもそれで意味不明だ。

殺人現場から逃走したのに、コンビニに行ってわけの判らない買い物をして、またのこのこと現場に戻って来る――何のためにそんなことをしなくてはならないんだ？　まるで辻褄が合わないではないか。

だいたい、才賀はネギなんぞを被害者の口に突き立てて、何をしたかったんだろう。

それが皆目判らない。

ネギ。

一本の長ネギ。

口に突き立てられたネギ――。

意味がまったく判らない。

何のためにあんなことをしたのだろう――。

首を傾げる中本警部に、運転席の天地刑事が不意に声をかけてきた。

「班長、引っかかっていることがあるみたいですね」

「ああ」

と、警部はうなずく。

「当ててみましょうか。あのネギの一件じゃないですか。才賀邦彦がどうしてあんなおかしなマネをしたのか、それが判らなくて頭を捻(ひね)っている——そうでしょう」

「そう云う天地も、そこが引っかかるんじゃないのか」

中本警部の言葉に、天地刑事は少し意外な答えを返してきた。

「いいえ、私には判ってきたような気がします。才賀邦彦が何をしたかったのか」

「本当か？」

少なからず驚いて聞き返すと、天地刑事は首を一度振り、

「と云っても、あくまでも私の想像にすぎません。当たっているかどうか自信はありませんが」

「それでも構わん、聞かせてくれ」

中本警部が云うと、少したためらってから天地刑事は口を開き、

「では、私の考えたことをお話しします」

と、穏やかな語り口で喋り始めた。

「今回の事件では、被害者の口にネギが突き刺してあり、ケーキが三つ供え物のように枕元に並んでいました。どうにも不可解で、意味の判らない装飾です。何のためにそんなことをしたのか、その意図がまったく判りませんでした。何か宗教的な儀式みたいなつもりなのか、それとも他に何か理由があるのか――今の段階ではどうにも判断がつきません。しかし、とにかくどちらにせよ、あれをやったのは犯人だと思われます。コンビニでネギとケーキを買った映像が残っていますから、買って行って装飾を施したのが犯人であることは、まず間違いないでしょう。では、なぜわざわざ買いに行ってまでそんなことをしたんでしょうか。買いに行ってまでやったからには、そこには切実な何かがあったはずなんです。きっと、どうしてもそうせずにはいられない事情があったのでしょうが――ここはひとまず置いておきましょう」

と、天地刑事はここで一息ついてから、

「とりあえず、まずは少し、被害者の側から考えてみましょうか。被害者の松宮真優はケーキが好きで、ネギが嫌いでいた。ケーキが好物なのですから、そっちの方は素直に〝供え物〟と考えてもいいのではないでしょうか。好きな物を故人に供える行為は、ごく自然なことですからね。では、人はなぜ亡くなった人に供え物をするのでしょうか。特に、故人の好物を供えるのはどうしてか――それはもちろん、故人に食べてもらうため、という意味があるんでしょう」

天地の言葉は、中本警部にもうなずけるものだった。その感覚は理解できる。

確かに人は、仏壇に食べ物を供えたりする。墓にお供えをすることもある。洋画などでは、墓石にウイスキーなんかをかけるシーンがあったりもする。あれは、死者に好物の酒を吞んでもらうためにしているのだ。

人は、故人に好物をお供えする。

無論、現実に死者が食べるわけではないが、観念的には〝食べてもらう〟ために供え物を捧げる。そのために、好物を供える。

そんな内容のことを中本警部が云うと、天地刑事はうなずいて、

「そう、それが一般的な考え方です。供え物は死者のための食べ物、ですね。そして今回の事件の場合、被害者の好物のケーキが枕元に供えてありました。一般的な考え方に従うのなら、これは当然、被害者にケーキを食べてもらおうとして置いた物になるはずです。ただ、今回は少し特殊なケースになってしまっていました。故人は、好物のケーキを食べたくても食べられない状態にあったではないですか。そう、大嫌いなネギで口が塞がっている状態です。これではケーキは食べられない」

ああ、本当だ――中本警部は、いささか呆気に取られながらも納得していた。確かに天地の云う通りだ。口にネギが突っ込んであってはケーキは食べられない。云われてみれば、簡単なことのように思えてくる。

「好物のケーキがすぐそこにあるのに食べられない——」

と、天地刑事は話を続けて、

「死者にとっては、これは無念でしょう。悔しいでしょう。文字通り、死んでも死にきれないほど口惜しいことでしょうね。ですから、これが答えなのではないかと、私は考えました。つまり犯人は、被害者が死んでも死にきれない状況を人為的に作り上げたわけなんです」

「ん——何だそれは？　いや、ちょっと待ってくれ、意味が判らん」

中本警部は幾分混乱してきて、天地刑事に車を路肩に停めるよう頼んだ。動いている車の中ではなく、少し落ち着いて話を聞きたい。

停まった車の助手席で、中本警部は天地刑事に向き直り、

「犯人は、才賀邦彦はそんな状況を作り出して何がしたかったんだ」

その質問には、天地刑事は答えずに、

「人は死者に向き合うとき、自然と厳かな気持ちになりますね。頭を垂れ、故人に向かって祈ります——班長、そういう時には何を祈るものでしょうか」

「それは、まあ、あれだ、冥福だな。冥福を祈る」

中本警部が云うと、天地刑事はさらに聞いてきて、

「冥福、それは具体的に何でしょうか」

「うーん、そんなことはあまり具体的に考えたことはないが――」

と、中本警部は首を傾げる。警部個人はそういった方面に対して、ごく平均的な日本人の感覚しか持ち合わせていない。特定の宗教を信仰しているわけでもなく、特別な死生観を持っているわけでもない。クリスマスを家族と祝い、初詣は神社に行き、法事をお寺に頼む。そんなものである。

だから、警部は深く考えずに、

「要するにまあ、無事にあの世とやらに旅立ってください、ということじゃないのかな」

そう答えると、天地刑事はひとつうなずいて、

「そう、あの世へ旅立つ――つまり、成仏ですね」

「そうそう、それだ、成仏。そんな感じだ」

と、中本警部も強くうなずいた。

それが普通の感覚だと思う。

現に、事情聴取した関係者達も皆、似たようなことを云っていたではないか。

不動産管理会社の社員は、被害者の冥福を祈る、と言葉にして云った。

マンションのオーナーである〝大家のおばちゃん〟は、『なんまんだぶ、なんまんだぶ、あの世への旅が楽なものだといいんだけどねえ』と云っていた。

被害者の同級生達も『天国で思いっきり好きなケーキを食べてほしい』と願った。
そして何より中本警部自身も死体発見現場で、死者に手を合わせて祈った。安らか
に眠ってください――と。
そう、人は故人に対して、その魂の安らかであらんことを願い、成仏できますよう
にと祈る。大抵の人がそうするだろう。それが普通だ。
といった内容のことを中本警部が主張すると、
「そう、成仏です。それがキーワードになると思います」
と、天地刑事は云った。
「人は死者に祈ります。無事、成仏できますように、と――ところが、今回の事件の
場合はどうでしょうか。犯人はネギとケーキを使って、被害者が死んでも死にきれな
い状況を作り上げました。好物のケーキを食べたくても、嫌いなネギで口が塞がって
いる状態を、です。被害者はさぞかし心残りだったことでしょうね、無念で、悔しか
ったでしょう。これではおちおち成仏なんかしていられないではないですか」
天地刑事は云う。
「私は、犯人の思惑がそこにあったのではないかと思うんです。つまり、死者が成仏
できないように、成仏してしまわないために、あんな装飾を施したのではないか、
と」

「何だ、それは？　成仏しないとどうなるというんだ」

　尋ねる中本警部に、またもや天地刑事は質問を投げかけてきて、

「どうなると思いますか、班長」

「うーむ、成仏できない、ということは、要するに、無事にあの世とやらに旅立てないということか。天国だか何だか知らんが、本来行くべきところへ行けないってことになるのかな」

「そうです、成仏できないということは、魂があの世に行けないことになる。あの世に行けない魂はどうなるでしょうか」

「迷ってしまって、行き場を失う――」

「そう、それこそが犯人の狙いだったのではないでしょうか、私はそう思うんです。死者に奇妙な装飾を施してまで犯人がしたかったのは、何としてでも成仏を阻止することだった――あのおかしなネギとケーキには、そんな切実な願いが込められていたのではないかと、私は思います」

　と、天地刑事は云う。

「これはあくまでも私の想像です。ただの空想の産物として聞いてほしいのですが――まずは犯人の、才賀邦彦の行動をトレースしてみたいと思います。才賀邦彦は、ストーカーが嵩じてついに松宮真優を殺してしまった。大変なことをしてしまった、

と才賀は焦ったでしょうね。殺してしまったこと自体ももちろんですが、松宮真優が死んでしまったらストーカーをするほど執着していた彼女を、もう絶対に手に入れることができないんです。執着心の強いストーカーにとっては、これは途轍もない恐怖だとは思いませんか。彼女が永遠に手の届かないところへ行ってしまうかもしれないんですから。そこで切羽詰まった才賀は、矢も楯もたまらず、慌ててネギとケーキを買ってきたわけです。ストーカーをしていたくらいですから、被害者のブログを熟読して好物と嫌いな物も熟知していたでしょうし、自宅付近でつけ回すようなこともしていたでしょうから、近くにコンビニがあることも知っていた。だから才賀は、急いで買い物に行くことができました。そして、ネギとケーキを買って大急ぎで現場に戻ってきた」

「彼女が成仏できない仕掛けを作るために、か」

「はい、才賀はネギを使って、被害者を〝死んでも死にきれない〟状態にします。故人はこれで成仏できない。その魂もあの世に旅立つことができません。魂は現世に残るしかなくなってしまう。それこそが才賀の目的だったわけです」

　と、天地刑事は続けて、

「松宮真優は死んでしまって、もう自分の手に入れることは不可能になってしまった。だったらせめて、その魂だけでもそばに留めておきたい——それが才賀の必死な願いだったのではないでしょうか。魂が成仏してしまわないようにして、それを手に入れる。あのネギとケーキはそのための成仏阻止装置だったわけです」

「だったら、才賀は今頃――」

「ええ、彼は逃げたわけではないのかもしれません。念願の松宮真優を手に入れて――といっても魂だけなんですが、才賀にはそれでも充分満足なのかもしれません――そして、きっと今頃は二人揃って意気揚々と、新婚旅行にでも出かけたつもりなのかもしれませんね」

「――」

中本警部は絶句してしまった。

何も答えられなかった。

返す言葉が見つからなかったのだ。

天地刑事が語ったことは、それほど異様だった。

いや、異様と云うか、異常だ。

まともではない。

常軌を逸している。

反応の仕様がなく、中本警部はそっと運転席の天地刑事の横顔を盗み見た。よく見知ったはずの相棒が、何だか急に異界からやって来た未知の生命体のように思えてくる。

　不気味だ――ぞわり、と背筋が寒くなる。

　そんな中本警部の様子に気づいたのか、天地刑事はひょいとこちらに顔を向けてきた。そして、普段はめったに見せないような悪戯（いたずら）っぽい笑顔になると、

「とまあ、空想を大きく広げてみたわけですが、いかがだったでしょうか。我ながらバカバカしいほど常識外れで突飛な考えだと判っていましたが、つい空想が止まらなくなってしまいまして――。しかしまあ、一応、辻褄だけは合っていたでしょう。極端で異常な辻褄ですけど、ちょっと面白かったとは思いませんか」

「な、何だ、冗談なのか――よしてくれ、てっきりお前の頭がどうかしちまったのかと思ったぞ」

　ほっとして中本警部が云うと、天地刑事は常には見せない微苦笑を顔に浮かべて、

「それは失礼しました、まさか班長が本気で聞いてくださっているとは思わなかったものですから。自分でも正気の沙汰ではないイカレた発想だと思っていましたからね。ですが班長――」

　と、急に真顔になって天地刑事は、

「現場のあの異様な光景を思い出してみてください。ネギを丸ごと一本被害者の口に突っ込んだあの状況――。あれは到底まともとは思えないものでした。はっきり云っ

て異常です。そんな異常な犯行を捜査する我々も、異常な発想の領域に足を一歩踏み入れてみる必要があるのかもしれません。それで私は、あんな極端に飛躍した仮説を話してみる気になったわけです」

「なるほど、確かにそれは——」

一理あるかもしれないな、と中本警部はうなずいた。

普通の考え方では、あの異様な現場の説明はつけられないかもしれない。

そう考えて気が重くなる中本警部に構わず、天地刑事は、

「とにかく、署に帰りましょう。皆を待たせては申し訳ないです」

「ああ、そうだな」

中本警部が答えると、天地刑事はサイドブレーキを解除して車をゆっくりと発進させる。その横顔は、すっかりいつもの冷静な表情に戻っていた。

それをぼんやりと見やりながら、中本警部は思っていた。

もし、万一、今の天地の〝空想〟が的を射ていたとしたら——。

それは、とても恐ろしいことではないかと思う。

あの異様で不可解な現場のことを考えると、あながち間違っていないかもしれないのだ。

もしそうだとしたら、我々はこれから途方もなく巨大な狂気と対峙しなくてはなら

ないだろう。こちらの精神をも呑み込みかねない、途轍もなく大きな暗い狂気と――。
空恐ろしさを感じ、またぞろ背筋に寒気が走るのを覚える中本警部であった。

夜を見る猫

おばあちゃんの家には和室が多い。

というか、家じゅうほぼすべての部屋が畳敷きである。

そんな部屋のひとつ、畳の上には猫が一匹。

猫はべろんと横たわっている。

白黒の大きな猫ちゃんだ。

白地の体に大ぶりの黒ブチが五つ六つと散った模様。お腹がたゆんたゆんに太った、丸々とした猫である。

私は畳の上に寝そべって、その猫ちゃんを撫でている。

頭から背中にかけて、すべらかに指を這わせる。猫は横になったまま、全身をびろんと伸ばしている。背骨に沿ってゆっくりと背中を撫でてあげる。柔らかな白黒の毛並み。畳にころりと転がった猫ちゃんは、尻尾をぱたぱたと振ってご機嫌だ。

「よしよし、いい子ちゃんだねえ」

話しかけながら、今度は丸い頭をくりくりと撫でてやる。気持ちよさそうに目を閉じた猫ちゃんは、典型的な日本の雑種猫の顔立ちだ。

黒いブチが、左肩から顔の半分にかけて大きく広がっている。そのせいで、右の横顔を見るとキリっとしたシャープな白猫に見えるけれど、正面から見れば左が白くて右が黒いという、何とも愛嬌のある顔になっている。そのかわいらしい顔の、鼻筋をそっと指で撫でてみる。猫ちゃんは鼻先を前へ伸ばして、もっと撫でろと訴えてくる。

「撫でてほしいの？　いい子ちゃんだね、ミーコちゃんは」

白黒猫の名前はミーコ。おばあちゃんの家の猫である。

おばあちゃんの家は田舎の古い家だ。

ミーコも家と同様、もういい年齢のお年寄り猫ちゃんである。

仔猫だったのは、私が小学生の頃だったから、もうかれこれ十五年くらい前のことだ。確かおじいちゃんが亡くなった年に、一人暮らしになってしまうおばあちゃんがご近所から譲り受けてきた。十五年も経てば、猫だっておばあちゃんになる。

私は大の字に寝そべり、そのおばあちゃん猫を撫でている。

静かな夕方。

田舎はのどかで、空気までひんやりと独特の匂いがする。

普段、都会のワンルームマンションのフローリングの床で窮屈に暮らす身としては、悠々と寝転がれる畳の広さが嬉しい。

おまけに、畳の上には猫ちゃんがいる。

私は手を伸ばし、首の横の柔らかい部分をこちょこちょと撫でた。そして顎の下へ指を這わせると、爪を立てて喉元をこすってやる。ミーコは目をつぶり、気持ちよさそうに首を伸ばす。もっと撫でても構わないんだからね、とでも云わんばかりの態度である。

「よしよし、かわいいねえ、喉をごろごろ鳴らしちゃって。ミーコちゃんはいい子だねえ」

喉の下をせっせと撫でると、ミーコは白黒の尻尾をぱたぱたと振る。もう片方の手も伸ばして、丸まった背中をゆっくりさする。白黒でふかふかの毛並みである。手触りがとても心地いい。ミーコも後ろ足を長々と伸ばして、リラックスしている。親指で顎の下を撫でながら他の指で頭をくりくりしてやれば、ミーコは背中を畳に擦りつけて、ころりころりと寝転がる。これはかわいい、たまらない。思わずくりくり頭を撫でる指に力が入ってしまう。

「あれまあ、由利枝ったら、お行儀の悪い」

と、後ろからおばあちゃんの声が聞こえた。

「ほんだら足をおっ拡げた見苦しい格好して。年頃の娘のすることじゃないだで」

私はころんと姿勢を入れ替えて、寝転んだままおばあちゃんを見上げた。

「年頃ったって、私もそれほど若いわけじゃないよ。四捨五入したらもう三十だし」

「おばあちゃんから見たら三十も二十も変わらんで。いいんだよ、あんた充分若いんだから、五捨六入でも六捨七入でもしてさ、いつまでも私は若い娘でございます、って顔してりゃいいだで」

と、いつもにこにこしているおばあちゃんは、笑い顔で云う。おばあちゃんはこの古い家でずっと一人で暮らしている。おじいちゃんが亡くなってからずっとだ。母は街へ出て結婚したし、叔父(おじ)さん達もそれぞれ独立している。それからは一人暮らし、というか、ミーコと二人である。

「由利枝、晩ご飯、何が食べたい？　何かご要望はあるだかね」

「うーん、何でもいい」

「何でもいいが一番困るだで」

「だって、おばあちゃんのご飯なら何でもおいしいもん」

私が云うと、にこにこしておばあちゃんは、

「近頃じゃ一人で住む若い娘でも自炊はしたりしないそうだでね、由利枝もそうかね」

「そうだねえ、うん、だいたいコンビニか何かで適当に済ませちゃうかな。だからおばあちゃんの料理は何でもご馳走(ちそう)」

「仕方ないねえ」

と、おばあちゃんは台所に行こうとする。

「手伝おっか」

私が上体を起こすと、

「いいでいいで、由利枝はお客さまだで、ミーコと遊んでりゃいいさ」

にこにこしながら、おばあちゃんは行ってしまった。

「ミーコちゃん、遊んでていいって」

と、白黒猫に呼びかけて、またお腹の柔らかいところを撫で回した。「みう」と小さく鳴いて、体をぐいっと伸ばすミーコ。それを撫でながら私は、

「ま、休暇中ってことで、少しは甘えちゃってもバチは当たらないよねえ」

そう、私は休暇中なのである。夏休みでも正月休みでもなく、中途半端な時期の突発性自主的休暇だ。都会で勤める会社員は忙しい。有給を取る暇もない。有給休暇の取得は労働者の当然の権利。溜まっていたそいつをまとめて取るべく、休暇申請書類を課長のデスクに叩きつけてやった。年末の繁忙期にはまだ間がある半端な時期でもあり、課長は目を白黒させながら判を押してくれた。

それでおばあちゃんの家に来た。

両親のいる実家に帰ってもよかったのだけれど、あそこも地方都市だから〝田舎でのんびり〟という感じではない。その点、ここは田舎だ。遠慮せずに云ってしまえば、

本当に何もない田舎である。そして、本物の田舎こそ骨休めには相応しい。畳の部屋ばかりの古い家と、にこにこしているおばあちゃんと、そしてかわいい猫ちゃんと――。

私が昼過ぎにここへ到着した時、ミーコは玄関まで出迎えに来てくれた。「にゃあ」と鳴いて歓迎の意を表してくれた。かわいい子である。

畳の上に寝転がって私は、そのかわいい猫ちゃんの白黒の背中をそっと撫でた。

＊

夜は早い時間に床に就いた。

田舎の夜は早い。

おばあちゃんのお手製の晩ご飯をたらふくいただいて（どれもこれも飛び切りおいしくて、特にいりこからちゃんと出汁を引いたお味噌汁は絶品である）夕食後のお茶を飲んでもまだ午後七時。いつもならあの乱雑なオフィスで、てんやわんやになって残業に追われている頃合いだ。そんな時間に、もうすることがない。後はお風呂に入って寝るだけ。何と健康的な生活リズム。この普段との落差の大きさはどうだろう。

周囲は静かだ。

聞こえてくるのは虫の音だけ。

他には何も聞こえない。

その音も、秋がもう終わろうという時期だけに、ひっそりと寂しげである。

まさに〝田舎でのんびり〟の醍醐味といったところか。

「この辺りも若い人はみんな都会に出て行っちょるでね、残っとるのはおばあちゃんみたいな年金暮らしの年寄りばかりだで」

と、夕食後のお茶を飲みながら、おばあちゃんはにこにこして云う。

「何もない田舎だで。由利枝みたいに街で暮らす娘には退屈じゃろうて」

「いいんだよ、私は退屈しに来たようなもんなんだから」

私が答えると、おばあちゃんはにこにこと、

「だけんど、ここで生活はできんで」

「うーん、そうだねえ、暮らすにはちょっと厳しいかもね。だいたいこの辺じゃ仕事もないでしょう。年金なんかまだまだもらえるわけもないし、私だったらすぐ干上がっちゃうよ。けど、休暇にはちょうどいいから」

「ほうだら、静かだで」

「うん、凄く静か、いい感じ」

「いつでも来りゃいいで」

「うん、来る」

「ミーコもいるで」

「うん」

そのミーコは、私の横に座ってせっせと身繕いをしている。体じゅうの毛を舐めているのだ。今は前足を片方上げて、たぷたぷとした脇腹の毛を舐めている。一心不乱な姿が、とてもかわいい。

そうして、おばあちゃんと枕を並べて早く寝た。

いつもの暮らしでは到底考えられないくらいの早寝である。畳に直接、布団を敷くのも珍しくて新鮮だ。

部屋は他にいくつもあるけれど、何となくおばあちゃんと二人で寝たかった。ミーコもいることだし——。そろそろ夜は寒い季節だ。寝床に猫ちゃんがいてくれると、大変喜ばしい時期でもある。

と、布団に入ってはみたものの、さすがに眠りにはつけなかった。体が夜更かしに慣れている。我ながら都市生活に毒されていることだなあと思う。

仕方なしに、布団に潜り込んでスマホをいじったりしてみた。友人に長文のメールを送り、ネットをあちこち見て回り、無料のゲームアプリをいくつかダウンロードしてちょっと遊んだり、そうこうするうちに、どうにか眠気が差してきた。

うん、寝られそうだ――と、スマホを枕元に置こうとして、ふとそれに気がついた。

ミーコが座っている。

私とおばあちゃんの布団の、ちょうど隙間の位置。枕元から一メートルほど離れた畳の上に、白黒猫がちょこんと座っていた。月灯りだけが差し込む薄暗がりの中、前足をきちんと揃えて、てんとお行儀よく座っている。

しかし、ただ座っているだけではない。

白黒猫は、何かをじっと見つめているのだ。

私の布団からは、ミーコの斜め後ろ姿が見えている。そして、てんと座ったミーコは、水平より少し上の角度の中空を見ている。じっと見つめている。

何を見ているんだろう――と、その視線の先を追ってみても何もない。暗がりと、壁があるばかりだ。

それでもミーコはじっと見続けている。夜の闇を、暗い宙を、身動ぎひとつせずに、じっと見つめている。

大きな耳をぴんと立て、聞き耳を立てるようにして、熱心に、そして少し不思議そうに、何もない闇の中の壁を見上げている。

私は思わず布団から這い出して、白黒猫ちゃんのところへ近寄った。

「どうしたの、何見てるの？」

ささやきかけて、頭をそっと撫でてもミーコは反応しない。

まん丸の目で、きょとんとしたような表情をして宙を見据えたままである。前足を揃えて胸を張り、姿勢よく座っている。

夜の猫は虹彩（こうさい）が開いて黒目が大きく丸くなる。そのきれいな宝石みたいな大きな瞳で、ミーコは見えない何かを見つめている。何となく不可解そうな面持ちで、何か納得がいっていないふうでもある。

見ている先に私が目を凝らしても、暗い壁があるばかり――薄闇の中には、やはり何も見えない。

ミーコは大きな両耳をぴんと立てているけれど、特に何か聞こえるわけでもない。

田舎の夜は静かだ。

空気がしんと鳴るような、耳に痛いほどの静寂が夜を包んでいるだけである。

「変な子だねえ、何が見えるの、ミーコちゃんや」

小さな声で私は云い、丸い頭をくりくり撫でてやる。

と、隣の布団のおばあちゃんがごそごそと起きる気配がした。

「何ぞした？　由利枝は寝られんだか？」

おばあちゃんに呼びかけられ、私は慌てて、

「あ、ごめん、おばあちゃん、起こしちゃった？」

「いんや、年寄りは眠りが浅いだでね、便所が近いで」

と、おばあちゃんはもそもそと起き上がり、薄暗がりの中をゆっくり歩いて行ってしまった。

そして、おばあちゃんがトイレから戻って来ても、ミーコはじっと宙を見据えたままだった。

ゆっくりとした動作で布団に戻ろうとするおばあちゃんに、私は云ってみる、

「ねえ、ミーコが変なんだよ、何か見てるみたいに動かないの。どうしたんだろう」

すると、おばあちゃんは布団から顔だけを出して答え、

「ああ、猫は見えるっちゅうだで。大方それだいな」

「見える？」

「ほうだよ、人の目に見えんようなもんでもな、猫にはちゃあんと見えとるんだで」

「どんな物が見えてるの？」

「さあてな、人に見えんもんだから、何ぞ人の知恵の及ばんようなもんかもしれんなあ」

と、おばあちゃんはちょっと笑って、

「もしかしたら、じいちゃんかもなあ。あの人も生き物は好きじゃったで」

「おじいちゃん――魂とか、霊とか？」

「ほんなもんかもなあ」

そうおばあちゃんは云うけれど、私はそれには少々懐疑的だ。霊的な何かだというのなら、いっそのこと透視しているとかの方が現代的じゃないかと思う。

ミーコには、暗がりの壁の向こうが透けて見えているのだ――。

といっても、この家の壁を透視したところで大したものは見えないだろう。ミーコの見ている方角からして、透視しているのはお隣の須貝（すがい）さんの家の方だ。隣とはいえ、都会みたいに家々が密集して建て込んではいないから、二十メートルばかり距離がある。二軒の間に無駄な空き地があって、離れて建っているのだ。

須貝さんの家は、うちのおばあちゃんより少し年配のおばあちゃんが住んでいる。あ、確か息子さんも同居しているんだっけ――。どちらにしても向こうも寝静まっているだろうから、透視して隣の家の中を見たとしても、特に珍しいものが見えるとは思えない。ミーコがもし超能力猫ちゃんであっても、特段興味は持たないだろう。ひょっとしたらお隣の家ではなく、その手前の空き地に何か見えているのかもしれないけど――。

いや、それよりも、と私はふと思いついて、

「もしかして、私が来たせいかなあ」

布団を被り直したおばあちゃんに尋ねてみた。

「いつもはミーコとおばあちゃん二人だけでしょ、この家は。ミーコはそれに慣れているから、急に私が来てそれがストレスになって、こんな変なことしてるのかもしれない」

「ほりゃあないだで、きっと」

と、布団の中のおばあちゃんは即答した。

「どうして？」

「んじゃって、昨日の夜もミーコはそんなふうにしとったで、何か見とったけんね」

「昨日も？」

「ほうじゃ、昨日も便所に起きたら、そうして何か見とったただで。猫が何もないとこを見つめちゅうんは、たまにあることだでね。おうおう、何か見とるなあ、と思ったで。だけんど昨日の夜は由利枝はおらんかったけんね、じゃって由利枝のせいじゃないで」

「ふうん、だったらいいけど」

と私はうなずき、ミーコの丸まった背中を撫でてやる。猫背という言葉の通り、しゃんと座っていても猫ちゃんの背中は山の形に丸まって盛り上がっている。

おばあちゃんは眠ってしまったらしい。

ホント、何見てるんだろう、この子――そう思いながら、私はふわふわの背中をそっと撫でる。柔らかな毛並みは手触りがよく、指に心地いい。白黒のブチ模様は暗くてよく見えなかった。

*

次の日の昼、散歩に出かけた。

ご近所をふらっと一人で、歩いて回る。

いい天気だ。

空が青々と広い。

高い建物がひとつもないから、空がどこまでも高く広がっているのが判る。遠くの山々も見渡せる。

風が少しだけ冷たいけれど、穏やかな風の流れが頬を撫でてきて、いい気分だ。空気の匂いまで街とは違っている。思わず深呼吸してしまう。

それに、平日のまっ昼間にこうしてのどかな田舎道をぶらぶらするなんて、途方もない開放感がある。

静かな昼下がりの田舎の散歩道。

何という贅沢な時間だろう。

晴れ晴れとした気持ちになってくる。

そうやって、特に目的地もないまま、何となくそぞろ歩きを楽しむ。

道沿いの農家風の家の前に出た。

おじいちゃんが一人、スチール製の脚立に上がっている。一本の木の横である。柿の木だ。

立ち止まってぼんやりと眺めてみた。

おじいちゃんは柿の実をひとつひとつ丁寧にもぎ、腰にぶら下げた籐の籠の中に入れている。木には実がたくさん生っている。空の青さと柿の実のオレンジ色のコントラストがきれいだ。

私が見物しているのに気がついたらしく、脚立の上のおじいちゃんは、

「柿の木は折れやすいだで、登ったら危ないけんな、じゃでん脚立を使うで」

と、一人言のように解説してくれる。そして、ひょいとこっちを向くと、

「嬢ちゃん、柿、喰うか」

私が微笑むと、おじいちゃんは、

「ほれ、別嬪さんにサービスだで」

と、柿の実をひとつ、放ってよこした。

私が慌ててそれを受け取ると、

「渋柿かもしれんで、喰えんかもしれん」

おじいちゃんは、にんまりと笑ってそう云った。前歯が一本、抜けていた。

はて、誉められたのか、からかわれたのか——と、疑問に思いつつも散歩を再開。

田舎の道をぶらりぶらりと歩く。手に、柿の実をひとつ、持って——。

やがて、しばらく行ったところで、田んぼが広がっている場所にやって来た。

広々と何もなく、すかっと空間が広がっている。

もうお米はとっくに収穫した後だから、田んぼは一面、カラカラに干上がっていた。

このところの晴天続きで、地面は乾ききっている。稲を刈った後の株が、ずらっと等間隔でどこまでも並んでいるのが見渡せた。残った株も、すっかり乾燥して固そうだ。

その稲の切り株はこの辺の言葉で〝藁げっこ〟というのだと、子供の頃におばあちゃんに教わったっけ。

稲刈り後の田んぼの畦道を、のんびりと歩く。

遥か地平線の彼方にまで続いているみたいに見える畦道。干上がった田んぼも、ずっと遠くまで広がっている。田舎は、本当に何もない。田んぼがあり、木があり、遠くに山が見えて時々人家がある。それだけだ。

清々しい風が、広い田んぼを抜けていく。

お日さまがぽかぽかいい陽気。

実に爽快な気分になる。

いい気持ちだ。

畦道の途中で立ち止まり、うーんと大きく伸びをした。

とてもすっきりした。

そして散歩の帰り道は、お隣の須貝さんの家の前を通った。

この家も、おばあちゃんの家と同じように古い。

須貝さんのおばあちゃんは、私が子供の時分からもうおばあちゃんだった。従姉妹達と夏休みに遊びに来て、この辺りを駆け回っていると「おやおや、まっ黒に日焼けして、元気だでねえ」と、目を細めて見守ってくれていた。

その須貝さんのおばあちゃんは、近頃、心臓の具合があまりよくないらしい。昨日の晩ご飯の時に、うちのおばあちゃんからそう聞いた。

ちょっと心配で、入り口の生け垣のところから覗いてみた。しかし、須貝さんのおばあちゃんの姿は見かけなかった。その代わり、おじさんが一人、大儀そうに家の裏に回って行くのだけが見えた。

散歩から戻ると、おばあちゃんと猫が出迎えてくれる。

白黒ブチのミーコはわざわざ玄関口まで出て来て、私を見上げて「にゃあ」と鳴いた。白黒まだらの尻尾をぴんと高く立てている。

「あら、ミーコ、お出迎えしてくれるの、いい子ちゃんだねえ」

と、白黒半々の額を撫でてやると、ミーコは「みゃあ」と云って気持ちよさそうに目を閉じる。

おばあちゃんも台所からひょいと顔を出し、

「戻ったかいね」

「うん」

「何もないじゃろ、田舎だで」

「うん、でも、そこがいいんだよ」

「珍しいかいね」

「うん」

「ほんなもんかねえ」

と、おばあちゃんはにこにこして顔を引っ込めた。

「ほら、ミーコ、見て見て、柿をもらったよお、渋柿かもしれないよ」

家に上がって、畳の上にさっきの柿の実を転がす。白黒猫ちゃんはそれをちらりと見ただけで、興味を示さない。

「あれ？　じゃれないの？　ほら、丸いよお、転がるよ」

と、目の前で左右に転がしても、どうでもよさそうな顔。さすがにご年配猫だ、仔猫ではないから、このくらいでは喜んでくれない。

「だったら、もふもふ攻撃だあ」

と、ミーコを捕まえて撫で回す。

猫背の背中を片手で支え、もう一方の手で柔らかな首回りの毛並みをまさぐってあげる。喉の下は特に念入りに、集中的に掻いてやる。ミーコは首を伸ばし、体を平べったくして心地よさそうに目を細める。

「かわいいやつめ、こうしてやるこうしてやる」

と、ミーコをひっくり返して、ふかふかのお腹を撫でくり回す。

白くふくよかな腹部を天に向け、四本の足をびろんと拡げて為すがままになるミーコ。かわいいかわいい。そのたぷたぷしたお腹に顔を近づけ、やにわに顔面を埋めてみる。ふさふさの毛が柔らかく、ぷにぷにのお肉の弾力が頬に伝わってくる。お腹に顔を押し当てたまま、手を伸ばしてミーコの喉元を撫でてあげる。

「うーん、ミーコちゃん、お腹、ふよふよだねえ」

と、前足の一本を掌で包み込むようにして撫でてみる。足の先にはかわいい肉球。お年寄り猫のミーコの肉球は、若い頃に散々外遊びをしていたせいで、ちょっと固めだ。それでも指先で押してやると、ぷよぷよとした弾性を楽しめる。

「よしよし、ミーコや、いい子ちゃんだねえ」

仰向(あおむ)けで四肢を拡げ、ぐでんと脱力した白黒猫ちゃん。丸い頭をくりくりと撫でると、大きな耳をぴくぴくと動かす。

ふかふかのお腹から顔を離し、今度はミーコの顔に頬をすり寄せてみる。目を閉じているその鼻先に、こちらの顔を擦りつければ、ヒゲの感触が少し固い。けれど顔面の毛並みは柔らかで、それが頬をくすぐって気持ちいい。

顎の下をこりこりと撫でると、尻尾を何度かぱたぱたと振る。仰向けのままの白黒猫は、背中を畳に擦りつけてころころと機嫌よさそうに転がった。

そのかわいらしい姿を見ながら、私はふと思い出す。

そういえば、昨夜のあれは何だったのだろうか。

暗闇をじっと見つめて、身動ぎひとつせずに何かに気を取られていた様子のミーコ。

あれは一体、何を気にしていたのだろう？

＊

そして、夜。

そのミーコの不可解な行動を、その夜も見ることができた。

深夜、とっぷりと夜も更けた頃。

布団を並べて寝ている私とおばあちゃんの枕元だ。そこから一メートルばかり離れた畳の上で、ミーコはてんと座っていた。

月灯りだけが照らす暗がりの中、前足をきっちり揃えたお行儀のいい姿勢で、昨夜と同じように何かを見ていた。

斜め少し上方を見上げ、何もない中空をじっと見つめる猫ちゃん。

耳をぴんと立て、夜のしじまにひっそりと耳を澄ますようにして、大きなまん丸な目で闇を見据えている。

何を見ているのかは、さっぱり判らない。

昨晩と同じ方角を見て、ただじっと座っている。何となく納得がいかないような、きょとんとした不思議そうな顔つきで、じっと——。

私は、そのミーコの斜め後ろ姿を、布団の中から見ていた。

何かが気になっているみたいな様子のミーコ。その理由が、私にはてんで見当もつかなかった。

＊

翌朝、朝ご飯を食べたミーコは畳の上でころんと横たわっていた。

脇腹を天井に向け、両腕を畳に投げ出した格好で、目を閉じている。朝寝を楽しむ猫ちゃんの図だ。お気楽な生活リズムである。

私も腹這いになって、ミーコの丸々としたお腹に顔を近づけた。眠る呼吸に合わせてゆっくり上下する白黒模様の脇腹を、そっと撫で、

「ねえ、ミーコ、昨日の夜も何か見てたねえ」

声をかけても、反応はない。目を閉じたミーコはピンクのかわいらしい鼻をこちらに向けて、くうくうと寝ている。

私はそれでも、脇腹のふさふさの毛並みに優しく指を這わせながら、

「何かを見ていたミーコちゃんや、何を気にしてたの？　君は」

やはり答えは返ってこない。すうすうと静かに眠っているだけだ。

かわいいミーコの寝姿を見ながら、私は考えを巡らせ始める。

確かに、猫が何もない空間をじっと見る行動は、たまにあることだ。それ自体は珍しくはない。

しかし、昨夜と一昨夜のミーコのあの様子。あれは何か感じが違うような気がしてならない。もっとはっきりと、何事かを気にしているふうに見えた。何かが気になって仕方がなくて、それであんなに不可解そうな、納得できないみたいな、そんな顔を

している。そう私には見えたのだ。漠然としたものではなく、もっと具体的な何か――。

おばあちゃんが云っていたような、オカルト的な方面で考えてはそこから先に進めなくなってしまう。人知を超えた何かをミーコだけが動物の本能で感じ取っていたというような話だと、私にはお手上げである。だからここはひとつ、ちゃんと具体性のある方向で考えてみよう。人間の私にも理解できる、もっと単純な方向で――。

さて、では、ミーコは本当に何かを見ていたのだろうか。

猫は人より夜目が利く。暗がりの中に何かいて、それを夜行性の動物ならではの高性能な視力で発見していた、とか――。虫やヤモリなど、そういう物を見ていたとしたら、あの様子もうなずけないでもない。でもしかし、それだとすると二晩続けてというのはおかしくはないか。いや、おばあちゃんが云っていた。私が来る前の日の夜も、ミーコはああして何かを見ていた、と。だとすると、三夜連続だ。ミーコは三晩続けて、同じ方向を見ていたことになる。虫かクモかがいたとしても、三夜続けて同じ場所に出没するなんてことがあるものだろうか。それに、さすがに老猫とはいえ、ミーコだって一人前の猫ちゃんだ。そんなのが出たら飛びついて捕まえようとするとか、そういう行動があってもおかしくないはずである。

そう考えると、虫か何かいて、それを見ていたとは考えにくい。

ミーコは何かを見ていたわけではない。

では、何かの気配を感じていた、とか？

例えば、家の外に誰かいて、壁越しにその気配を感じ取って不思議そうな顔をしていた、というのはどうだろう。泥棒か何か、不審者がいて——。いや、こんな片田舎のこの古い家に、さすがに泥棒なんかは近づかないか。だったら人間ではなくて、野生のタヌキか何か、動物はどうだろう。よその家の猫ちゃんがミーコのテリトリーに入って来たから、それを気にしていたとも考えられる。そういった動物の気配を感じていたのなら、あの納得がいかないような顔つきもうなずける。

でも、それもないだろうな——と、私はすぐに自分の思いつきを否定していた。

動物の気配といっても、昨夜も一昨夜も静かで、私には何も感じられなかった。いくら何でも、物音ひとつ立てない動物などいるとは思えない。

それに、野生の獣が近所にいるのなら、農作物が荒らされたりする被害が出ていてもおかしくない。そういうことがあればご近所でも話題になるだろう。うちのおばあちゃんの耳にも入るはずだ。けれどおばあちゃんは、そんな話はまったくしていなかった。

そもそも動物がいたのなら、ミーコがずっと同じ方角を気にしていたのも変である。動物は動く。その移動に応じて、気にする方向が変化しなくてはおかしい。だけどミーコは、ずっと一方を見つめ続けていた。あれは外の動く物に気を取られていたのだとは、ちょっと考えにくい。

だったら近くの動物などではなく、もっとずっと遠くの音を聞いていたというのはどうだろう。

遥か遠くの国道を珍しい音の車が通ったとか、とても遠くの線路を、普段は聞こえない走行音の特別列車が走ったとか――。その音が気になってミーコが聞き耳を立てていたのなら、充分にあり得るのではないか。凄く遠い音が夜の静寂の中を伝わってきたから、走行音が私の耳に感じ取れるほど大きいわけでもなく、距離が離れているので、ここからだと通過する移動角度もそれほど幅が広いわけでもない。だからミーコにとっては、ほぼ同じ方向から聞こえてきたように思えた。と、そう考えれば辻褄は合う。

いやいや、しかしそれだと三夜連続というのがまた引っかかってくる。三日も同じ時間帯に、同じ車や電車が通ったのなら、それはもはや珍しい現象ではないだろう。そんなに頻繁に通過するのなら、それはほぼ毎晩、しょっちゅう聞こえることになる。そうなればミーコにとっては外の虫の音やカエルの声などと同じで日常音になってしまい、わざわざ聞き耳を立ててあんなに珍しそうなきょとんとした顔になる原因ではなくなってしまう。

となると、外の音もダメだ。

何か聞こえていたとも考えにくい。

さあ、そうなると、どうだろう。

何か見えていたのでもなく、何かを聞き取っていたのでもないとすれば——。

はっと思いついて、私は身を起こした。

その動きにびっくりしたのか、ミーコが薄目を開ける。

「ごめんごめん、驚かせちゃったね、ごめんね、よしよし」

と、ミーコの頭を撫でてやる。

くりくりと頭を撫でながら、私は考えをまとめた。思いつきが形になり、徐々にはっきりした様相が見えてくる。

だとしたら、こうしてはいられない。

矢も盾もたまらず、私は跳ね起きるように立ち上がり、部屋を飛び出した。

家を飛び出る時、おばあちゃんが不思議そうに、

「慌ててどうしただね、また散歩か」

「うん、ちょっと近くへ」

と、生返事で、私は急いで外に出た。

目的地は、本当にすぐ近くだった。

しかし、来てはみたものの、板塀が邪魔で目標の場所が見えない。

柿の木は折れやすいんだっけ——と思いつつ、私は太く頑丈そうな木が、ちょうどいい場所にお誂え向きの幹をつけているのを見つけた。

迷わずその木に飛びつき、登ってみる。

木登りといっても板塀の向こうを覗ければいいだけだ。あまり高くは登る必要もなかった。

そして、覗いてみて、それを見つけた。

思った通りだった。

あまりにも予想通りで、その上あんまり呆気なく発見できたから、自分でも仰天したくらいである。

しかし、驚嘆している場合ではない。

木から飛び降り、私は大慌てで家に取って返した。

台所でさやいんげんの筋を剝いていたおばあちゃんに、今の発見の一部始終を報告する。いつもにこにこしているおばあちゃんの表情が、珍しく曇った。

「由利枝の云う通りだったら、警察に報せた方がいいかもしれんねえ」

「うん、私もそう思う」

「やれやれ、こりゃ大ごとだで」

と、おばあちゃんは、どっこいしょと腰を上げ、電話機のある居間へと移動した。

＊

さて、そこからが大騒動だった。

おばあちゃんの電話で、まず制服のお巡(まわ)りさんがやって来た。この人はこの近辺の駐在さんで、おばあちゃんとも顔見知りだ。そして次に、最寄(もよ)りの警察署から同じく制服の警官達が何人もやって来た。

それから昼過ぎには、県警から刑事さんらしき一団が車で到着した。

さらに鑑識班と覚しい紺色の制服の団体が、大挙して押し寄せて来た。

警察車輌(しゃりょう)がずらりと並び、刑事さん達が殺気立った声で指示を飛ばし合う。

静かな片田舎は、いきなり上を下への大騒ぎの渦中に放り込まれた。家の周囲は大騒動で、どこにこれだけの人がいたのかと不思議に思うほどの大勢の野次馬が（お年寄りばかりだけど）群れ集まって来た。

これでは到底〝田舎でのんびり〟どころではない。私もおばあちゃんも警察の人達の質問攻めに遭い、目が回るほどの忙しさになってしまった。

ミーコだけが縁側で、呆(あき)れたような顔つきをして人間達が大騒ぎを演じるさまを、遠巻きに眺めていた。

＊

その夜、一大騒動もようやくひと段落つき、私とおばあちゃんもやっと一息。二人で遅めの夕飯を終えた。

騒ぎに取り紛れて昼ご飯を食べそびれてしまったから、お腹が空いていた。そのせいで必要以上に食べすぎた。

食後のお茶を片手に、ほっと一服――。

やれやれ、くたびれた。

そんな私の横で、ミーコはせっせと食後の毛繕いに励んでいる。

前足の先をぺろぺろと舐めてから、くるくると顔を洗い、首を捻って胸元を舐め、お腹を舐めてから、横座りになって脇腹を舐め始める。ミーコなりの手順がちゃんと決まっているらしく、迷いもせずに一心不乱に自分の体を順序よく舐めている。

おばあちゃんはお茶を啜って、

「本当にまあ、大変だったで。だけんど、由利枝はお手柄だったでねえ」

と、にこにこ顔で云う。

は違うだろう。動物や人は動く。しかしミーコはじっとしていて、宙の一点を見据えていた。動く物の匂いが気になっていたのなら、その発生源の移動に伴って、ミーコも動いて反応していたはず。しかしそんな様子は見られなかった。だから匂いの発生源は、動く物ではないのだろう。

動かない物。

移動しないで、そこにある物。

この近辺に、恒常的にある物が怪しいということになる。

では、家の周辺には何があるだろうか。

田んぼや畑があり、木が生えていて、時折人家がある。

田舎なので他に大した物はない。

だとすると、木か？　家の周囲の樹木に何か異変があったのだろうか。

しかし、樹木は日常的にそこにあるものだ。ミーコにとって特別珍しい匂いがすることもないはず。昨日もらったあの柿の実のように、何か果実が生ったり花が咲いたりしたとしても、それはこの季節ならばいつものことだから、お年寄り猫ちゃんのミーコにとっては毎年の恒例行事で、特段珍しがる匂いでもない。それから、台風などの悪天候で、枝や幹が折れて変わった匂いがしたというわけでもないだろう。ここしばらくは、田んぼがカラカラに干上がるほどに天気はよかったようだし、それならば枝や幹が自然に折れるというようなこともない。

　これが夏休みならば、子供達がカブトムシやクワガタムシを採るために、クヌギの表皮を剝いて樹液を出し、甲虫を呼び寄せたりするのかもしれない。そうした樹液の匂いならば、珍しく感じてもおかしくはない。けれど今は時期外れだ。夜になれば、外はもう寒い。こんな季節に昆虫採集をする人もいないだろう。そもそもこの過疎の田舎には、そんなことをする子供が近くにはいない。

　では、木でないとすると、人家からする匂いが理由なのだろうか。

　だが、これもどうだろうと思う。

　あの遅い時間、大概の家は寝静まっている。田舎の夜は早いのだ。近隣住人の誰かがあの時間まで起きていて、家の中で何かをしていたとも思えない。一晩だけならともかく、三夜連続だ。大抵の人が眠りに就いている時間に、ミーコが不審に感じる特殊な匂いを三日続けて発する家があるというのも、不自然すぎる。

　もしかしたら起きている人などいなくて、人の手が介入していない突発的なこと、例えばちょっとした小火(ぼや)とかで煙の匂いがした、などということもあるかもしれない。けれど、ここでも三夜連続という点がネックになる。小火などの異常事が三夜立て続けに起きたとしたら、さすがにご近所でも騒ぎになるだろう。消防だって呼ぶかもしれない。だが、そんな様子はまったくなかった。おばあちゃんも何も云っていなかったし、田舎の日常は平穏そのものに続いているようにしか感じられなかった。

ということは、民家から何か特別な匂いがしたわけでもなさそうである。

木でも家でもないとすると、田んぼや畑か？

しかし田んぼはもう稲刈りがとっくに終わっている。全部水が抜かれて干からびていた。昨日、散歩の時に畦道を歩いて、〝藁げっこ〟が並んでいたのを私も見ている。あんな水の抜けた田んぼから、何か特殊な匂いがするとも思えない。来年の春まで、農家の人もあの枯れた田んぼに入る用事もないだろうから、匂いの発生源が生じるはずがない。

田んぼは違う。だったら畑だろうか。

稲刈りが終わった田んぼと違って、畑はまだ秋物冬物の作物を作っている。その畑を掘り返した土の匂い、というのはどうだろう？

けれどミーコは、この家に十五年以上も住む生粋の田舎猫ちゃんだ。今さら畑を掘り起こす匂いなど珍しがるはずもない。そもそも深夜のことだから、農家のおじいちゃんおばあちゃん達はみんな寝ている。農作業をするような時間ではないのだ。

と、ここまで考えを進めた時、私は別の閃き（ひらめ）を思いついた。

畑を耕す匂い、というところから、土を掘り返す匂いを連想した。そう、この近辺には地面ならばいくらでもある。

田舎は何もないだで——と、おばあちゃんは口癖のように笑って云う。ただそれは、商業施設や娯楽施設がないという意味だ。建築物は確かに少ない。代わりに、ふんだんに存在するものがある。それは土だ。地面だ。それだったらたくさんある。どこまでも広がっている。そのことに私は気づいたのだった。

その地面を掘り返す匂いが、ミーコの気にしていたものではないか、と思いついたのである。

それはきっと、通常よく掘り返す場所ではないはずだ。しょっちゅう耕すような畑などの匂いならミーコも嗅ぎ慣れていて、あんな不審そうな様子にはならなかっただろう。

普通ならば掘り返したりはしないような地面。そこに謎の答えがあるのではないか。そう私は見当をつけた。何者かが、どこかの地面を掘り返しているのではないか、と。

そもそも、事は近隣の人達が寝静まった深夜に起きている。そんな夜中に何かをするということは、人に見られたくない行為なのではないだろうか。だとしたら、掘り返された土地は、人に見咎（みとが）められる危険のない場所だと推定される。人の目に入るような土地だったら、掘り返したり埋め戻したりした痕跡が残ってしまうと、誰かに見つかり不審に思われる恐れがある。だから、その辺の空き地や原っぱや道端などではないだろう。恐らく、簡単には人目に触れないような場所を掘り返していたのではないかと思われる。

では、その土地とはどんな場所か？

そう、例えば民家の庭だ。

家の庭なら、そして表から見えない裏庭などなら、人目には立たない。そんな普段めったに掘り返すようなことのない裏庭の地面を掘ったら、畑などと違い、きっとミーコの嗅ぎ慣れない珍しい土の匂いがするに違いない。そう考えればすべてに辻褄が合う。

そして、この家から最も近い民家といえば、お隣の須貝さんの家だ。空き地を挟んで二十メートルばかり離れているとはいえ、動物の鋭敏な嗅覚ならば充分に異変に気づく距離である。むしろ、土を掘り返す音が聞かれないほど離れている、いい具合の距離といえるのかもしれない。

日の当たらない裏庭の土は、掘り返すと湿ったようなカビくさいような独特の匂いがするものだ。ミーコはそれをちゃんと嗅ぎ取って、それであんな不思議そうな様子をしていた――ということだったら、全部が理に適って（かな）いるではないか。

私はそう考えたのだ。

そして、須貝さんのおばあちゃんの家の庭が夜な夜な掘り返されていたとしたのなら、そこで何が起きたというのだろう――？

そこで私は居ても立ってもいられなくなり、家を飛び出して確かめに行った。木に登って、板塀に囲まれた須貝さんのおばあちゃんの家の敷地を覗いたのだ。建物に遮られて日陰になるような裏庭を重点的に――。

そして、あっさり見つけてしまった。

予想通りのものが、そこにはあった。

裏庭の隅の地面を掘り返しまた埋め戻したと思われる、変色して盛り上がった土の跡が――。

幅六十センチ、長さ一メートル半ほどの、真新しい土の盛り上がりの痕跡――ちょうど、人がすっぽり収まるくらいのサイズの、土を掘って埋めた跡である。

大急ぎで私はおばあちゃんにそれを報せ、おばあちゃんが顔見知りの駐在さんを呼んだ。最初は半信半疑のようだった駐在さんも、そのジャストサイズの土の跡を見て顔色を変えた。そこから大勢のお巡りさんやら刑事さんやらの警察関係者がやって来て、てんやわんやの大騒ぎになったのだった――。

今は、その騒動も一旦収束し、こうして夕食後のお茶を飲んでいる。

おばあちゃんと差し向かいで、ほっと一息ついているところである。

「ほいにしても、本当に怖いことだでなあ」

と、さすがのおばあちゃんも眉根に皺（しわ）を寄せて、しみじみと云う。

「こんな田舎で、あんだら恐ろしい事件が起きるだなんて、こりゃ末代までの語り草になるで」

「そうだねえ、けど、都会でだってそうそうないよ、あんなことは」

私が答えると、その膝の上に毛繕いを終えたミーコが乗ってきた。どっこいしょ、というふうに膝に上がってきた白黒猫ちゃんは、前足を二本ともべろんと伸ばし、体もだらんと弛緩させてリラックスし始める。片耳を時々ぴくぴく動かして、尻尾を振り振り、ぱたぱたさせている。どうでもいいけれど、どっしりサイズなので、ちょっと重い。

私は白黒ブチ模様の背中をそっと撫でてあげながら、

「けど、須貝さんのおばあちゃん、あんなことになっちゃった直接の原因は何だったんだろうね」

と、おばあちゃんに聞いてみる。

そう、例の裏庭の土を埋めた跡からは、須貝さんのおばあちゃんの変わり果てた姿が見つかったのだ。そして、同居している五十四歳の無職の息子が逮捕された。とりあえずの容疑は死体遺棄なのだという。

昨日、散歩の帰りに須貝さん宅で見かけたおじさんが、その逮捕された息子である。平日のまっ昼間からこんな田舎の自宅にいたのは、休暇中の私とは違って無職だからだったわけだ。ちなみに、土を掘るのが三夜連続だったのは、昼間は人に気づかれるのが怖いんで夜中に作業していて、長年踏み固められた裏庭の地面は思ったよりずっと硬くて、苦心惨憺（さんたん）した結果、人一人埋めるだけの深さに達するのに三夜かかってしまった——との本人の供述があったそうな。そう駐在さんが教えてくれた。詳しい取り調べは明日から本格的に始まるのだという。

「ほうだらねえ、さすがに息子さんが直接に手を下したんじゃないと思うで」

と、おばあちゃんは私の疑問に答えてくれて、

「須貝さんのばっちゃは、前から心臓が悪かっただでねえ、大方、そのせいで急に倒れたんじゃないかいねえ」

「ただの病死なの？　けど、だったらどうして無職の息子はご遺体を埋めて隠そうとしたんだろう？　ちゃんとお葬式を上げて、火葬すればよかったのに」

「葬式を上げられん理由があったんだで、きっと」

「お葬式のお金がなかったの？　でもそれにしたって、火葬場にくらい行けると思うんだけど」

「ほうだらことでなくってな、火葬場には連れてくわけにはいかんかったんじゃな、きっと。ばっちゃが亡くなったんを内緒にしときたかったんじゃ」

「なぜ？」

「ほんだら、亡くなったんを公表しちょったら、もうもらえんくなるだで、年金が」

「年金——ああ」

そういうことか。なるほど、腑に落ちた。

この辺りのお年寄りはみんな年金暮らしだと、おばあちゃんも云っていた。

年金を受け取る本人が亡くなれば、給付が止まる。無職の息子としては、それでは生活に困るのだ。唯一の現金収入の道を失うわけにはいかない。

つまり、年金の不正受給のために母親の死を隠匿し、役場の書類上は生き続けていることにしたかったわけだ。それで死体を埋めて隠そうとした。第三者に発見されにくい自宅の裏庭に——。

やれやれ、不正受給の話はたまにニュースになったりするけれど、こんな田舎でもそんなことが起きるなんて——と、私は嘆息してしまう。いや、田舎だからこそできたというべきなのか。都市圏だったら亡くなった人を移動させるだけで人目につくだろうし、そもそも埋めるような土地がない。

「はあ——どっちにしても、世知辛い話だったんだね」

と、私は、黒いブチが頭部の半分を占めるミーコの額を、こりこりと掻いて云った。

おばあちゃんは、お茶の湯飲みを卓袱台に置くと、

「ほうだらねえ、おばあちゃんが死んだ時は、そんな世知辛いことせんでな、一応お

経のひとつも上げてもらっておくれよ。葬式はお金なんぞかけんでもいいだで」

「やめてよ、縁起でもない」

と、私は笑い飛ばして、

「おばあちゃんにはまだまだ元気で長生きしてもらわないと困るんだから」

「ほうだねえ、頑張ってせいぜい長生きするだでね」

と、おばあちゃんはにこにこと、

「都会で働く孫娘が、あっちで何かあって気持ちんくたびれた時、骨休めに気軽に来られる場所があった方がいいで。ここでミーコと待っちょるだでね」

「――おばあちゃん、気づいてたの、私に何かあったって」

「ほりゃ気づくさあ、由利枝のおばあちゃんだで」

そう云って、おばあちゃんはにこにこしている。

そう、今回の旅はただの休暇というだけでなく、ちょっとした傷心旅行で――といっても、そんな柄でもないんだけどね。

ただ、公認の仲だった社内恋愛の相手が、受付嬢の美人の後輩に手を出したという、非常によくある話なのだ。要するに、浮気をされてブチ切れた私が業務中の社内で軽薄男を張り倒したりして大修羅場を演じたわけで、まあ図らずも実に笑えないコメディのヒロインになってしまい、そんな剣幕の私から八つ当たり気味に有給申請の書類を突き出されたら、課長だって怖じ気づいて判子を押さざるを得なかっただけのこと。あんなくだらない男に引っかかった自分のバカさ加減に腹が立って、ヤケを起こして休みを取り、ここへ避難して来たのである。

そんな私に、おばあちゃんは、にこにこして云う。

「おばあちゃんだけじゃないさ、ミーコもちゃんと判っちょっただで」

「え、ミーコも？」

と、私は、ぐでんと膝の上で伸びきっている白黒ブチ猫を見た。ブチ猫ちゃんは目を閉じて、前足を投げ出したお気楽な姿勢で、くうくうと気持ちよさそうに居眠りをしている。

「ほうだよ、猫はね、人の気持ちの痛みをちゃんと見ちょるだで。ほいで慰めてくれようとするでね。そのために猫と人は一緒にいるんだで」

と、にこにことおばあちゃんは云う。

そういえば、ミーコはこの家に来た私を出迎えてくれて、ずっとそばから離れないでいてくれた。いくらいじくって撫で回しても、迷惑そうな様子ひとつ見せなかった。そして今もこうして、膝の上に乗っていてくれている。

そうか、判ってたんだね、ミーコは、優しい子、賢い子、かわいい猫ちゃん、いい子だね——と、白黒頭をくりくりと、私は撫でてあげた。

ミーコは何も答えず、私の膝の上で両手を前に垂らして、でろんと寝ているだけだった。

豆腐の角に頭ぶつけて死んでしまえ事件

屍体(したい)を発見したのは僕であった。

まだ夜明け前の事である。

コンクリート造りの実験室は底冷えがする。

俯(うつぶ)せに倒れた男の屍体も冷え切っている事だろう。

屍体に直接触れるのは躊躇(ためら)われた。情け無い事に恐ろしかったのだ。

屍体を遠巻きにしながら歩き、僕は裏口の扉へと向かった。裏口は部屋の出入り口の反対側に位置する。

扉を確かめると頑丈な鉄製の閂棒(かんぬきぼう)がしっかりと掛かっていた。冷たい鉄の閂棒を外し、僕は扉を押し開いた。早朝の冷気が部屋に流れ込んで来る。すんなりと開いた扉の外には雪原が拡(ひろ)がっていた。昨夜、雪が降った。積雪は五センチ程だったが、実験棟の周囲の野原を雪景色にするには充分だった。空はまだ暗く、裏口の戸口から漏れる灯(あか)りが雪野原に反射した。雪原は綺麗(きれい)なままで足跡一つ残されていなかった。ここから逃走した者も侵入した者もいない様だった。

裏口の扉を閉じ、倒れている屍体にもう一度目を向けた。後頭部に大きな傷があった。出血も多量ではないが見られる。どうやらその傷が死因らしい。改めて確認すべく僕は屍体に近付こうとした。

入り口の扉が開いた。入って来たのは正木(まさき)博士であった。乱れた白髪頭に痩(や)せた体躯(たいく)。分厚い眼鏡(めがね)を掛けた老人である。

正木博士は屍体を目にすると開口一番、

「これはしたり」

驚いた様に云(い)った。そして僕に視線を移し、

「死んでおるのか、やったのはお前か、飯塚(いいづか)二等兵」

僕は素早く敬礼し、

「いえ、自分が来た時にはもうこうなっていたであります」

「ううむ、そうか。飯塚二等兵は何をしに来たのだ」

「は、六時の交代であります」

「うむ、成る程」

正木博士は頷(うなず)いた。そして躊躇(ちゅうちょ)無く屍体に近付きその傍らに跪(ひざまず)く。

「うむうむ、これは冷たい、死後数時間は経過しておるな。うむ、後頭部に傷が一つか。四角い物の角で殴った様な傷だ。これは深い傷跡だな、ふむ、こいつが致命傷らしい」

と正木博士は独り言の様に呟く。そして屍体の周囲を見回すと、

「それにしても、これは一体何だ？」

それは僕も最初から気になっていた。屍体の頭部を中心にして床にぶちまけられた物がある。白い物が粉々になり散乱している。

豆腐である。

俯せで倒れた屍体とその周辺にぶちまけられた豆腐。屍体の後頭部には四角い物の角で殴打した傷跡がある。

どう見ても豆腐の角に頭をぶつけて死んでいる様にしか見えない。

昭和十九年十二月初旬。

帝國陸軍特殊科学研究所・伊－拾参號実験室でのことである。

＊

事の次第を詳説するには昨夜の事から語るのが良いだろう。いや、先ず自己紹介が先か。

僕の名は飯塚勝男。陸軍二等兵である。とは云うものの未だにその自覚は甚だ希薄だ。何故なら僕は学徒出陣の新兵であり兵役に就いて未だ二ヶ月しか経っていない。

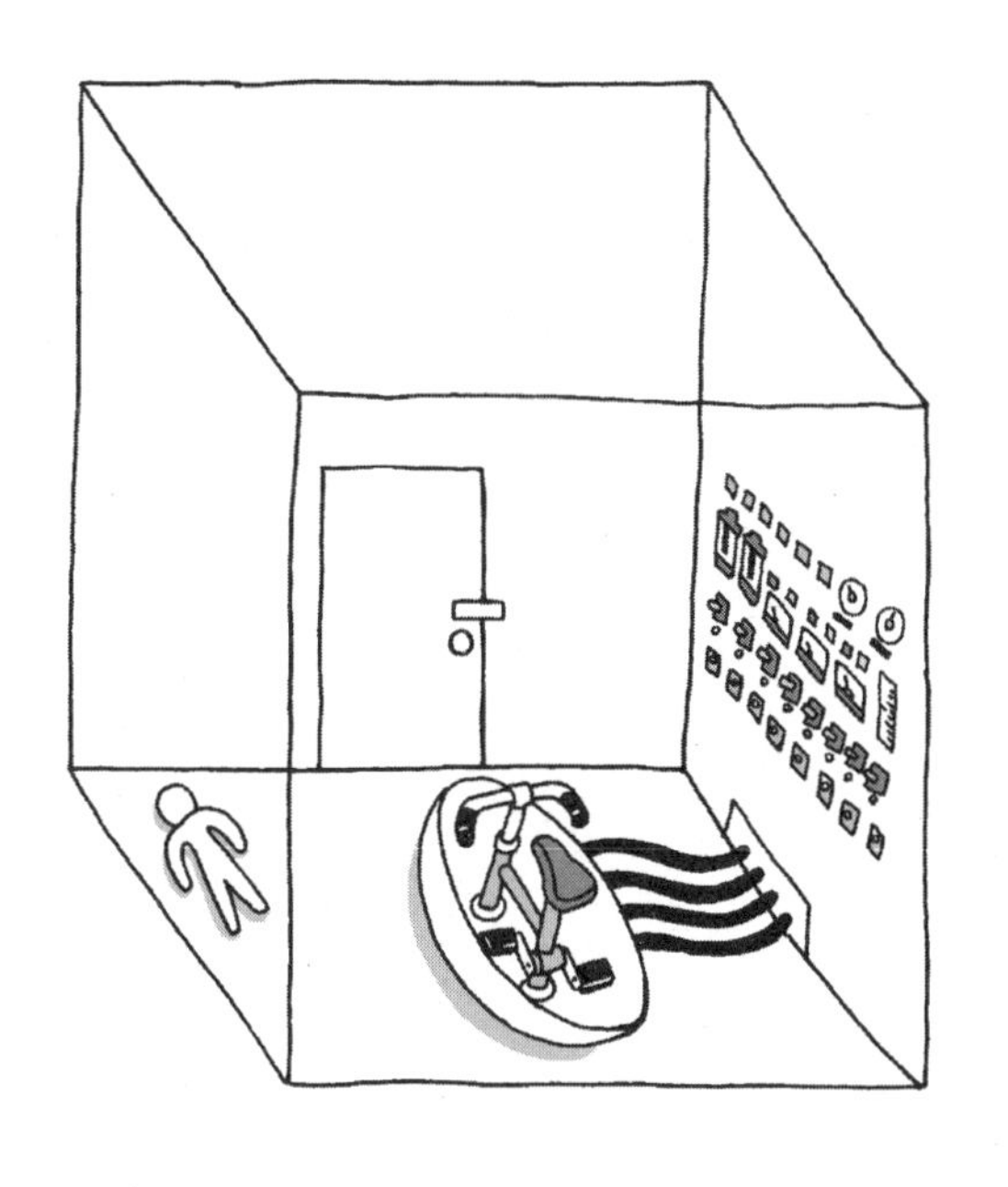

図之室験実號参拾－伊・所究研学科殊特軍陸國帝

学生気分が抜けやらぬ新米なのである。

大東亜戦争に於ける帝國の戦局が厳しくなる一方の昨今。無論大本営はそれを認めてはおらぬ。連日ラヂオからは勇ましく『我が軍は極めて優勢に進軍せり』と戦況を伝えている。しかし国家総動員法に進め一億火の玉だと云う勇猛なる標語、食料や日用品の不足や防空訓練に勤労奉仕、大政翼賛会による言論統制や軍需徴用による物資不足等々、斯かる状況から鑑みるに戦局不利は自明である。僕の如き運動にばかりかまけている気楽な学生の目にもそう見えるのだからこれは相当に緊迫した状況だろう。

そして二ヶ月前。そんな呑気な身分である僕にもとうとう赤紙が来た。学徒出陣である。

東京の下宿を一旦引き払いこれが今生の別れになるやも知れぬと故郷に顔を出せば町の大人達は大いに興奮し、天晴れ飯塚家の総領息子は郷土の誉れ鎮護国家の勇士よお国の為に立派に戦って来い飯塚勝男君万歳万歳と賑々しく見送られた。連日の宴会騒ぎの中で母だけがこっそり台所の隅で涙を拭っている姿を見てしまい申し訳なく思った。

東京に戻り召集令状に書かれていた様に青山の第一師団歩兵第一連隊に出頭すれば入隊検査で有難くも甲種合格を頂戴した。身体頑健なのは僕の取り柄である。噂に聞くＭ検と云うのを本当にやられたのには閉口したが。

甲種合格したからには駒澤か代々木の練兵場で軍事教練より数段厳しいと話に聞く新兵訓練が始まるのかやれやれ難儀な事だと思っていたら「お前はこっちだ」と大勢の学徒兵仲間から一人だけ引き抜かれた。

どういう事なのか説明も無いままこの長野は松代にある陸軍特殊科学研究所に連れて来られた次第である。一般にはその存在すら明かされておらぬ極秘の研究施設だと云う。伊－拾参號実験室に配属された僕はそのまま訳の判らぬ研究に従事する事となった。

何やらご大層な研究らしいが何の実験なのかとんと見当がつかぬ。何しろする事と云ったら自転車を漕ぐ事のみである。唯一つだけ得心がいったのは僕が選ばれた理由が大学で自転車競技倶楽部に所属していた為らしいと云う点である。競技では悪くない成績を収めている。時局が許せば次期のオリムピックも狙えたやも知れぬ。その脚力を買われたのであろう。それで自転車を漕がされている。

その伊－拾参號実験室は余り広くはない部屋である。コンクリートの床と壁。窓も無く装飾など一切無い無骨な所だ。

部屋の中央には不可解な物体がでんと鎮座している。ボートの様な形をしているが舳先も丸味を帯びている。大きさも手漕ぎボート程もあろうか。まるで巨大な繭を半分に割ったかの様な形状だ。これが部屋の真ん中の床に螺子で固定されている。そしてその繭の中には自転車が一台据え付けられている。但しこの自転車には車輪が無い。ペダルとサドルとハンドルが有るのみで駆動部のチェーンは下のボート型の部分に繋（つな）がっている。

大きな繭の如き本体とそれに乗った車輪の無い自転車。ブリキで造られた巨大な楕（だ）円形（えんけい）のお椀（わん）の様なそれがこの実験室の中心物である。文字通り部屋の真ん中にどっかりと置かれている。

そして入り口の右手の壁が機械の操作盤になっている。壁一面に色取り取りの器機がずらりと取り付けられている。様々な釦（ボタン）にスウィッチ、豆ランプにダイアルに針の付いた計器など、意味の判らぬ器機が多数並んでいる。秘密の実験室と云うのはこうした物なのだろうか。その操作盤の壁から幾本かの太いパイプが床を這（は）い、部屋の中央のボート型の実験機と繋がれている。実に面妖な実験装置である。

後は裏口の鉄扉が有るだけの殺風景な実験室だ。

ここのボート型実験機の上で自転車を漕ぐのが新兵としての僕の仕事である。意味は判らぬが連日漕ぐ。ひたすら漕ぐ。一体何の科学実験なのかその全容は杳（よう）として掴（つか）めぬ。ただ命令のままに漕がされる毎日である。

無論一人ではない。この実験室は二十四時間態勢で稼働している。僕一人では流石（さすが）に無理だ。交代要員がいる。僕を含めて人員は三名。配属された三人の新兵が八時間ずつ三交代で任務に就く。一人八時間の三交代制で一日を遣り繰りする。とは云え八時間連続で漕ぎっ放しは草臥れる。適宜休息を挟む事は許されている。しかし余り休憩ばかり取っていると怒鳴られる。上手い具合に休み乍ら自転車を漕ぐのである。前に進まぬ自転車をひたすら漕がされるのは中々に虚しく徒労感がある。しかし文句を云う事など許されぬ。命令されるがままに兎に角漕ぐ。

入隊してそんな日々が二ヶ月程続き十二月になった。

その日はこの松代にも雪が降った。

長野の山中である。雪も積もる。実験棟の周囲はたちまち雪景色になった。

そんな寒い晩にも僕は自転車を漕がされていた。昼二時から夜十時までの当番である。

夜。外は既にとっぷりと暮れている事だろう。しかしこの実験室には窓が無いのでその様子は見る事が出来ない。間もなく交代時刻だ。

底冷えのする部屋の中で僕は自転車を漕いでいた。ボート型の実験機の上に据えられた車輪の無い自転車である。体を動かしている方が寧ろ暖かいのだけが救いであった。

僕を監督しているのが正木博士である。

正木博士はこの伊-拾参號実験を主導している人物だ。痩身の老人で蓬髪の白髪が乱れに乱れ、いつもよれよれの白衣を着用している。針金細工の如き体型で牛乳瓶の底の様な眼鏡を掛けている。見るからに不審な老人である。言動にも奇矯な所が多く、まるでポンチ絵に見る狂博士そのものの異様な人物である。

博士は壁に埋め込まれた操作盤に貼り付き、あちこちの釦を押しダイアルを調整しスウィッチを幾つもいじり計器の針を読んでいる。時折ノートに何やら書き込み「うむうむ」「こっちはこれでいいか」「いやこれはまだまだな」と独り言をぶつぶつ呟いている。痩せた体格で猫背の体を丸め研究に没頭する姿は、人造人間を創造したフランケンシュタイーン博士もかくやと云った風情である。

ノートに集中しているかと思えば唐突にこちらを振り返り、

「こら、怠けるなっ、飯塚二等兵、もっとしっかり漕がんか」

と叱咤して来る。見ていない様でしっかりと見張っているのだ。面倒くさい老人ではある。

そんな風にいつもの様に自転車を漕いでいると、入り口の扉が開いて権田原大尉が入って来た。大尉はこの伊－拾参號実験棟の責任者であり他の全ての実験棟の管理も兼務していると聞いた。

権田原大尉は叩き上げの軍人らしく軍服が板に付いている。五十絡みの堂々たる体躯の持ち主で顔も鬼瓦の様である。厳つい眉とギョロリとした目に迫力が有り、がっある。
しりとした肩幅と逞しく太い腕をしている。全身から精気が漲っているような軍人で
しかしこんな夜分に権田原大尉が実験室を訪れるのは珍しい。
訝しく思っていると、
「こらあっ、新兵っ、弛んでおるぞっ、キリキリ漕げっ、この馬鹿者めっ」
いきなり怒鳴りつけられた。雷の様な大音声である。思わず萎縮してしまう。大尉
は「お国の為だ、しっかり励め」といつも発破を掛けて来る。根っからの軍人らしい
精神論を振りかざし僕などはしょっちゅう殴られる。今は僕が自転車の上にいるので
大尉の拳骨が届かないのが有難い。
それでも怒鳴られて恐ろしいのには変わらない。僕は自転車を漕ぐ足に力を込める。
権田原大尉は操作盤の前にいる正木博士に近付いた。大尉が何か云おうとする前に正
木博士はくるりと振り向き、
「ところで大尉、研究所のあの正門の工事はまだ終わらんのかね。ああも散らかって
いたんでは見苦しくて敵わん。セメント袋だのレンガだの鉄パイプだの、剝き出しで
放置したままではないか」と不平そうに云う。「ここも少しは見栄えを気にした方が
良いとは思わんかね」
「それは承知しておるがな」と権田原大尉は苦々しそうに唇を歪めて「本部にも進言

していいるんだが中々人手が取れんのだ。見栄えの悪いのくらい辛抱してくれ」

「しかし大尉、先月からは東京でも空襲が始まっているそうではないか」

と正木博士は云う。

その噂は僕の耳にも入っている。通いの賄いの小母さんから聞かされた。十一月辺りから米軍機が東京にも爆弾や焼夷弾を落とし始めたらしい。こんな所に閉じ込められている僕が聞く程だから東京はさぞかし大変な騒ぎだろう。

「今後空襲が酷くなる様なら、この裏の皆神山に大本営の中枢機能を移転する計画があるそうではないか」と正木博士は食い下がり「帝都空襲と本土決戦に備えて、畏れ多くも陛下もこの松代に避難あそばされるご予定だとも聞いておるぞ。陛下のお目に入るやも知れぬ正門の見栄えが悪くては、体裁が悪かろう」

「そんな話まで広まっておるのか」と権田原大尉は苦々しげに「人の口に戸は立てられんとは云うものの、そういう噂は余り広めんでもらいたいな、博士」

自転車の上の僕は思わず足を止めてしまった。驚いた。何と、畏れ多くも陛下の避難計画まで進んでいるとは。その噂は初耳である。してみると、東京の空襲はそれ程酷い物なのか。

「それより大尉、こんな夜更けにどうした。何か用事でもあるのではないか」

正木博士が尋ねた。この研究所の責任者である権田原大尉にも博士は横柄な口の利き方をする。責任者の大尉の方が偉いはずなのに博士はお構い無しである。恐らく実験を取り仕切っている立場から博士は軍の階級など無視して構わないと思っている風である。もっとも、奇矯な性質の正木博士の事だから元より上下関係など全く気にもしていないのかも知れないが。

「おお、そうだそうだ、無駄口を叩いている場合ではなかった」権田原大尉はぽんと両手を叩くと「博士は聞いたことがあるか、陸軍省直轄特務課報機関〝雉虎〟」

「随分と物々しい名だな。いや、知らんね、聞いた事がない」

「そうだろう、俺も本部から連絡を受けるまで知らなかった。何でも秘密諜報機関らしい。本部のお偉方の云うには、特高より冷酷で残忍な組織だそうだ」

「何と、そりゃ本当か。特高警察より恐ろしい組織とは、どれだけ怖い連中なんだ」

正木博士は片方の眉を上げげた。牛乳瓶の底の様な眼鏡が大きくズレる。「そんな剣呑な組織が、一体どうしたと云うのだね」

「うん、それだがな、博士、その特務機関のお方が一人、これからここへ来るらしい」

「ここへだと？　何をしに来るんだね」

「さて、詳しい事は俺も知らん。とにかく来ると云う連絡があった」

「ふむ、その特務機関なる物は全体何の任務に就いておるんだ？」

「本部のお偉方も口を濁していたから、はっきりとは云えんが、諜報機関と云うのだから多分エス狩りの様な仕事をするのではないかな」

「この研究所に間諜が潜んでおると云うのかね」

「いや、まさかそんな事も無いだろうが、何の用事があるのか、とにかく顔を出すと云うのだ。博士、粗相の無い様に頼んだぞ」

「吾輩（わがはい）が粗相などする物か。大尉こそ、その剣呑な組織のお方の機嫌を損ねん様に注意し給（たま）えよ。特高より恐ろしいお偉方を怒らせたら、あんたの首が本当の意味で飛ばんとも限らんからな」

「物騒な事を云わんでくれ、博士」

権田原大尉と正木博士のやり取りを聞き乍ら僕は肌が粟立（あわだ）つのを感じていた。特高警察より残忍とは一体どれ程恐ろしい組織なのだろうか。そして陸軍省の特務機関の人物がこんな山の中の秘密研究所に何の用事があって来るのか。まさか本当にスパイなどがここに紛れ込んでいるとも思えないが。

入り口の扉が叩かれる音が鳴った。

「ほら、おいでなすった」

と権田原大尉は軍服の裾を引っぱって整え姿勢を正した。正木博士は猫背の姿勢のままで入り口の方に向き直る。

扉が開いた。

入って来たのは権田原大尉と同年配くらいの中年の男だった。陸軍佐官にだけ着用を許されている裾の長い外套を着込んでいる。丸顔にチョビ髭が特徴的な人物だった。見た事の無い顔だが、多分大尉の云う本部のお偉方の一人なのだろう。その証拠に権田原大尉が堅苦しく敬礼している。根っからの軍人気質だけあって上下関係は頑なに遵守するのだ。

「こんな時刻に済まんな、権田原大尉。雪道に難渋してすっかり遅くなってしまった」とチョビ髭の将校は云う。「本当はもっと早くに到着する予定だったのだが、運転手役を任せた軍曹が雪中の運転に不慣れでな、雪にタイヤを取られて何度も立ち往生したんだ。遅れて申し訳ない」

「いえ、お心遣い、痛み入ります」

権田原大尉が真っ直ぐに敬礼したままで答えた。チョビ髭の将校は満足げに頷き、

「電話で申し送りをした例の者を連れて来た。少佐、入り給え」

それに応じて、もう一人の男が入室して来た。

「例の、あの組織の刀根少佐だ」

チョビ髭の将校が紹介する。予想外に若い男である。一見した所、三十そこそこの年齢だろうか。こちらも軍の外套に身を包んでいる。細身で長身の男だ。権田原大尉

の様な押しの強さは無いが、目付きが剃刀(かみそり)の如く鋭く威圧感のある人物であった。

　チョビ髭の将校は続けて紹介して、

「こちらはこの研究所の監督官で責任者でもある権田原大尉だ。そしてそっちが伊－拾参號計画の研究者で正木博士」

　若い少佐はキリッとした敬礼で挨拶をする。当然の事乍ら、実験装置の自転車に乗った僕などは紹介しては貰(もら)えない。下っ端の新兵など員数外である。

「では、私はこれで失礼する。夜明けまでに本部に戻らないといけないのでな」

　チョビ髭の将校はそそくさと実験室を出て行ってしまった。明らかに特務諜報機関の若い少佐を恐れている態度だった。

　その少佐は敬礼の姿勢を解くと、

「夜分に失礼します。こんな時間に押しかけてしまい申し訳ありません」

と言葉遣いだけは丁寧に云った。但しその口調は剃刀の様な目付きに相応(ふさわ)しく冷徹な物だった。

「いえ、構いませんとも。それで、少佐殿はどの様なご用件で当研究所に？」

　権田原大尉が尋ねると、刀根少佐は鋭い眼差(まなざ)しでそちらを見て、

「自分の所属については大尉もご存じですね。職掌柄、任務に関しては自分の口からはご説明できかねます。そうですね、視察と云う事でご納得頂きたい。宜(よろ)しいですね、

大尉」

「も、もちろんですとも、ええ。視察、大いに結構です。お好きなだけ見て回って下さい」

権田原大尉は息子くらいの年回りの少佐の圧迫感に怯(おび)えた様に答えた。元より階級と上下関係に厳しい権田原大尉だが、必要以上に遜(へりくだ)っているのは階級差のせいだけでは無い様だった。特務諜報機関と云う肩書きだけでは無く、刀根少佐の只者(ただもの)ならぬ存在感を畏れている様であった。

刀根少佐は実験室の中を見回した。

壁際の操作盤、ボート型の実験機、その上に据え付けられた自転車と、そこに乗る僕。一渡り見回した少佐だが、僕を一瞥(いちべつ)した目付きは機械を見るかの様に冷たかった。

「さて、では視察を始めるに当たってお伺いします。この伊ー拾参號実験室ではどの様な研究を？　ああ、極秘事項である事は承知しています。本部の許可は取ってありますので秘匿の必要はありません」

「はい、もちろん何でも包み隠さずご説明申し上げます。博士、頼んだぞ」

権田原大尉に促され、正木博士が一歩進み出た。

「では、吾輩からご説明するとしようか」博士の方は普段と変わらぬ大きな態度で
「少佐殿は海軍の〝神風(しんぷう)〟や〝回天(かいてん)〟をご存じですかな？　海軍は特別攻撃隊を編成

して敵への体当たり攻撃を始めた。狙いは敵の航空母艦、戦艦、巡洋艦、駆逐艦などの大型艦ですな。神風は零式艦上戦闘機や九七式戦闘機に二百五十キロ級の爆弾を搭載して敵艦へ突っ込む、謂わば捨て身の攻撃です。回天は、神風が空からの体当たりならこれは海からの体当たり攻撃ですな、人間魚雷とも呼ばれておる。元々は唯の超大型魚雷の九三式魚雷を改造して人が乗れる様に転用しておるそうな。全長十四・七メートル、直径一メートル、排水量八トンに炸薬量一・五トン。これが時速五十五キロで敵艦の船底に突っ込む訳です。浅い深度を取ってこう、密かにすすーっと潜行して敵艦に近付き、体当たりして一・五トンの爆弾がドカーン、という案配ですな。これで敵艦の土手っ腹に穴が空き、浸水沈没を狙う訳だ」

　黙って耳を傾ける刀根少佐を相手に正木博士は熱弁を奮う。

「他にも空中特攻〝菊水〟や人間爆弾〝桜花〟など、体当たり式の特別攻撃を海軍は採用し敵艦隊に甚大な被害を与えておるそうです」

　博士の言葉に割って入る様に、横から権田原大尉も、

「そこで、我が陸軍もそれらに並ぶ特殊攻撃の方法を考案実験中なのであります」

「並ぶ？　馬鹿な事を云うでないぞ、大尉。並ぶどころではない、遥かに上回ると云ってくれ給え」と正木博士は興奮して両腕を振り回し「現在、帝大の理化学研究室では新型爆弾の開発に着手しておるそうでしてな、これは核分裂のエネルギィを利用し

た物だとか。確かに核物質の分裂から巨大な爆発を引き起こせる事は理論上は証明済みだ。しかし乍らこの爆弾の兵器実用化にはちと難点がありましてな、これは多量のウランを必要とする。我が国にはウラン鉱脈などありはせんから、必然的に海外から運び入れなくてはならん。今、かの同盟国の総統閣下のお計らいで必要量のウランをUボートで運ぶ手筈になっておるそうです。これで核分裂爆弾を造る事が出来る。これは我が軍にとって中々強力な戦力になりますぞ。しかし、少佐殿。吾輩の研究はその核分裂爆弾にも匹敵する世紀の大発明でしてな、必ずやこの聖戦を勝利に導く事が出来るはずです。うむ、後暫くの辛抱だ、吾輩がきっとこの手で必勝兵器を造って見せますぞ」正木博士は目を剝き唇を尖らせて捲し立てる。その様子は恰も狐狸妖怪の類いに取り憑かれたかの如くである。「少佐殿もご存知であろう。卑怯卑劣なる米軍は帝都にも爆撃機を飛ばし爆弾を落としておる。そう、遂に本土に直接的に攻撃を加えて非戦闘員まで虐殺し始めおったのだ。畜生にも劣る非道極まりない行いだとは思わんかね。宛ら鬼畜の所行だ。これは報復せん訳にはいかんだろう。我々もやり返すのだよ、米国本土への爆撃だ。どうです、少佐殿、やりたいとは思わんかね」

「博士の仰る事は尤もですが、しかし、米本土は些か遠すぎるのではないでしょうか」

　刀根少佐は冷静に云う。正木博士はどんと一つ足を踏み鳴らし、

「左様、遠い。今帝都が恣に爆弾を落とす米軍機の跳梁を許しておるのは偏に制空権を奪われたからに相違無い。マレー、フィリッピン、ガダルカナルなどの南方に於ける重要拠点を次々に取られ、そこは今や敵の前哨基地になっておる。これで我が軍は制空権を掌握出来ず、本土を蹂躙されるがままになっておるのだ。そして我々の攻撃の手は憎っくき敵には届かない。歯がゆいではないか。人間魚雷〝回天〟は二十三キロの航続力しか無いし、零式戦闘機も三千キロの航続距離を誇るもののこれは何も搭載しとらん身軽な時の性能だ。二百五十キロや五百キロ級の爆弾を抱えておってはそうそう長くは飛行出来ん。これでは米本国は疎か南洋に突出して来た敵艦に体当たりするのが精一杯だ」血走った目で興奮した正木博士は続ける。完全な狂躁状態である。「同盟国独逸では単段式弾道ミサイルを英国攻撃に用いておる。これは九百八十キロのアマトール火薬の弾頭を、エタノールと液体酸素の混合燃料で飛ばす代物だ。その名も勇ましくＶ２ロケットと云うそうな。このロケットの行動距離が何と三百二十キロ。これで独国陸軍はロンドン市街地へ爆弾を落とし、英国を火の海にしておる。素晴らしい成果だ。科学の勝利だ。流石我が同盟国、中々やりおるわい。ところが、もしこのＶ２ロケットの技術供与を受けたとしても我が国土から米国本土はまだ遠い。爆弾を打ち上げても届きはせんのだよ、これは実に悔しいではないか」

正木博士は再び地団駄を踏む様に片足で床を蹴り付けた。そしていきなり両手を誇

らしげに上げると、

「そこで、この吾輩の新発明の出番である。今、本邦きっての天才科学者この正木が全霊を以て開発中の新兵器が、必ずや戦局をひっくり返して見せましょうぞ。吾輩の考案の新兵器、名付けて〝空間転位式爆撃装置〟であるっ」

叫んで正木博士は、僕の乗ったボート型実験機を指さした。刀根少佐も剃刀の如き鋭い目をこちらに向けて質問する。

「その〝空間転位式爆撃装置〟と云うのはどの様な物でしょうか」

「うむ、文字通り空間を転位させる仕組みでありますぞ、少佐殿。全く新しい発想から成る特攻兵器だ」

正木博士はブリキで出来た巨大な繭型の側面をバシバシと掌で叩く。装置がぐらぐら揺れる。上の自転車部分に乗った僕が落ちそうになるから止めて欲しい。

「今はこうして便宜上、螺子で床に固定してありますが、本来は床には繋がない独立した機体です。それから、上半分にもこの繭の様な形の蓋で覆うのが完成形ですな。大きな卵形の装置になる訳です。中にはこの足漕ぎ式推進機。この自転車の様な物がそれだ。こらっ、飯塚二等兵、怠けるなと云っておろうが、しっかり漕がんか」正木博士はついでの様に僕を叱り飛ばすと「この推進機と共に中には大量の爆薬を封じ込める。炸裂爆弾でも焼夷弾でも、帝大で開発中の核分裂式新型爆弾でも思いのままだ。

これが距離を無視して瞬時に転位するのです。位置を転位し空間をすっ飛ばし立ち所に移動する。それが〝空間転位式爆撃装置〟です、少佐殿。座標さえ固定出来ればワシントンの上空三百メートルの空間に、ニューヨークの摩天楼の上方二百メートルの空中に、はたまたホワイトハウスの上空に、どこにでも出現する。空間をすっ飛ばしてどんな場所にでも思うがままにこの繭型爆弾を落とす事が可能だ。どうです、少佐殿、凄いとは思わんかね。ルーズベルトの野郎の頭の真上に、この新型爆弾が突如として出現して爆裂するのです、こいつは痛快でしょう。この〝空間転位式爆撃装置〟が完成すればそんな事が出来るのですぞ。この装置が量産の暁には、米国本土に雨霰と爆弾を降らせてやる事も可能だ。上空三百メートルに忽然と現れる悪魔の繭。そいつが次々と落下し、米国は火の海となり全米を焦土と化してやりましょうぞ、うはははははははは」

　とうとう高笑いを始める正木博士である。ぼさぼさの白髪頭を振り乱している。

　一方、対照的にあくまでも冷静な刀根少佐は、

「それが出来たら素晴らしいですが、博士、その原理はどんな物なのですか。独逸の弾道ミサイルの様に液体燃料の推進剤で飛ばす訳では無いのですね」

「うむ、そこが吾輩の新発明の値打ちだ、少佐殿。直線的な距離移動が不要な所が特徴なのだが、詳しい解説をすれば一ヶ月程の講義になるが、宜しいか」

大真面目な顔で云う正木博士を、流石に権田原大尉が押し留めて、

「いやいや、博士、出来るだけ手短に頼む。少佐殿もお忙しい事だろうし」

「うむ、そうかね、では簡潔に原理だけを説明するが、この〝空間転位式爆撃装置〟の眼目は空間をひっくり返す点にある」

「空間をひっくり返す？」

　これには流石に訝しげに、刀根少佐が聞き返す。

「左様、空間を裏返すのだ。すなわち、時空連続体である現実空間を裏返して虚数空間の隙間を生み出し現地点から特定座標までの空間的距離を果てしなくゼロ近似に近付ける訳だが無論完全にゼロにするのは物理的に不可能であるからして限り無くゼロに近付ける事で現地点に存在する事と特定座標に存在する事の境界を一瞬だけ曖昧にして取り払う事で存在の定数に揺らぎを生じさせる訳だな。吾輩の論理ではそれに依りどれだけ質量のある物だろうと空間も距離も無視して位相転位しその瞬間のみはどちらの座標にも存在し得る状態を作り出しゼロ近似の距離をほんの僅か横移動する事で物質を標的の座標に謂わばどさくさ紛れに強制的に存在させてしまうと云う仕組みだ。これによって客観的には物質が超長距離を一瞬で移動した結果になる訳である」

「まあ、専門的な講釈はさて置き、ですな」と権田原大尉が横から取り繕うように
「判り易く云えば、この実験室で作った爆弾を、一瞬で米国本土の上空へ移動する事

が出来る、とまあ、そう云う事らしいのです」

「そんな事が可能なのでしょうか」

流石の刀根少佐も些か驚いた様子である。しかし寧ろ僕の方が仰天していた。これまで具体的な実験内容に付いては一切聞かされていなかった。今初めて聞いた。まさかここまで突拍子も無い研究に駆り出されていたとは露ほども知らなかった。はっきり云って無茶苦茶である。荒唐無稽にも程がある。

ところが正木博士は自信たっぷりに頷くと、

「可能だ。理論的には確実に出来ます。吾輩の発明には間違いはありませんぞ、少佐殿。そして必ずや量産体制に移行して工場で次々とこの〝空間転位式爆撃装置〟を製造し米国本土の上空に雨霰と爆弾を降らせて彼の地を火の海に」

「この自転車の様な物は何です？　若い兵が先程から漕いでいますが」

またぞろ興奮し始めた正木博士の勢いを留める様に刀根少佐は尋ねた。

「おお、よくぞ聞いて下さった。これも吾輩の新発明の目玉でありますぞ、少佐殿。少佐殿もよくご存知の様に連合国側による南方の海上封鎖は日に日に厳しくなってある現状です。マレー沖もスマトラ沖も我が海軍は撤退を余儀無くされ、マラッカ海峡も今や完全に敵の手中に落ちております。石油も石炭も天然ガスも本土への輸送が難しくなっている。石油の一滴は血の一滴、おいそれと無駄には出来ませんからな」と正木博士は僕の乗る自転車を指さし「そこで吾輩の考案したのがこの足漕ぎ式エネルギィ充塡機。試作機ですので自転車を流用して作ってありますが無論只の自転車などではありませんぞ。これがあれば石油も石炭も不要、人的エネルギィのみで強力な〝空間転位式爆撃装置〟を稼働する事が出来る。今はこうして若い兵士に漕がせて実証実験をする事でダイナモよりも優れた最も効率の良いエネルギィ供給の方式を構築しておる所です。無論完成の暁にはこの足漕ぎ式エネルギィ充塡機が新型爆弾の駆動部になる。この装置は空間を転位する瞬間に最大限のエネルギィを必要としますんでな、こうして兵を一人、中に封じ込め爆薬と共に密封して、漕いで漕いで漕ぎまくってそれが頂点に達した時に空間の裏返り現象が起こって爆弾は米国本土の上空へと解き放たれる仕組みです。つまり〝神風〟や〝回天〟と同じ如く人間ごと体当たりする特別攻撃隊が編成される訳ですな」

　正木博士は随分あっさりと云ってくれる。しかし冗談では無い。何一つ知らされず命令通り二ヶ月間この自転車擬(もど)きを漕ぎ続けて来たものの、まさかそんな仕掛けになっていたとは驚いた。大いに魂消(たまげ)た。これでいざこの新型兵器が完成したらこいつに蓋がされ僕は中に閉じ込められて、爆弾を抱えてどこかの遠い空に飛ばされると云うのか。それではこのボート型実験機が僕の棺桶(かんおけ)になる。恐ろしい事である。命を捨てて体当たりする覚悟など出来てはおらぬ。唖然(あぜん)とするばかりだ。

「成る程、正木博士の実験の意義は理解しました。完成に期待します」

刀根少佐は怜悧な顔付きで頷いている。僕としては完成に期待したくは無い。

そこで入り口の扉が開いた。

顔を出したのは影浦二等兵であった。

僕と同じく坊主頭の、同年代の新兵仲間である。僕と交代する為にやって来たのだ。そろそろ午後十時である。当番の交代の時間だ。

影浦二等兵は面喰らった様子だった。こんな時刻に権田原大尉や正木博士が在室している事に驚いたのだろう。ついでに剃刀の如き目付きの見知らぬ若い士官まで居る。驚くのも無理からぬ事だ。

「こらっ、新兵っ、ノックくらいせんかっ、少佐殿に失礼だろうがっ、この不作法者めがっ」

権田原大尉が怒鳴りつけた。怒られた影浦二等兵はぎこち無く敬礼して、

「失礼しました」

陰気な声で答えた。その影浦二等兵に正木博士が詰め寄り、

「これ、影浦二等兵、お前はこの前の深夜当番の時に怠けておっただろう。ちゃんと記録が残っておるんだ。大方居眠りでもしていたんだろうが、吾輩の記録装置は誤魔化せんのだぞ」

「いえ、自分は居眠りなどしておりません」

俯き加減に答える影浦二等兵。それにいきなり激高した正木博士は、

「言い訳などするでないっ、この怠け者の寝坊助めがっ。役立たずの愚か者っ。今はこの神州がどれほど危機的状況にあるのか判っておるのかっ。帝國陸軍兵としての自覚が足りんぞ。銃後では女は女子挺身隊を組織して工場で働き、子供までもがお国の為にと松ヤニ油を採って貢献しようとしておるんだ。だのにお前は何をしておるかっ、この怠け者め。お前の様な奴は我が国では生きる価値など無いぞ、お前なんぞ豆腐のか、か、か、か、角に頭をぶつけて死んでしまえっ、この役立たずがっ」

息を荒くして怒鳴る正木博士。自分の言葉に自分で興奮し、ヒステリィを起こすのもこの変人博士の悪癖である。難儀な爺様だ。

刀根少佐はそんな騒ぎを気にした風でも無く、

「では、権田原大尉、ここでの視察は以上で結構です」

「そうですかそうですか、では他の実験棟の実験室もご覧になりますか。どうぞご案内いたします」

と権田原大尉は媚びた様な低姿勢で云う。

「ではお言葉に甘えて拝見します」

「承知しました、さあ、こちらへ」

二人は入り口の扉の方へ向かった。

正木博士もそれに続いて、

「ふむ、では吾輩はそろそろ休むとするかの。いいか、影浦二等兵、今夜は怠けるでないぞ」

そうして三人のお偉方は実験室から出て行った。

僕はほっと一息吐いた。そしてボート型実験機の上の自転車から降りる。やれやれやっと解放だ。尻が酷く痛む。八時間の当番は長過ぎる。そんな事を思い乍ら影浦二等兵に近付き、

「酷い云われ様だったな。あの変わり者の博士の云う事なんぞ気にする事も無いだろう。大尉殿の鉄拳制裁が無かっただけでもマシだったよ」

「ああ、そうだな」

影浦二等兵は短く答えて目を逸らした。どうもこの男は同じ境遇の新兵仲間であるにも拘わらず打ち解けてはくれない。

影浦二等兵はそのまま黙ってボート型実験機に乗り込んだ。そして上部の自転車のサドルに納まった。

その時入り口の扉が開き、正木博士がひょいと顔を覗かせた。牛乳瓶の底の様な眼鏡の中で博士の目は皮肉っぽい表情を湛えている。

「ほれ、影浦二等兵、お前の夜食だ」

と小鍋を一つ突き出して来た。中には水が張ってあり、豆腐が一丁丸ごと入っていた。何とも嫌味な爺さんである。

*

影浦二等兵と交代した僕は休憩室へと向かった。八時間に亙る当番で甚だ草臥れた。足が棒の様である。

この帝國陸軍特殊科学研究所・伊－拾参號実験棟は極めて簡素な造りである。コンクリートで出来ているから頑丈ではあるが、とても狭い。

実験棟にあるのは、先ず最前まで僕が当番に当たっていた実験室である。ボート型足漕ぎ実験機の据え付けてある部屋で、この実験棟の謂わば心臓部だ。

そして簡素な厨房。通いの賄い係の小母さんがそこで僕達の食事を作ってくれる。先程、正木博士が豆腐を持ち出したのもこの厨房からだ。

後はその食事を頂く狭い食堂。椅子と長机があるだけの形ばかりの食堂で、食事も極めて質素な物である。そして更に狭い風呂と便所。残りの一部屋が休憩室である。僕達二等兵が休む部屋だ。権田原大尉や正木博士はここでは寝泊まりはしない。もっとまともな宿舎が研究所の敷地内にあるのだろう。この実験棟にほぼ監禁状態にある僕は見た事が無いが。

　僕達実験用モルモットと謂うべき二等兵はこの伊ー拾参號実験棟から外へ出る事は許されていない。権田原大尉にそう厳命されている。ここが軍の極秘施設だからである。下っ端の二等兵などは軍の機密においそれと触れる事など認められる筈も無い。ただ、廊下から窓の外を見れば東と西側にそれぞれ似た様なコンクリートの建物があるのが確認できる。恐らくどちらかが拾弐號実験棟でもう片方が拾四號実験棟なのだろう。僕達はそう見当を付けている。

　寝床のある休憩室に戻った。この部屋も狭い。二段式の寝台が二つぎっちりと詰め込んである。窓はあるが硝子が嵌め殺しで開かない。大いに圧迫感がある。裸電球が一つだけ灯っているのも侘しい。

　片方の寝台の下段に、森二等兵が座っていた。彼も僕と同年配の新兵である。同じ頃合いにここへ連れて来られた同期の桜だ。予科練でも無いのに桜は可笑しいが。

「やあ、ご苦労さん、絞られたかい？」

　森二等兵は屈託の無い笑顔で声を掛けて来た。

「くたくただよ」

　僕は答えてもう一方の寝台の下段に頽れるが如くに座り込む。二つある二段式の寝台の下段を僕と森二等兵が、そして森二等兵の上の段を影浦二等兵がそれぞれ使っている。硬くて狭い寝台一台分の空間だけが僕達に与えられた個人的な領域だ。そして交代要員は今の所この三人だけである。寝台がもう一つ空いているのだが補充要員は未だに来ない。何処(どこ)も人手不足なのであろう。

「大変だったな、疲れただろう。酷い顔をしているぜ」

森二等兵は白い歯を見せて笑った。坊主頭の森二等兵は何処と無くバタ臭い顔立ちで中々の男前である。同じ境遇の学徒兵同士と云う気安さでこの二ヶ月で親しくなった。

森二等兵は寝台に座って毛布にくるまっている。十二月の底冷えが厳しいがここには火鉢一つとして無い。窓の外の暗がりから冷気が染み入って来る。風呂は三日に一度しか立て無いので今夜は暖まる事も出来ない。仕方無しに毛布にくるまり寒さを凌(しの)ぐ他は無い。

僕も毛布で全身を覆い乍ら、

「なあ、森君、それより大変な事を聞いたぜ。ここの実験の正体がとうとう判明したんだ」

早速最前の実験室での事を話して聞かせた。僕も森二等兵も、自分達が漕がされている自転車の意味が判らなくてこの二ヶ月間、落ち着かぬ気分で居たのだ。

〝空間転位式爆撃装置〟なる機械で米本国への空襲を画策しているらしいと云う件で、
森二等兵は端正な眉を顰めて、

「何だい、それは。本気なのかな。随分眉唾物の怪しげな話じゃあ無いか」

「やっぱり、君も怪しいと思うかい」

「ああ、大いに胡散臭いね。とんと空想科学冒険綺譚だ。そんな事が可能とは到底考えられない。俺も自然科学には明るい訳じゃないけれど、空間が裏返るとかひっくり返るとか、とっても信じられる話じゃ無いと思うぜ」

森二等兵は僕より数段上等な大学の学生である。その彼が云うのならば矢張りあの実験は荒唐無稽な物なのかも知れない。

森二等兵は更に険しい顔付きになり、

「それに俺は薄々感じていたんだが、あの博士こそがそもそも胡散臭いと思うんだ。軍属でも無ければ何処かの大学の研究室に在籍している様子でも無い。ひょっとしたら市井の奇人変人の類いかも知れないぜ」

「だったら、それはそれで安心出来るな。そんな怪しい博士の発明ならば装置は完成する事も無いだろう。そうすれば僕達があのブリキの棺桶に閉じ込められて出撃する様な事も無さそうだ」

僕が云うと森二等兵は小首を傾げて、

「ああ、特攻の出撃が無い事は助かるがな、しかしもっと大局的に考えてみろよ、飯塚。これは軍がそこまで切羽詰まっている証拠じゃあ無いのか。こんな怪しい秘密研究施設なんぞ態々作って、おまけに市井の変人研究者の奇天烈極まりない発明なんぞにまで頼らなくてはならない程だ。軍上層部は藁にも縋る程追い詰められているんじゃ無いかな。どうだ、飯塚、この意味が判るだろう」

　森二等兵は明言しないが云いたい事は伝わった。軍がそこまで追い込まれていると云う事は戦況はそれだけ逼迫しているのだと予想が出来る。帝都空襲を恐れて大本営を移転する計画が出ており畏れ多くも宮城まで移すとなると、これはいよいよ本土決戦も近いと云う事ではないだろうか。

　しかし森二等兵は諦観した様子で、

「まあ一兵卒の、まして学徒出陣兵の俺達にはどうにもならんだろうがね。俺達が心配した所で戦況が変わる訳でも無し。こっちは命じられた通り明日も自転車を漕ぐだけさ。さあ、飯塚、体力温存の為に、もう寝ようぜ」毛布を伸ばして寝台に横たわる森二等兵に僕は聞いてみた。「例の特務機関の少佐についてはどう思うか？」と。

すると森二等兵は大きな欠伸をしながら、

「さあ、上の連中の考える事は良く判らないな。しかし、その少佐殿は憲兵より怖いエス狩りの専門家だと云う話なんだろう。まさかこんな山の中の秘密研究所にスパイが紛れ込んでいるとも思え無いし、何か別の用件があって来ただけかも知れないぜ。そうでなければ本当に当人の云う様に只の視察なのかも知れないしな。どっち道、そんな危険な人物なら関わらないのが一番だ。君子危うきに近寄らずで行こうぜ」

森二等兵は彼らしい楽観的な意見を述べた。だがそれは、あの冷たい剃刀の様な少佐を実際に見た訳では無いので云える事ではないか。僕はあの只者とは思われぬ酷薄な少佐の眼差しを見てしまっている。どうしても森二等兵の様に楽観視出来無い様に思えてならないのだった。

*

翌朝早く、未だ明けやらぬ内に起床した。外は暗い。隣の寝台の森二等兵は良く眠っている。

午前六時が交代の時間だ。

実験当番は八時間ずつの三交代制である。現在当番に当たっているのが午後十時から朝六時までを担当する影浦二等兵。朝六時から午後二時までの次の八時間が僕の当番だ。昨日の午後二時から夜十時までの当番も僕だった。だから順番から云えば本来なら朝の担当は森二等兵のはずである。しかしこの方式だと当番の時間が固定されてしまう。何しろ三人しか交代要員がいないのだ。順番通りに三交代にしてしまうと弊害が出る。つまり、甲↓乙↓丙↓甲↓乙↓丙、と固定した順番にすれば誰か一人がいつも深夜当番になってしまう。流石に毎夜の徹夜は辛(つら)い。そこで順番を固定せず乱数式に当番が回る様にしている。甲↓乙↓丙↓乙↓甲↓丙↓乙↓丙↓甲、と云った具合だ。これならキツい深夜当番も二日か三日に一度しか回って来ない。正木博士がそう決めた。無論僕達新兵の体調を慮(おもんぱか)っての事ではない。この方が心身共に健全を保ち効率が良かろうと云う処置である。奇人博士ではあるがこうした点では科学者らしく合理的である。

　そうした訳で朝の当番が僕に回って来た。夜明け前の暗い廊下を歩いた。廊下は森閑と静まっている。冷たさが足元から伝わって来る。

　実験室の扉を開くと天井の灯りが目を射る。暗い廊下から入ると蛍光灯の乏しい光でも眩(まぶ)しい。実験室には窓が無い。二十四時間態勢なので蛍光灯は常時点(つ)けっ放しである。

　その灯りの下、僕は異常に気付いた。

　部屋の中央に鎮座するボート型の実験機。その上に据えられた自転車に乗っているはずの影浦二等兵の姿が無いのだった。

　狭い実験室の事とて人の隠れられる場所など無い。見回して探すまでも無く彼の姿はすぐに見付ける事が出来た。右側の計器の並んだ操作盤とは反対の、左手の壁際だった。影浦二等兵はそこに倒れていた。

俯せの姿勢で足がこちら側を向いている。兵隊服に坊主頭。倒れているのは間違いなく影浦二等兵である。

「影浦君」

僕は思わず声を掛けた。しかし倒れている彼は微動だにしない。

死んでいる。これは生きてはいない。

直感的にそれが判った。後頭部に傷がある。出血も少しではあるが見られる。傷口は深く抉(えぐ)れている。

僕は肝を冷やした。危うく取り乱しそうになる。しかしどうにか自制した。生唾を呑(の)み込み、深呼吸した。落ち着こうと胸を掌でさすった。早鐘の如く脈打つ心臓の鼓動に焦りを感じ乍らも、僕は部屋の中を確かめて回った。裏口の閂棒を外して外も確認した。雪野原には足跡一つ発見出来なかった。ここから侵入した者も逃走した者もいない様だ。

裏口の扉を閉め、倒れている影浦二等兵も確かめる事を決心した。及び腰で屍体に近付こうとした時に入り口の扉が開いた。

正木博士だった。針金細工の如き長身に皺(しわ)だらけの白衣。猫背の背中。乱れた白髪の蓬髪に、牛乳瓶の底の様な分厚い眼鏡。

「これはしたり」

博士は影浦二等兵を見て叫んだ。

「怠けていないかと思って見に来てみれば、死んでおるのか、やったのはお前か、飯塚二等兵」

「いえ、自分が来た時にはもうこうなっていたであります」

僕が慌てて否定すると正木博士は、

「ううむ、そうか」

何の躊躇も無く屍体の傍らにしゃがみ込んだ。

博士が屍体を改める事で、死後数時間は経過しているのと後頭部の傷が死因らしいと云う推察が立った。

「それにしても、これは一体何だ？」

博士は屍体の周囲を見回して呆れた様に云った。

そう、屍体の周りに散らかっている物が嫌でも目を引く。豆腐だ。豆腐がぶちまけられて散乱しているのだ。粉々になり床に散らばる豆腐の欠片。屍体の頭部辺りを中心にしてぶちまけられている。ちょうど豆腐一丁分程の分量だろうか。

そしてこの実験室には人を殴れそうな角張った物など一つも無い。豆腐の入っていたアルミの小鍋が屍体の足元に転がっているのみだ。

どう見ても豆腐の角に頭をぶつけて死んだ様にしか見えない屍体である。昨夜博士が嫌味で怒鳴りつけたのと同じ状況が展開している。

正木博士は屍体の側(そば)から立ち上がると、

「うむ、これは権田原大尉に報(しら)せた方が良さそうだ。おい、飯塚二等兵、吾輩が行って来るからお前はここで屍体の番をしておれ」

「了解しました」

僕は慌てて敬礼した。正木博士は年齢に似合わぬ素早さで実験室を飛び出して行った。

一人取り残されて僕はする事も無くただぼんやりと倒れた影浦二等兵を眺めるしか無かった。

彼の事はほとんど知らぬ。

僕や森二等兵と同じ学徒兵らしいがどこの大学の学生かすら本人の口から語られる事は無かった。無口でほぼ喋(しゃべ)らなかったのである。話し掛けても「ああ」「いや」くらいしか答えが返って来ない。人好きのする森二等兵とはすぐに打ち解ける事が出来たがこの影浦二等兵は全く心を開いてくれなかった。いつも伏し目がちで陰気で、こちらと目を合わせない。僕も森君も最初の頃はしきりに話し掛けたものだが最近はそれも諦めてしまっていた。僕達と親しくなろうとする気が無い様だった。いつも暗い目でむっつりと黙り込んでいた。そんな影浦二等兵がどうしてこんな事になってしまったのだろうか。

僕は手を合わせて黙禱（もくとう）する。

今は冥福を祈るばかりだ。

兵隊に取られ戦地で名誉の戦死を遂げるのならともかく、この様な秘密実験室の冷たい床に撲殺屍体と成り果てて倒れるとはどれ程無念であろうか。

影浦二等兵の坊主刈りの頭に目を向ける。

正木博士が云っていた様に後頭部に大きな傷がある。傷口は醜く陥没している。背後から殴打されたのであろう。しかし一体何を使って殴ったのだろうか。その凶器が見当たら無い。

僕は実験室を見回した。

ごく狭い部屋である。置いてある物などほとんど無い。伊−拾参號実験室には無駄な物が無い。

屍体の反対側の壁は操作盤と一体になっている。各種の釦、スウィッチ、豆ランプにダイアルに計器類。それらがずらりと並んでいる。正木博士の実験の為の機器である。

そして部屋の中央にはボート型の実験機。中には車輪の無い自転車が据え付けられている。実験機は繭を二つに割った下半分の如き形なので全体が丸い。全てが曲面で構成されているブリキ製だ。尖った角などはどこにも無い。自転車部分も同様に、角になる部分は無い。

家具などの四角く硬い部分を持つ物がこの部屋にあったのならば、そこに頭をぶつけた可能性も出て来るだろう。しかしこの部屋には小机一つとして無いのだ。角が尖って凶器になりそうな物など何処にも見当たら無い。凶器になり得る物が無い。豆腐の入っていたアルミの小鍋が屍体の足元辺りに落ちているが、これも無論、丸い。となると、どうしても散らばって粉々になった豆腐の残骸に目が行ってしまう。

僕はふと夢想する。

豆腐を片手に持って影浦二等兵に殴り掛かる犯人。逃げようと後ろを向く影浦二等兵。それに追いすがった犯人は、豆腐で力任せに彼の後頭部を打擲(ちょうちゃく)する。致命傷を負い倒れる影浦二等兵。勢いでバラバラに砕ける豆腐。倒れ伏した屍体の周囲に散乱する豆腐の残骸。かくして豆腐の角に頭をぶつけて死んだ遺体が出来上がる。

いやいやそんな馬鹿な。

僕は頭を振って埒(らち)も無い妄想を打ち消す。豆腐の様な柔らかい物でそんな事など出来る筈も無い。下らぬ事を考えている場合では無かろう。

そこへ正木博士が戻って来た。この研究所の責任者である権田原大尉を伴っていた。がっしりとした体軀の権田原大尉は実験室に足を踏み入れ屍体を目にすると、

「何て事だ、本当に死んでいるじゃないか。俺の管理下でこんな不祥事を起こすなんて、誰がやりやがったんだ」

死者に対する哀悼を示すでも無く悪態を吐いた。鬼瓦の如き恐ろしい顔が怒りで真っ赤に歪んでいる。

そして、いきり立つ権田原大尉の後ろからもう一人の人物が入って来た。例の特務機関の若い士官、刀根少佐である。どうやら昨夜は下山せずにお偉方専用の宿舎に泊まったらしい。

正木博士は二人の軍人に屍体発見時の状況を伝えた。そして僕にも証言させた。

「ほれ、飯塚二等兵、お前が見た事を包み隠さず話すんだ」

「はっ、自分は六時の交代で実験室に来ました。自分が来た時にはもうこうなっておりました。自分は何も触っておりませんし何も知りません」

僕は正直にそう説明した。

権田原大尉は博士と僕の話を聞くと、

「ふん、では新兵、貴様が犯人だな。交代の時に殺したんだろう」

鬼の形相で睨（にら）みつけて来る。反論したくても怖い顔面で睨まれていては言葉も出て

来ない。焦る気持ちの僕に代わって正木博士が助け船を出してくれる。

「いや、大尉、それは無いだろう。屍体は冷え切っていて死後数時間は経っている様子だ。交代の時に殺したとは考えられんな。犯行はきっと深夜の事だろう」

権田原大尉は「ふん」と鼻を鳴らして僕から視線を外した。そして実験室の中をあちこち見回り始めた。

刀根少佐は入り口の脇で腕組みをして黙って立っている。部外者が口を挟むのは慎もうと云う態度なのかもしれない。だがその目付きは相変わらず剃刀の様に鋭い。

部屋を一渡り検分した権田原大尉は屍体の傍らで足を止めた。そして倒れている影浦二等兵をしげしげと見下ろして、

「うん、確かに頭を殴られている様だな。坊主頭だから傷の形まではっきり判る。成る程、博士の云う様に角張った何かが凶器らしい。しかしそれにしてもこりゃ何だ」

「見て判らんか、豆腐だ」

正木博士が云う。権田原大尉は苛立(いらだ)たしげに博士を見返り、

「豆腐は見りゃ判る。どうしてこんな物が散らばっているのかと聞いておるんだ」

「さあな、吾輩に聞かれても困るわい。犯人にでも聞いてみ給え」

もしかして豆腐の角で殴られたのかもしれません、と喉元まで出かかった。僕はすんでの事でその言葉を呑み下した。そんな馬鹿げた事を口走ったら権田原大尉にぶん

殴られるのは目に見えている。

権田原大尉はもう一度屍体に目を向けると、

「夜中の当番はこの新兵だったな」

正木博士がそれに答えて、

「左様、昨夜十時からこの影浦二等兵の当番だった」

「その前はどいつだった？」

「この飯塚二等兵だ。昨夜見ただろう。そちらの少佐殿が視察に見えられた時、飯塚二等兵が足漕ぎ式エネルギィ充塡機を漕いでおった。その後で影浦二等兵と交代したんだ」

「ふん、新兵はどいつもみんな同じ様なツラで区別が付かん」と権田原大尉は顔をしかめて「その後はこの死んでいる新兵が一人でここに残ったんだったな」

「左様、夜中の当番だ。二十四時間態勢でエネルギィ発生分布の記録を取る吾輩の実験に従事させておったからな」

「そして、その最中に殺された訳か」

「うむ、夜中の皆が寝静まった頃合いだろうな」

「誰がやったと思う？　博士」

「吾輩が知る訳があるまい。何者かがこっそり深夜に忍び込んで殴り殺したとしか判らんわい」

「その殴り殺した道具は？　どこにある」

「見当たらんな。とにかく四角くて角が尖った硬い物だろう、ちょうど砥石の様な」

「ふん、砥石か」

と権田原大尉が唸り声の様な口調で云った。

砥石などここの厨房には無かった筈だったな、と僕は思った。確か賄いの小母さんがここの包丁は切れなくて研ぐ事も出来ないと零していたのを覚えている。

権田原大尉は再び床に散らばった豆腐の欠片を見回して、

「なあ博士、豆腐と砥石は似ていると思わんか」

「うむ、まあ形だけならばな。似ておると云えば似ておる」

「ふん、何かの尖った角で殴られた屍体と豆腐、か」

と権田原大尉は何事か考え込んでいる様子だった。ひょっとしたら僕と同じ事を考えているのかもしれない。豆腐の角に頭をぶつけて死んだ撲殺屍体。馬鹿馬鹿し過ぎる話ではあるが他に凶器が見当たらないとなるとつい考えてしまう。

権田原大尉は少しの間考え込んでいたが、気を取り直したらしく、

「おい、新兵、もう一人交代の新兵がいた筈だな。呼んで来い、急げ」

僕に命令して来た。僕は敬礼を返すとすぐに実験室から飛び出した。もたもたして

いたら大尉殿の鉄拳制裁が待っている。急ぎ足で休憩室に行き、未だ寝台で眠っている森二等兵を揺り起こした。

「おい、大変だ、森君、起きてくれ」

「ん？　何だ、もう交代の時間かい」

「それ所じゃあ無いんだ、大変な事が起こったんだよ」

半ば寝呆けている森二等兵に事の経緯をざっと説明した。流石に眠気が一瞬で吹っ飛んだ様で森二等兵は目を大きく見開いた。

「何て事だ、それは殺人じゃ無いか」

「そうなんだ、後頭部を後ろから殴りつけられたと推定されている。あんな方法の自殺も無いだろうし、殺人に決まっている」

「そいつは大事だ」

森二等兵は寝台から飛び起きて素早く兵隊服に着替えた。

二人で実験室へ戻った。

部屋に入ると屍体を見た森二等兵が息を呑んだ。やはり自分の目で見ると衝撃も一入なのだろう。

その屍体の脇に権田原大尉と正木博士が立って何やら話し合っていた。

そして二人から離れた場所で刀根少佐が一人、入り口脇の壁を背にして腕組みをして立っている。

権田原大尉は僕達が入室すると、

険しい顔付きで云った。僕と森二等兵は並んで直立不動。揃(そろ)って敬礼する。

「来たか」

権田原大尉は並んだ僕達に悠然と近付き乍ら云う。

「見ての通り貴様らの同輩の新兵が一人殺された。撲殺だ。深夜に何者かが忍び込んでやったらしい。しかし容疑者は限られる。今も正木博士と話していたのだが、この伊－拾参號実験棟の入り口は夜中には施錠する。昨夜も刀根少佐殿をご案内して我々三人でこの建物を出る時に、間違いなく俺が鍵を掛けた。鍵を持っているのは俺と正木博士の二人だけだ。今、そこの裏口を開けて見てみたが外には何の跡も残っていなかった。あそこからは誰も出入りしとらんのだ。昨夜の雪が積もっていて足跡一つ無かったからな。つまり、この実験棟は夜中の間ずっと密閉されていた事になる。そしてその内側に撲殺屍体だ。これで犯人は絞られる。鍵を持っている二人の内、俺は自分が犯人で無い事を知っている。そして正木博士も又、夜中にわざわざやって来て新兵を一人殺す必要が無い。博士は実験の全権限を掌握している。新兵を殺したいのならば実験にかこつけて、体に電流でも流して殺してしまう事も出来たはずだ。そんな事故が起きても誰も博士に文句は云わんだろう。博士ならば夜中にこっそり殺す必要も無いんだ」と権田原大尉は僕と森二等兵を交互に睨んで「これで判っただろう。犯人はこの建物の中に居た者に決まっている。鍵が掛かっていて誰も出入り出来ない。そして鍵を持っている俺と正木博士は犯人では無い。どうだ、内側に犯人が居ると考える他は無いだろう。さあ、白状しろ、どっちが犯人だ。貴様か、貴様か、それとも二人で共謀して殺したのか。昨夜この建物の中に居たのは貴様ら二人しかおらんのだ。どう考えても貴様らの内どちらかが犯人なんだ。どうだ、観念して早く云わんか」

鬼瓦の如く恐ろしい形相で迫って来る。僕も森二等兵も萎縮するしか無い。下手な事を云ったら絶対に殴り飛ばされる。

「権田原大尉、少しお待ち下さい」

詰め寄る大尉を止めてくれたのは、意外な事に特務機関の刀根少佐であった。少佐は入り口脇の壁から離れると腕組みを解いて、こちらへ何歩か歩み寄って来た。

「大尉、そう頭ごなしにならずに若い兵の申し開きも聞いてみては如何でしょうか。どうだね、君達、何か云いたい事があるのではないか。遠慮せずに云ってみ給え」

特高よりも恐ろしいと噂の少佐殿に介入されては流石の権田原大尉も口を挟めない様だった。

その機を逃さずに、すかさず森二等兵が反論する。

「では、お言葉に甘えて自分と飯塚二等兵の潔白を主張させて頂きます」

はきはきとした口調で森二等兵は云う。流石に僕より数段優秀な大学に在籍しているだけの事はある。度胸も据わっている。

「まず、自分と飯塚二等兵には動機がありません。殺害された影浦二等兵とは二ヶ月前にここで一緒になっただけの関係です。正木博士も権田原大尉殿も気付いておられるでしょうが、彼は大変寡黙な男で、自分や飯塚二等兵とはほとんど言葉を交わす事がありませんでした。親しくするでも無ければ敵対する訳でも無く、謂わば無風状態の関係性しかありませんでした。そんな関係の下で、自分や飯塚二等兵に影浦二等兵を殺害するに至る理由が生じる筈がありません」

「ふん、そんなのは只の言い逃れだ。理由などどうとでも考えられる」と権田原大尉は鼻で笑って「飯の取り分で揉めたとか鼾が喧しいとか、大方そんな詰まらん事が原因で短絡的に殺したんだろう」

「お言葉を返す様でありますが、それだけではありません。自分と飯塚二等兵には殺害の機会もありませんでした」森二等兵は臆する事無く反論を続けて「昨夜、自分達は休憩室の隣り合った寝台で休んでおりました。もし一方が犯人ならば、深夜にそっと抜け出した事になります。しかし、もう片方がいつ目を覚ますか判らない状況です。万一目を覚まして、片方がこっそり深夜に抜け出すのを見てしまったらどうなるでしょうか。後で屍体が発見された際、これでは確実に疑われてしまいます。そんな危ない橋を渡る様な犯行をするとは思えません。少なくとも自分はしないであります。もし自分が犯人だったとしたら、すぐ近くの寝台に飯塚二等兵が寝ている中、そっと起き出して犯行に向かう勇気は無いでしょう。飯塚二等兵がいつ目を覚まして、自分が寝台に居ない事に気付くか判らないのですから、危なくて殺人など起こせません」

「だったら貴様ら二人の共犯だな。二人なら口裏を合わせて、ずっと寝ていたと互いに証言し合えば良いだけだ」

権田原大尉が吐き捨てる様に云う。森二等兵はそれにも屈せずに、

「二人が共犯ならば、もう少し賢く立ち回った筈であります。少なくとも屍体をこの様な所へ放置などせず、協力して裏山の雪の中へでも遺棄するなど、何らかの工夫をしたでしょう。そうすれば影浦二等兵が自らの意思で遁走(とんそう)した様に見せかける事も出来ます。さらに凶器の問題もあります」

「まだあるのか」

と権田原大尉はうんざりした様子で顔を顰(しか)める。

「自分と飯塚二等兵はこの実験棟から外へ出ない様に厳しく戒められております。建物の外へ出るのを禁じられ、実質的にこの伊－拾参號実験棟に閉じ込められている状況であります。表の出入り口には鍵が掛かっておりますし、そこの裏口の外も雪が積もって出入りした形跡は無いと聞いております。そんな中で、自分と飯塚二等兵は人

の頭を殴るのに適した凶器は入手出来ません。この実験棟の内部には余計な物は何一つ置いてありませんし、ご覧の様にこの実験室にも凶器として使用出来そうな物は全く見当たりません。凶器を入手出来ない以上、自分と飯塚二等兵には犯行は不可能であります」

断言する森二等兵に権田原大尉は、

「いや、凶器になりそうな物ならここにあるぞ」

と床にぶちまけられた豆腐の残骸を見回して云う。

ひょっとして権田原大尉は、本気であれを考えているのかも知れない。そう思い、僕は思わず緊張してしまった。まさか本当に云い出すつもりではあるまいな。

しかし権田原大尉が口を開くより前に、横から正木博士が遮る様に、

「ちょっと待ち給え、大尉。よもやこの豆腐を凶器にしたなどと云い出すつもりではあるまいな。もしそうだとしたら、吾輩から一つ忠告しておくぞ、そんな事は断じて不可能である、と」

「不可能だと？」

心外そうに云う権田原大尉に、正木博士は、

「如何(いか)にも、不可能だ。もしかしたら大尉は豆腐を凍らせれば硬くなると考えておったのではあるまいな。確かに外は寒い。この季節、夜中ならば気温は氷点下五度や十

度くらいには下がるだろう。大方、外に豆腐を出して置いてカチコチに凍ったのを凶器にした、などと考えていたんだろう。しかしな、大尉、それは無理だ。科学的な見地から云ってもそんな事はあり得んのだよ」牛乳瓶の底の如く分厚い眼鏡のレンズの下から大尉を見据えて、正木博士は云う。「確かに水の凝固点は零度だから単純に水だけならば零度で凍る。だが豆腐の様に粘性の高い物質は氷点下五度や十度程度では凝固はせんぞ。もし豆腐を人間の頭蓋骨を凹(へこ)ませる凶器に使用出来る程カチコチに固体化させたいのなら、氷点下四十度くらいに冷やさんと無理だな。氷点下四十度ならば多分バナナを金槌(かなづち)の代わりにして釘(くぎ)を打てる位に固める事も可能だろう。しかし、いくらこの土地の外気が冷たくても、南極大陸でもあるまいし、たかが松代の山の中ではそこまでは気温は下がらん。外に置いていても豆腐は固まったりせんのだよ。この特殊科学研究所の他の施設でもその様な極寒環境を作る様な研究をしている所も無いしな。豆腐を凶器に出来る程にカチコチに凍らせる事など、ここでは不可能なのだ」

「では、博士、この豆腐はどうしたと云うんだ？　この散らばった豆腐にどう説明を付けてくれる？」

　些か鼻白んだ様子で権田原大尉が云うと、正木博士は興が乗らない様に、

「さて、そんな事は吾輩の知った事ではないわい。吾輩はただ、豆腐を凍らせて凶器

に使う事など出来やせんと云いたかっただけだからな」

「それでは一体、どうしてこうなった？　凶器がどこにも見当たら無いではないか」

と権田原大尉が博士に詰め寄る。

「いやいや、そんな事まで吾輩に聞かんでくれ給えよ。そこまでは知らんぞ」

正木博士も困惑している。

僕も同様に戸惑う。ほんの少しではあるが豆腐を凍らせた可能性に期待していたのである。そうすれば凶器の問題は解消する。しかしそれは正木博士に真っ向から否定されてしまった。博士の言葉の間、隣に立つ森二等兵も何度か納得顔で頷いていた。彼も固めた豆腐など作れないと思っている様子だった。森二等兵がそう思うのならば氷の豆腐は矢張りあり得ないのだろう。

だがこれでは八方塞がりである。凶器らしい物はこの実験室のどこにも無い。

そしてこの実験棟は鍵が掛かっていたせいで夜の間密閉されていた。内部に居た僕や森二等兵が犯人で無い事は、先程森二等兵本人が説明した。では入り口の鍵を持っている権田原大尉か正木博士が犯人かと云ったらそれもどうやら違っていそうである。権田原大尉が云っていた様に、ここの責任者の大尉や実験の指揮を執る博士ならば、新兵の一人くらい実験にかこつけていびり殺す事も可能だろう。殺そうと思えば堂々と殺せる。深夜にこっそり殺す必要など無い。

しかしこれでは犯人の見当が付かない。凶器も見つから無い。影浦二等兵が何者にどうやって殺されたのかそれが全く判らない。事態は混迷するばかりである。

権田原大尉も正木博士も困っている様子だ。二人共むっつりと難しい顔になっている。

森二等兵にも最早主張すべき考えは無いらしい。端正な横顔を見せて黙って直立不動の姿勢である。

僕も混乱するしか無い。この事件には不明な点が多過ぎる。どこから考えれば良いのかさえ判らない。

そこへ、冴え冴えとした明瞭な声が聞こえた。

「差し出がましい様ですが、自分からも一つ宜しいでしょうか」

声の主は刀根少佐であった。陸軍省直轄特務諜報機関所属の切れ者。無表情な刀根少佐は剃刀の如き鋭利な視線で倒れている屍体を一瞥し、

「権田原大尉も正木博士も困っておられる様ですが、この若い兵の死に説明が付けば良いのですね」

「それは無論そうですが、それが出来ないから戸惑っておるのです」

媚びる様に云う権田原大尉に、刀根少佐は明瞭に、

「自分には出来ると思います」何の迷いも無く云った。「凶器になる角の尖った四角

い物が見つからないとの事ですが、自分には見えています。はっきりと、この部屋の中にあるでは無いですか」

え？　どこに？　僕は少々驚いた。権田原大尉と正木博士も同じ様に感じたらしく二人で怪訝そうな顔を見合わせている。

この部屋の中にあるのはボート型の大きな楕円形の実験機。その上に搭載された自転車を改造した足漕ぎ式の機械。そして一方の壁を埋め尽くした操作盤の釦やスウィッチや計器類。角の尖った部分など一ヶ所も無い。

「では、説明します」と刀根少佐は姿勢良く立ったままで話し始める。「昨夜、自分はこの実験室で研究内容をご教示頂きました。ここでは〝空間転位式爆撃装置〟を開発している。そうですね、権田原大尉」

「は、左様であります」

問われた権田原大尉は恭しく答える。

「自分が理解した所に依ると、この装置が発動するには四つの段階が必要な様です」

刀根少佐は云う。「まず現実空間をひっくり返す。空間を裏返して時空の歪みを生み出す。次に、空間をひっくり返す事で二点間の距離を無い物とする。そして、距離を無効化する事で装置を瞬間的に移動させる。最後に、移動先の座標を予め特定して置く事で随意の地点に装置を出現させる。この四つの段階を経る事で、この特殊爆弾を特定のある地点、例えばホワイトハウスの上空三百メートルの場所へと現出させる事が出来る。後は自由落下に任せて落ちる事で空爆に至る。と、こう云う理解で宜しいでしょうか、正木博士」

「うむ、大まかではあるが間違ってはおらんな。少佐殿はなかなか筋が良い。大体その考え方で問題はありませんぞ」

正木博士が乱れた白髪頭で頷く。刀根少佐も満足そうに、

「博士はここで日夜、この四つの段階へと至る道程を模索して研究に打ち込んでおられた。しかし残念な事に昨夜、実験補助の任務に就いていた若い兵隊が一人、この実験室で死亡しました。彼は深夜当番に当たり、夜通しそこの上で自転車型装置のペダルを漕ぎエネルギィ供給の試験的段階の実験に従事していた。そうですね、博士」

「左様、如何にもその通りです」

「そこで自分の考えなのですが、実験の第一段階が昨晩、偶発的に成功したのではないかと思うのです」

「第一段階、ですと？」

正木博士は首を傾げる。刀根少佐は頷き返す。

「はい、〝空間転位式爆撃装置〟の第一段階は、すなわち現実空間がひっくり返る事です。その空間裏返し現象がここで起こったのではないかと愚考する次第です」冷徹

な口調で云うと刀根少佐は「いいですか、昨夜死んだ影浦二等兵は一人で自転車型の人的エネルギィ充填機の上でペダルを漕いでいました。そこでたまたまエネルギィ発生の波長が転位装置の本体駆動部と同調し、空間裏返り現象が起きてしまったのです。空間がひっくり返り、天と地が逆さになって凹と凸も逆転してしまった。上下が反転した事で影浦二等兵は天井へと落ちて行った。装置本体はこの様に床に螺子で留めてあるので、彼だけが放り出されて上へ落下したのです。その落ちて行った先で待ち構えていたのが、凹と凸が逆になり、四角い尖った角となったあそこなのです」

刀根少佐は右手を素早く上げ、天井の一角を示した。そこは天井の隅の凹んだ部分である。

「今はあの通り天井の角は凹んでいます。しかし空間がひっくり返り、現実空間の裏返り現象が起こっていたその瞬間は、あの天井の隅の凹部は角張った凸部になっていた筈です。ちょうど砥石か何かの様に、四角い物の尖った角の様な形になって」と刀根少佐は淡々と云う。「天井に落下した影浦二等兵はあの天井の窪(くぼ)みの出っ張りに後頭部をぶつけたのです。落ちた勢いが強くて致命傷になる程に激しくぶつけた。そして絶命したのです。彼が自転車から放り出された事で足漕ぎ式エネルギィ充填機へのエネルギィ供給も止まり、一度作動した空間転位装置も停止します。空間の裏返り現象もそこで終わりました。この実験室内は通常空間に戻り、それに依って影浦二等兵

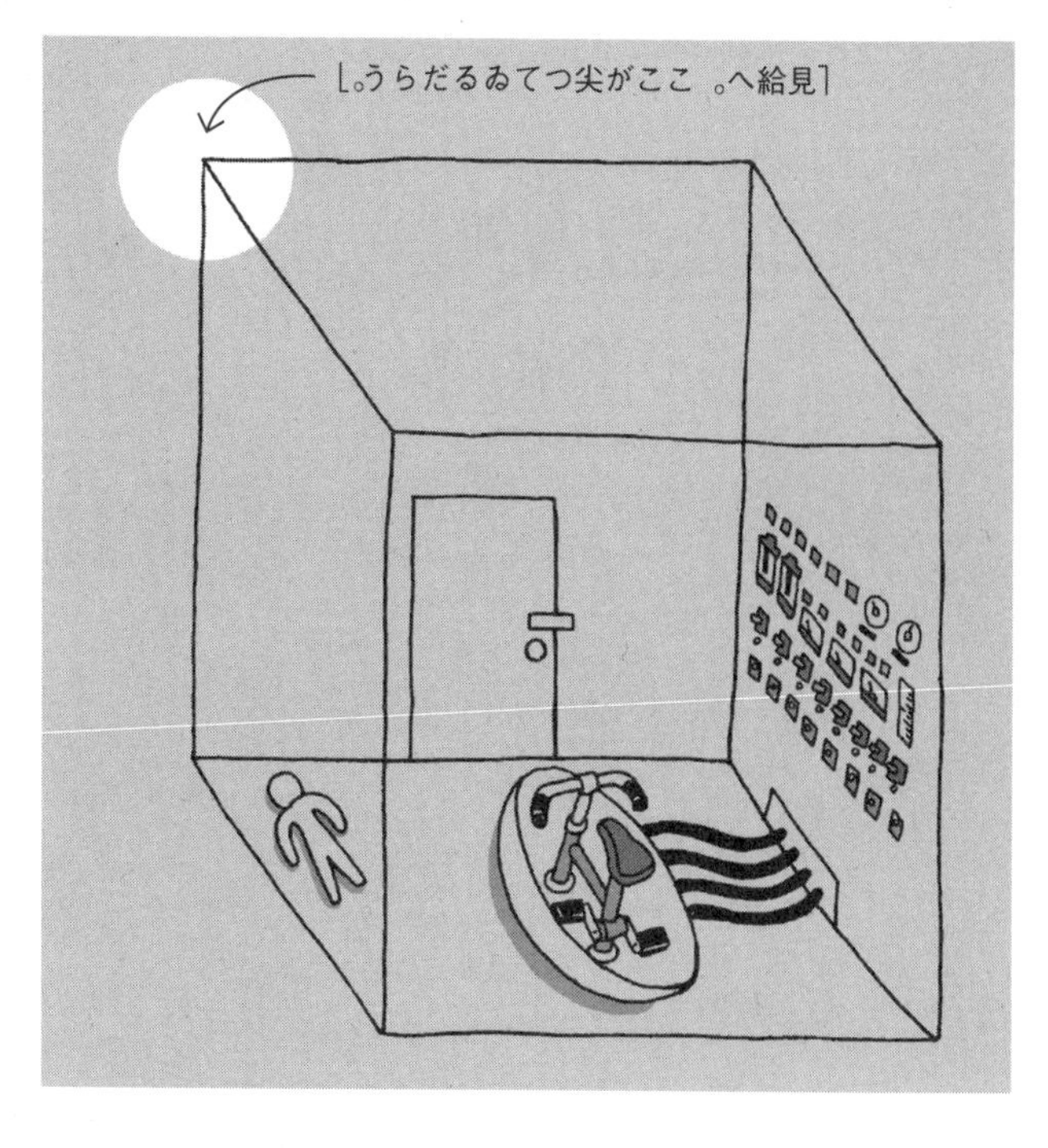

帝國陸軍特殊科学研究所・伊－拾参號実験室之図

の屍骸も通常の引力に従って今度は床に落ちて来ます。権田原大尉が気にしておられたその豆腐も、空間裏返りの時に一度鍋ごと天井にぶつかり、しかる後に床へと落下して叩き付けられたので、この様に粉々に飛び散ったのでしょう。以上、これが昨夜この実験室で起きた事の全てだと自分は考えております」鋭い目付きで天井を一渡り見上げて刀根少佐は云う。「つまり影浦二等兵の死は実験中の不運な事故に他ならないのです。天井に落下した時、偶然後頭部を隅の尖った角にぶつけてしまい死亡したのですから。この部屋はコンクリート造りですので角の部分もコンクリートで、人を一人死に至らしめる強度は充分にあります。もし尖った天井の角にぶつからなかったのなら、天井の平らな部分に叩き付けられるだけなので全身を打撲する程度の負傷で済んだのでしょうが」刀根少佐は無表情に言葉を繋ぐ。「と云う事で、事故なのですから犯人など元より居ない事になります。大尉は彼ら若い兵に口を割らせようとしていましたが、それは無駄なのです。これは単なる事故であり、彼らは何も知りません。昨夜この部屋に忍び込んだ者など存在しないのです。被害者一人しかここにはいなかった。如何ですか、これで全てに説明が付くとは思いませんか」

「おおっ、すると実験の第一段階が成功したと云う事ですな、これは素晴らしいっ」と正木博士が興奮した声を上げ「吾輩の研究の正当性が証明されたではないか、うむ、うむ、素晴らしいぞ。どうだ、吾輩は矢張り天才だっ、わはははははは、やったぞ、これは快挙だっ、凄いでは無いか、ははははははは」

　小躍りせんばかりに喜ぶ正木博士に構わず刀根少佐は、

「如何でしょう、権田原大尉、自分の考えにご納得頂けましたか」

「はっ、事故と考えれば充分に理解出来ます。お見事な慧眼、恐れ入りました。流石は特務機関の精鋭でおいでだ。少佐殿の頭脳の冴えには感服致しました。結構です、これで解決ですな。本件は事故。実験中の不慮の事故として処理致します。これで要らぬ犯人捜しなどして時間を無駄にせずに済みます。少佐殿のお陰であります」

　恐縮する権田原大尉の横では正木博士が未だ大はしゃぎで、

「素晴らしいでは無いかっ、とうとう吾輩の理論が実証的に証明されたのだっ。おおっ、何と云う成果だ。吾輩こそが今世紀最大の天才科学者であるぞっ。これで吾輩を散々嘲笑った奴らめを見返してくれようぞ。うむ、そうだ、吾輩は正しかったのだっ、どうだ、ザマを見ろ、うはははははは、連中の切歯扼腕するツラが目に浮かぶわい、これは目出度い、わはははははははは」

「では、その目出度い成果を軍本部に報告した方が宜しいのでは？」

　刀根少佐が云う。権田原大尉は大きく頷いて、

「そうですな、そう致しましょう。まずは電話で一報を。さあ、博士、行きますぞ」

と未だ高笑いしている正木博士を引っ張り乍ら「おい、新兵、この件は事故だと判明

した。屍体を片付けて床を掃除して本件は終わりだ。すぐに実験を再開するぞ。研究は継続だ。新兵の一人くらい死んだ所で計画は何も変わりはせん。補充要員の要請を出せば良いだけだからな。おい、貴様は一緒に来い。屍体を片付ける担架を運ぶんだ。もう一人はここに残って番をしておれ」

大尉に命令されて森二等兵が付いて行く事になった。権田原大尉は森二等兵を伴い、浮かれている正木博士を引きずって出て行く。

「わはははははは、吾輩は天才だあっ」

正木博士の狂騒的な声が廊下から響いて来る。

出て行った三人の後を追い、刀根少佐も実験室を去ろうとしている。去り際に少佐は、倒れている屍体に鋭い一瞥を投げかけた。剃刀の如く冷たく怜悧な視線であった。

扉が閉じられ、その冷ややかな眼差しも見えなくなった。

僕は一人取り残された。正確には屍体と二人だが生きているのは僕だけだ。

ただ呆然（ぼうぜん）と立ち尽くすのみである。

大騒ぎした割には事故で片付けられてしまった。良いのだろうか、そんな簡単な事で。

僕は考える。事故、空間の裏返り、天井の尖った角。それよりもずっと現実的な解釈がある様に思う。

刀根少佐はどうも解決を急いでいる風に見えた。事故として八方丸く収めようと無理のある理屈を立てている様に感じられた。空間がひっくり返るなどと云う事が実際に起こり得る物だろうか。俄（にわか）には信じ難い。それこそが眉唾物である。解決を急ぎ無理にでも事態を収束しようとしていた刀根少佐こそが犯人なのでは無いか。

何故か。そう、刀根少佐は特殊諜報機関の人間である。エス狩りの専門家らしいと権田原大尉が云っていた。つまりスパイの抹殺がその任務である。

この様な山中の秘密研究所まで出向いて来たのもその任務の為だと考えれば合点が行く。標的は影浦二等兵だ。

彼は米国のスパイであり、学徒兵に成り済ましどうにか策を弄してこの極秘研究所に潜り込んだ。無論、研究機密を盗む為である。それが発覚し、特務諜報機関の刀根少佐が派遣されたのだ。そして粛清された。

影浦二等兵が以前の深夜当番の際に仕事を怠けていたと正木博士は叱責していた。機械の記録に残っていると。それは夜中に彼がここを抜け出して他の実験棟を探っていたからではあるまいか。

そう考えれば色々な点に合点が行く。

無論凶器も豆腐の角や天井の凹みなどと云う荒唐無稽な物ではなくもっと単純で構

わない。例えばレンガなどはどうだろうか。正木博士は権田原大尉に向かって研究所の正門の工事が進んでいない件で苦言を呈していた。工事現場にレンガなどが放置してあるのが見苦しいと文句を云っていた。そのレンガならば充分に凶器になるだろう。片手で振り回すのに適した大きさで角の尖った砥石の如き形状である。

刀根少佐は外套を着用していた。ここに来る前に正門の工事現場からそっとレンガを一つ拝借し、外套の下に隠し持つ事など容易いはずだ。犯行後は裏口の扉を開きそれを遠くへ向かって投擲した。僕は屍体を発見した際に裏口の扉を開け足跡の有無を確認したのだが、その時扉は抵抗無く開いた。外には雪が積もっている筈なのにそれに引っ掛かる事もなくすんなりと開いたのだ。あれは恐らく刀根少佐が深夜に一度凶器を投げ捨てる為に扉を開いたために、扉の前の雪が押しやられたせいに相違無い。

この実験棟の入り口は施錠してあったが特務機関の諜報官ならば鍵を開く特別な技術を習得していてもおかしくは無い。特殊任務に就いている者にとっては鍵を開ける事など朝飯前だろう。

殺害方法も至って簡単だ。深夜にこの実験室を訪れ影浦二等兵に自転車から降りる様に命じ、隙を見てレンガで殴打するだけである。

そして散乱した豆腐には全く意味など無かったのだ。単に刀根少佐の襲撃の際に影浦二等兵が鍋を蹴倒して踏ん付けるかして豆腐が飛び散っただけの事であろう。

刀根少佐はこの事件を事故として処理してしまいたかった。それであんな有りもしない真相をデッチ上げたのだ。権田原大尉もそれを知り乍ら茶番に乗ったに違い無い。この研究所の責任者としては只の事故の方が都合が良い筈である。軍本部に報告するのに『実験中の事故で新兵が一人死亡した』と云う方が波風が立たぬ。馬鹿正直に『陸軍省の特務機関の諜報少佐殿がエス狩りの任務で研究所に潜入していた学徒兵に成り済ましたスパイを暗殺した』と報告する必要も無かろう。責任者としての事後処理の煩雑さも雲泥の差だろう。権田原大尉も事故で片付けてしまった方が面倒が無い。保身の為にもその方が都合が良いに決まっている。正木博士に限っては本当に常識外れの科学現象が起きたと単純に喜んでいる節があるにしても。

僕は屍体を見下ろしてそう考えていた。

この件は刀根少佐の目論見通り事故として闇に葬られてしまうのだろう。この様な極秘研究所で起きた事件なのだ。研究所の責任者と特務機関の将校がその筋書きで押し通せばそれが真実になってしまう。僕や森二等兵如きが異議を申し立てても権田原大尉にぶん殴られてお終いである。

どちらにせよ僕には何も出来ない。影浦二等兵が本物のスパイだったのかどうかも判らない。

しかし軍の特務機関がそう確信して動いたのは確かだ。そして僕に云える事は、軍上層部がこんな辺境の秘密研究所にスパイが潜んでいると考える程焦っているのだろうと云う事だけである。

軍の上層部は焦っている。追い詰められている。

これは思っている以上に戦況が悪化している証左ではないのか。

戦況は泥沼化し、我が軍は追い込まれているのでは無いだろうか。

東京への空襲、大本営の移転、畏れ多くも陛下のご避難、怪しげな博士の胡散臭い研究に頼らなくてはならない実情、そして南亜細亜の制空権は奪われ我が方は最早体当たり攻撃を仕掛ける事しかできぬ。それ程までに追い詰められているのだ。

僕は戦慄を禁じ得ない。

我が軍は危機的状況にまで追い込まれている。

ひょっとしたら負けるのか、この戦争は。

一億玉砕の可能性もあるのか。

本土決戦になったら連合国の軍隊が直接的にこの国土を蹂躙する事になる。

それは絶望的な未来でしか無い。

先行きを憂え、僕は暗澹たる心持ちになるのを抑え切れ無いのであった。

猫丸先輩の出張

出張である。

といっても、それほど遠くへ行くわけではない。秋葉原(あきはばら)駅から首都圏新都市鉄道スーパーエクスプレスで四十五分。日帰りの出張だ。

関東平野の北の端にあるその街は、学術・研究都市としてつとに有名である。公的研究機関、理工系技術系大学、工科専門学校に大手企業の研究部門などが多数ひしめき、国の頭脳の集積回路とでもいうべき一大都市だ。約三百の研究施設に二万人を超える研究従事者を擁している。

そんな研究機関のひとつに向けて、碁盤の目のごとく格子状の道路をタクシーで走った。

目的地に到着した浜岡和久(はまおかかずひさ)はタクシーを降りると、ネクタイを締め直した。銀のアタッシエケースの取っ手を摑(つか)む手にも、力が入る。

残暑の季節が過ぎて秋も深まり、スーツでも特に暑くはない。

しかし浜岡は緊張感からか、うっすらと額に汗をかいていた。

研究所の敷地は高い壁で囲まれている。コンクリート製で頑丈そうなその塀は明るい空色に塗られているものの、厳つい雰囲気を消しきれてはいなかった。三メートル以上の高さがあって、その上に有刺鉄線が張り巡らされている。〝高圧電線注意！〟と禍々しい赤い字で書かれた看板が、鉄線の隙間に等間隔で並んでいた。何かの収容所を思わせる厳めしさだった。

高い壁はどこまでも続いている。中の敷地は広そうだ。自分の社の研究所ではあるけれど、初めて来た。入社して七年目で畑違いの浜岡にとって、縁遠い場所だった。巨大な鉄の扉の前は無人だった。守衛さんの詰め所か何かがあるのかと思っていたが、当てが外れた。仕方なく浜岡は、扉の横のインターホンを押した。

『はい、どちら様でしょうか』

怒っているみたいな口調の男の声が、インターホンから返ってくる。

「本社企画部の浜岡と申します。第六研究室の諸井室長さんと一時半のアポがあります」

『確認します、お待ちください』

インターホンのカメラで、じっと見られる気配を感じた。

浜岡は額の汗を手で拭った。やはり緊張している。何しろ重要任務なのだからな――。

その重要任務は昨日、課長から直々に特命として下された。

「浜岡、明日出張を頼む、研究所だ」

昼休みの終わりに、課長のデスク前へ呼び出されてそう告げられた。

「重大な仕事だ、社運がかかっていると云(い)っても過言ではない」

撫(な)でつけた髪が半分白髪の課長は、大真面目(おおまじめ)な顔でそう云った。

そんな社運だなんて大げさな、と思った浜岡の顔色を読んだのだろう、課長は難しい顔つきを崩すことなく続ける。

「研究所の第六研究室が新素材を開発した。それが画期的な代物らしい」

浜岡の会社は衣料品メーカーである。婦人服からスポーツウェアまで、手広く扱っている。

「その新素材のデータを受け取って、本社のラボまで搬送するのが明日のお前の任務だ」

「わざわざ取りに行くんですか。データだけならメール添付でいいんじゃないでしょうか。それか郵送とかバイク便とか」

浜岡が軽い気持ちで云うと、課長はことさら声のトーンを落として答える。

「狙われているんだ、その新素材が。どこからか同業他社に情報が漏れた。盗聴やクラッキングの恐れがある。手渡しが一番確実で安心だ」

「そこまで大ごとなんですか」

「ああ、産業スパイが暗躍を始めたとの噂さえある。今回の情報は他社さんも喉から手が出るほど欲しがっているだろうからな」

「そこまで凄い新素材って何なんでしょう」

どうやら課長が伊達や酔狂で真面目な顔をしているのではないと察した浜岡が姿勢を正すと、課長はまた声を潜めて、

「俺も詳しいことまでは知らん。現物はサンプルさえまだこっちに来ていないからな。ただ、特殊コーティングで遮熱効果に優れ通気性も撥水性も高い、夢の新素材だそうだ。スポーツウェアの歴史を変える大発明だという」

「そんなに凄いんですか」

「上層部はこの新素材で勝負に出る気らしい。次のオリンピックの公式ユニフォームの採用も狙っている。この新素材の製品開発に成功すれば、世界中の大手メーカーから業務提携のオファーが殺到すると予測されている。判るだろう、オリンピックで各国の代表選手がうちの製品のユニフォームを着て、それが全世界に中継されるんだ、これがどれほどの宣伝効果を持つことか。そうなれば我が社は一気にグローバル規模にのし上がれる」

「確かにそれは大したものですね」

浜岡が感心して云うと、課長は我が意を得たりとばかりにうなずいて、

「だから同業他社の連中がスパイを使って狙っているという話になっているわけだ。なんでも水面下では、ＮＡＳＡから数億ドルでパテントを買い取りたいとの申し出があるとか」

「ＮＡＳＡって、あのアメリカのですか」

「ああ、といっても子会社の下請けの下請けで宇宙服の下地材を作っている会社らしいんだが」

凄いんだか凄くないいんだか、少し微妙な話ではある。

「とにかくそんなわけで――」

と、課長は咳払い（せきばらい）をしてから、

「間違いのないように受け取って来てくれ。つまらんミスは許されんぞ、浜岡」

そこまで云われて、浜岡は少々不安になってきて、尋ねてみる。

「あの、この出張、私一人で行くんですよね。大丈夫なんでしょうか。帰りに産業スパイに襲われて拉致される、なんてことは――」

「だからこそ一人で行ってもらうんじゃないか」

と、課長は冷徹な顔つきで、

「大人数でぞろぞろ研究所に出向いて行ったら、受け渡しが明日あることがバレバレだろう。一人でこっそり隠密行動。目立たないように、素早くデータをもらってくる。

それが君の役目なんだよ」

半白髪の頭髪を、櫛で撫でつけながら云った。

そうした経緯で今日、浜岡は研究所の大扉の前に立っているというわけである。

『確認しました。本社企画部の浜岡さんですね。どうぞ』

インターホンから、怒ったような男の声が聞こえてきた。

大きな鉄扉ではなく、その脇の通用口みたいな小さなドアが、カチリと小さな音を立てた。電磁ロックが開く音だ。

てっきり大きな扉が仰々しく開くものだと思っていた浜岡は、少し拍子抜けしながらその通用口のような小さなドアを押し開いた。まあ、お客様というわけではなく、ただのお使いなのだから、扱いもこんなものなのだろう。

入ったところは小部屋の中だった。

殺風景なコンクリート造りの簡素な部屋だった。全体的に殺気立ったような、どこか物々しい空気感で満ちている。

やたらとゴツい体格の警備員が、四人ほど詰めていた。部屋じゅうに張り詰められた威圧感は、この四人が発しているものだった。全員深緑色の制服に身を包んでいるが、服の下には筋肉の固まりが詰まっているのが一目で判るほどだった。

中の一人がリーダー格らしく、彼が一歩前へ進み出て来た。リーダーだけあって、特別に厚い胸板と恐ろしげな顔つきをしていた。百戦錬磨の傭兵隊長、といった感じの中年男である。アクション物の映画に、黒い片目のアイパッチをして出演していそうな人物だ。

「失礼かとは思いますが、身体検査をさせていただきます、規則なので」

と、言葉遣いこそ丁寧だが有無を云わせぬ口調で、傭兵隊長みたいな警備係のリーダーは、浜岡に近づいて来た。

こちらが返事もしないうちに他の三人も加わって、否応もなく体じゅうを調べられた。

ポケットというポケットをひっくり返され、荷物は財布の中身までチェックされ、どういうわけか口の中まで検査された。挙げ句の果てには空港にあるような探知機のゲートをくぐるように求められる。

「随分、厳重なんですね」

浜岡が辟易しながら云うと、傭兵隊長は浜岡の社員証をしげしげと眺めながら、

「規則ですので、申し訳ないがご協力を」

少しも申し訳ないとは思っていなさそうな、威圧的な口調で云った。顔も怖い。

部下の三人も、にこりともせずに淡々と浜岡の体を調べながら、

「失礼ながら、帰りはもっと厳しくなります」

「機密を多く扱っておりますので、ご理解のほどを」

「外来のかただけでなく、所員も毎日同じようにチェックしています」

口先だけの丁寧さで、執拗に検査を続ける。

「これはお帰りになるまでこちらで預からせていただきます」

と、傭兵隊長は、銀色の小型アタッシェケースを取り上げてしまった。せっかく大切なデータを収納しようと思ってわざわざ持ってきたのに。

さらに、浜岡の私物を並べたトレイから携帯電話を取り上げて、

「これは撮影機能が付いていますね」

傭兵隊長は、高圧的な口調で尋ねてくる。

「ええ、付いてますね、スマホですから」

ひるみながら浜岡が答えると、

「これも預かります。所員以外の者の撮影、録画機器等の持ち込みは原則禁じられていますので」

厳しく申し渡されて、スマホを没収されてしまった。

そこまでやるか、と内心呆れる浜岡に、ようやく通行許可が出た。

〝外来〟とプリントされた小さなバッジをスーツの胸に付けられて、入り口とは反対側のドアへと導かれる。

「では、我々はここまでです」

傭兵隊長は、厳めしい顔つきのままで云った。人間的な親しみをまったく感じさせない対応だった。浜岡は鼻白みながらもドアを開けて、尋問室みたいな小部屋を出た。

外は、打って変わって眩しい空間だった。

青空と、そしてどこまでも広がる芝生。

広々として開放的、明るく清々しい場所だった。尋問室との対比に、目が眩みそうになる。

浜岡は思わず深呼吸しかけたが、近くに一人でぽつんと立っている男に驚いて目を見張った。

健康的な青空の明るさにそぐわない、陰気な雰囲気の男だった。年齢は浜岡と同じくらいだろうか。白衣を着ているので研究所の一員だと判る。痩せて針金細工みたいな手足に、ひょろんと背ばかり高くて貧相な体つき。そしてぼさぼさの長髪。見るからに、研究しか眼中にありません、といった感じの風貌だ。浜岡と同じ会社の社員のはずなのに、研究所勤務の人間はこんななのか、と浜岡は少々困惑させられた。普段接している企画部の同僚や、営業部や総務の連中とは違いすぎる。

そんな顔色の悪い痩せた男が一人ぽつんと立ってこちらを見ているので、どうやら迎えに来てくれたらしいと見当をつけて浜岡は声をかけ、

「どうも、本社企画部の浜岡です」

「第六研の三本松(さんぼんまつ)です」

　ぼさぼさ頭の痩せた男は、ぼそぼそと小声で答えた。そして浜岡と目も合わそうとせず、無言で背中を見せると歩きだす。ついて来いということか、と浜岡はその後ろ姿を追う。

　青々とした芝生の上にレンガを敷き詰めた道が延びている。レンガの道はまっすぐではなく、緩く弧を描いて続いていた。どことなく、おとぎの国、といった風情である。イエローブリックロードだ。まあ、案内人が陽気な案山子(かかし)ではなく貧相な白衣の男だから、ムードは台無しだが。

　そのレンガの道を進みながら、浜岡は前を歩く三本松に話しかけてみる。黙って歩くのも気詰まりだったからだ。

「広いですね、ここは」

「ええ、まあ」

　三本松は、ぼそりと小さな声で相槌(あいづち)を打つ。

「三本松さんはずっと研究所勤務なんですか」

「ええ、まあ」

「第六研究室に所属だそうですけど、研究室はいくつまであるんでしょうか」

「第十研まで、です」

会話がほとんど続かない。無愛想というか何というか、三本松はひたすら陰気だ。振り向いて浜岡と目を合わせようとすらしない。ただ機械的に返事をして、前だけを見てうっそりと歩いて行く。

浜岡はコミュニケーションを諦めて、黙ってレンガの道を進むことにした。道は途中の何ヶ所かで分岐している。

白衣を着た男達と何人かすれ違う。芝生が広がる静かな空間は、なるほど研究所として相応しいように思う。のどかで落ち着いた、広々とした芝生の空間。健康的だ。前を行く三本松だけがやたらと暗い。

しばらく歩いて二人は、やがてレンガの道沿いにある一棟の建物の前に到着した。三階建ての近代的な建築物である。瀟洒なデザインの建物で、浜岡は何となく美術館を連想した。入り口の上方の壁に〝第六研究室棟〟と書かれた銀の小さなプレートが掲げられている。

立ち止まった三本松は、やはり浜岡と目を合わせようとせずに、

「ここで少しお待ちを」

ぼそぼそと云うと、白衣のポケットからカードを取り出し、それを入り口横の小さな機械のスリットに差し入れてドアを開けた。一人でそこに入って行く三本松。浜岡

は入り口の前にぽつねんと取り残されてしまった。

研究所にずっと勤めているのはあんな変わった奴ばかりなのかなあ、と思いつつ、浜岡はぼんやりと立ちつくした。

やることがない。こういう時にはスマホだ、とポケットに手を伸ばしかけたけれど、そういえばスマホは受付であの傭兵隊長みたいな警備員に預けたんだった、と思い出した。現代人としてはスマホを持っていないと、まるでパンツを穿き忘れたみたいな心許なさがある。手持ち無沙汰なことこの上なしだ。

ぼうっと立っていると、突然、後頭部に何かが当たった。

柔らかい感触だ。

ぼよよーん、ぼよよーん、と何度か、後頭部にぶつかってくる。

面喰らって振り向くと、不気味極まりない物体がそこに立っていた。驚き、思わず息を吞む。

それは大きな球体だった。

風船？　と一瞬思ったが、そうではない。

ひと抱えほどありそうな巨大な球体は、全体的に薄緑色をしている。そしてその全面に、ヒビ割れのような模様が描いてあった。縦横に亀裂がびっしりと細かく走り、気味の悪い様相を呈している。

前衛芸術か何かで〝砂漠の球体〟とでも名づけられていそうな不可解なシロモノである。前面に大きな吊り目が二つ付いているのが、余計に気色悪かった。よく見ると球体の上部にも三角形の尖った物が二つ、対になってくっついている。はて、この三角は何を表現しているのだろうか。

　球体の下には胴体もあった。これも薄緑色で、全体的にもふもふした体表の、丸っこい体格に作ってある。こちらには模様はない。

　着ぐるみだ。ゆるキャラというやつだろうか。いや、これは決して緩くはない。むしろ気味が悪い。子供が見たら確実に泣く。ヘタをしたらその晩、悪夢に出てくる。

　着ぐるみの胴体と頭の球体部分は接続が悪いらしく、巨大な球の頭はふらふらと、絶えず左右に揺れていた。首が座っていないように見え、それが一層薄気味悪さを際立たせている。

　その〝砂漠の球体〟は、大きな球の頭をしつこく浜岡のおでこにぶつけ続けている。

　ぼよよーん、ぼよよーん、と繰り返し、頭突きを繰り出す。材質が柔らかいので痛くはないが、物凄くうっとうしい。

「あの、ちょっと、何なんですか」

　浜岡は苦情を申し立てた。もちろん〝砂漠の球体〟そのものへではなく、中に入っている人に対してだ。

それでも尚も執拗に、球体はぼよよーん、ぼよよーん、と頭突きをかましてくる。いい加減イラっときて、

「だあああっ、もうっ、くどいよっ」

浜岡は球体を手で押しのける。

首の座りの悪い球体は一度のけぞったが、すぐに体勢を戻すと、首をゆっくり左右に振った。そして球体の中から「けけけけけけけけ」と、怪鳥みたいな笑い声を発する。着ぐるみの内部から聞こえる声なので、笑い声はくぐもって聞こえた。

「いやあ、怒りやがった、こりゃ愉快愉快」

球体の中の籠もった声が、楽しそうにそう云った。

「思った通り浜岡だったよ。どっかで見た後ろ姿だと思ったんだ。そういえばこの研究所、お前さんの勤めてる会社と同じ名前だったなって思い出してね、そう思って来てみたらやっぱり浜岡だった。こんなところで出喰わすとは、こりゃまた奇遇なこともあるもんだね、まったく」

その声に、聞き覚えがあった。

浜岡が何か云うより前に、着ぐるみは両腕を上に伸ばしてすっぽりと、頭部の球体部分を取り外した。中から現れたのは——小さな顔、見ようによっては高校生くらいに見える童顔、仔猫がびっくりしたみたいな大きな丸い目、ふっさり垂れた前髪が眉

の下まで届いている。見間違えようがない、その特徴的な顔立ちは――、

「猫丸先輩」

浜岡が半ば呆れながら云うと、

「そうだよ、僕だよ、驚いたか」

着ぐるみを着た小柄な人物は、得意げな顔で胸を張った。

猫丸先輩は浜岡の学生時代の先輩だ。大学を出た後も定職に就かず、三十過ぎのいい年をしてふらふらと遊び暮らしている。自由人というか遊び人というか変人というか、デタラメな言動で学生の頃から目立っていたちょっとした有名人である。小柄な体躯でちょこまかと、その好奇心の赴くまま呑気に生きている野良猫みたいな人物だ。

その先輩がどうしてこんなところに？　浜岡が疑問に思って尋ねると、当の変人はきょとんとした顔つきで、

「お前さんこそどうしてここにいるんだよ、いつから研究所に転勤になった」

「いえ、転勤にはなっていません、ただの出張です」

「ありゃまあ、お前さんも出張か、こりゃまた偶然だね、僕も出張なんだ」

フリーターが出張？　と、訝しく思いながらも、浜岡はさらなる疑問を投げかけて、

「そんなことより、猫丸先輩、何なんですか、その格好は」

「何って、そりゃお前さん、ねこめろんくんじゃないか」

どうしてそんな当たり前のことを聞くのか、とでも云いたげな顔で猫丸先輩は云う。

「ねこめろんくん？」

「そう、ねこめろんくん。この研究所のマスコットキャラらしい。何だよ、浜岡、お前さんまさか自分の会社のことなのに知らないなんて云うんじゃないだろうな」

いや、云う。知らない。聞いたことすらない。というか、メロンのつもりだったのか、このデザインは。知っているとかどうとかでなく、そっちの方にかえって驚く。〝砂漠の球体〟の表皮全面を被ったヒビ割れは、メロンの表面の筋を表現していたのだ。だとしても、その表現の仕方がヘタすぎる。どう見てもやはり、砂漠のヒビ割れにしか見えない。

「メロンはこの県の有名な特産物だぞ、知らなかったのか、お前さんは。まあ、僕も今朝聞くまで知らなかったんだけどね。とにかく、有名なメロンとお子様にも親しみやすいかわいい猫ちゃんを掛け合わせたキャラクターがこのねこめろんくんだ、以後よろしくね」

よろしくも何もあったものじゃない。ちっとも親しみを持てない。どういう意図でこんな気色の悪いサイケデリックなデザインにしたのか。その神経が判らない。頭上の対になった三角形の部位は動物の耳のつもりらしいが、かわいいという概念からは遠くかけ離れている。子供は絶対に泣くって、これは。ヘタすりゃ疳の虫を起こす。

「それはともかく、猫丸先輩が出張って、何なんですか」

浜岡の問いかけに、猫丸先輩は愛嬌(あいきょう)たっぷりの大きなまん丸い目をこっちに向けてきて、

「いやあ、話せば長くなるんだけどね、かいつまんで云うとこういうことなんだ。前に僕、スーパーの屋上でヒーローショーのバイトをやってさ、怪人の着ぐるみに入ってショーに出るバイトだったんだけどね、いやそれが真夏のまっ盛りで暑いの何の、もう往生したもんなんだよ。それでその時に知り合ったのがアクション俳優の若手の連中で一緒に熱波の太陽と戦ってすっかり一体感を感じて意気投合したんだけどさ、彼らの紹介で僕は着ぐるみ役者の事務所に登録することにしたんだ。いや、別に専業の着ぐるみ役者になるつもりなんてないんだけどね、たまにそういうバイトをするのも面白かろうと事務所に入ったわけなんだ。そんなこんなで、今日はここの研究所での仕事を斡旋(あっせん)されたって寸法さね。なんでもネットとやらで流すピーアール動画だとかでね、そのＶＴＲ撮影をやってたんだよ。こういうのは大抵会社の宣伝部の人が着ぐるみの中に入るんだけど、お前さんの会社、景気がいいのかね、どうせならプロに頼もうってことになったらしくて、それで僕にお鉢が回ってきたって按配(あんばい)なんだ。いやあ、参ったね、僕、プロだってさ、いや、どうにもこうにも照れるじゃないか、この野郎。しかしなんだね、レスリングのプロならプロレスラー、将棋のプロならプロ

棋士って呼ぶだろう、だったら着ぐるみのプロって何ていうんだろうね。浜岡、知ってるか。いや、僕も知らないんだけど、何ていうのかな、プロの着ぐるみの中の人。まあそんなこたどうでもいいんだけどな、てなわけで、こんな具合に芝居をしてたんだ、さっきまで」

猫丸先輩はこちらに口を挟む余地を与えない猛烈な早口で喋りに喋ると、球体の頭をすっぽりと被り直す。ねこめろんくんの再臨だ。

「こいつを、こう被ってね——やあ、みんな、ここはどこだろうね、大きなタンクがたくさん並んでいるねえ、このタンクには何が入っているんだろう、とっても気になるね、あ、あそこにちょうど研究員のお兄さんがいるよ、あのお兄さんに聞いてみよう。お兄さんお兄さーん、このタンクには何が入っているの？　え、染料？　染料ってなあに」

と、軽妙な身振り手振りで愛嬌たっぷりに、猫丸先輩は実演して見せる。なるほど、頭のデザインの異様さに目をつぶりさえすれば、かわいらしいキャラクターに見える。着ぐるみでのこういう動作や仕草は難しいと思うのだが、本当にプロみたいだ。器用な人である。

「ってな具合にね、もちろん台詞は後で本職の声優さんが改めて録音するらしいんだけど、ああ、それにこんなのもやったな——おや、ここには薬品の壜がいっぱい並んでいるねえ、この薬品は何なんだろうね、ちょっと中を確かめてみようか、こうしてひとつ手に取って、と、蓋を開けると中には、うわあ、凄い匂いだ、何だろうこれ、変な匂いがするよ、おやおや、目が回ってきたぞ、この薬品の匂いのせいかなあ、あれえ、目の前がちかちかして幻覚が見えるよ、うふふふふ、とってもいい気持ちになってきたよ、これはきっと気持ちよくなるお薬なんだね、末端価格でいくらくらいするものなのかなあ、これはきっと渋谷辺りで売り捌けば頭の弱い若者が引っかかってこぞって買ってくれそうだぞ、よし、少しもらっていこうかな」

おかしな裏声で実演を続ける猫丸先輩を、浜岡は押しとどめて、

「判りました判りました、もういいですから、充分です。それにおかしな悪乗りはやめてください、絶対にそんな台詞はなかったでしょう」

小柄な猫丸先輩は着ぐるみ姿がとても似合っている。こうして立っていても、球体の頭部がデカい割には全体の身長は浜岡と大して変わらない。内部の猫丸先輩が極端に小さいからだ。まともなデザインでありさえすれば、もふもふの体に丸い頭の着ぐるみは、大きさが手頃で子供達にも親しみを持ってもらえることだろう。

その猫丸先輩のねこめろんくんは、座らない頭を左右にふらふらさせながらくぐもった声で、

「そんなこんなで撮影も無事に終わってね、煙草を一服つけようと思って外へ出てき

たわけなんだよ。けど、ここは敷地内全面禁煙だそうじゃないかよ。それに入り口の受付がまた無闇に厳重でね、ライターを没収されちゃったんだ、煙草本体だけは死守したけど、あんなライター一個ぐらいで何を目くじら立ててやがるんだか。おまけにこの手だ。この手でどうやって煙草を吸うんだよ、これじゃ煙草の一本もつまめないじゃないか、どうしてくれるんだ、えっ？」

猫丸先輩は、ふくふくに丸まった着ぐるみの、厚ぼったく鍋つかみみたいな両手を突き出して訴えかけてくる。そんなことを云われたところで、浜岡にとっては知ったこっちゃない。

「で、煙草が吸えないんでどうしたもんかとうろうろしててね、ひょっとしたらここの研究所の連中が内緒で使っている秘密の喫煙所みたいなところでもあるんじゃないかと思って、撮影のあった第四研究室とやらを離れて、あちこち見て回ってたってわけなんだ。そうしたらここの建物の前でどっかで見覚えのある後ろ姿を見つけてね、そいつが間抜けなことにぼうっと突っ立ってやがるから、ちょいと挨拶してやろうと思ってこうしてみたんだ」

と云って、猫丸先輩は再度、ぼよよーんと球体の頭で浜岡に頭突きを喰らわせてくる。うっとうしい。こんな挨拶があるものか。それを片手で避けながら浜岡は、

「本物の俺でよかったですね。人違いだったらどうするつもりだったんですか、そん

な物をぼよんぼよんとしつこくぶつけてきて」

「人違い？　そんなドジを僕が踏んだりするもんかよ」

「判りませんよ、他人の空似ってこともありますから」

「うーん、違ってたら、その時は逃げりゃいい」

　相変わらず無責任な人だ。

「で、お前さんも出張なのか、僕とお揃いだな」

　首をふらふらさせながら、ねこめろんくんの猫丸先輩がお気楽な調子で云うので、浜岡はちょっと憤慨して、

「一緒にしないでくださいよ、俺のは社運のかかった特命なんですから。ぬいぐるみの撮影なんかとは違いますよ」

「まだまた、お前さんは云うことが大仰だね、社運だなんてオーバーな」

「本当です。データを受け取りに来たんです。重大な任務なんですよ。新開発の素材のデータで、それを産業スパイだって狙っているくらいなんだし」

　云ってから、しまったと浜岡は思った。しかしもう遅い。案の定、猫丸先輩は食いついてきて、

「うひゃあ、産業スパイが出てくるような話なのか。そりゃ本当に重大な特命じゃないかよ。凄いな、おい。見たい、僕もスパイ見たい。一遍そういうの見てみたかった

球体の中で、猫丸先輩は目を輝かせていることだろう。まるで毛糸玉に飛びつく仔猫みたいに。この人はとにかく好奇心が旺盛で、珍しい体験には目がないのだ。

「無茶ですよ、こっちも仕事なんですから」

浜岡が渋っても、引くような相手ではない。

「いいじゃないかよ、ちょうど僕はこの研究所のマスコットキャラに扮装(ふんそう)してるんだ、怪しまれたりしないだろう」

「怪しいですって、充分に」

「いいから見せろよ、お前さんばっかり見てズルいぞ。僕もスパイ見たい」

「いや、別に必ず遭遇するものでもありませんから、産業スパイなんて。そういうのが情報を嗅ぎ回っているという噂があるだけで」

「いいよ、別に、会えなかったらこっちから呼び込んでやりゃいいだけのこったからな。機密情報を持った本社の使者はここにいますよー、って大声で」

「やめてください、そんな無茶苦茶な」

押し問答をしていると、建物の入り口が音もなく開いた。そこから痩せて陰気な三本松研究員が、ぼさぼさ頭で現れる。

「どうぞ、中に。室長がお待ちです」

ぼそぼそと低い声で三本松は云い、建物の中に入って行く。浜岡が動くと、当然のごとくついて来ようとする猫丸先輩。浜岡はたまらず、

「猫丸先輩、撮影が終わったんならその着ぐるみ、もう返さないといけないんじゃないですか。いつまでも着てちゃダメでしょう」

追っ払おうとしても、猫丸先輩はまるで気にしたふうでもなく、

「なあに、もう撮りは終わったんだから返すのはいつだっていいだろう。撮影隊は撤収準備でごたごたしてたし、ちょいと借りてるくらい構やしないさ」

と、またぞろ無責任なことを云っている。座りの悪い首を左右にふらふらさせてくっついてきて、浜岡の云うことなど聞きやしない。

驚いたことに、三本松は突如として出現したこの不気味な着ぐるみを気にする素振りさえ見せなかった。本当に研究以外に関心のない変人なのか。

前と後ろを変人に挟まれて、浜岡は困惑するしかなかった。それぞれ別タイプの変人だけに、一度に相手をするには骨が折れる。三本松はずんずん歩いて行ってしまうし、遅れまいとすれば後ろから着ぐるみの猫丸先輩が追いかけてくる。

おろおろするうちに、とうとう三人とも建物内へ入ってしまった。

しっしと猫丸先輩を追い払いながらも、浜岡は三本松の後に従った。

第六研究室棟は外観同様、内装もシャープな造りだった。近代美術館を思わせるス

マートなデザインだ。黒と銀色を基調とした壁材も、近代的でセンスがいい。

三人は無言で、よく磨き込まれた廊下を進んだ。エレベーターに乗る際も、ねこめろんくんはぼよよーんと扉や壁にぶつかりながらついてきた。それでも三本松は、その姿が目に入っていないかのように何も云わない。

そして、三階でエレベーターをぼよよーんと降り、廊下の先の一室に辿(たど)り着いた。小さな銀色のパネルに〝第六研究室・室長〟の文字が刻まれている。

連れ立ってその部屋に入った。

そこはオフィスのような空間だった。

グレーのカーペットに機能的なキャビネット。広々として、よく整頓されている。窓が大きく、陽光が溢(あふ)れて明るい。すっきりとして開放感がある。

大きなデスクに、窓を背にして座っていた人物が立ち上がった。四十絡みの男で、やはり白衣を着ている。短い髪に清潔感のある紳士だった。

「ようこそ、第六研へ。よくいらっしゃいました」

紳士は、人当たりのいい笑顔をこちらに向けてきた。あれ、何だ、普通の人だ、と浜岡はいささか拍子抜けする気分だった。変人三本松の上司というのだから、もっと異様な、マッドサイエンティストみたいな人物像を想像していた。予想が外れて、ほっとする。至って常識的な人のようである。

「室長の諸井です」

「本社企画部から参りました、浜岡と申します」

と、ごく普通に名刺交換をする。常識的な相手との常識的なやり取りだ。諸井室長は顔立ちも平凡で、白衣さえ着ていなければ普通の会社員にしか見えない。そしてやはり常識的に考えて、浜岡の背後に立つ不気味な物件が気になったらしく、

「ええと、そちらは？」

「ねこめろんくんです」

元気いっぱいに着ぐるみの中から猫丸先輩が答える。座っていない首がふらふらと左右に揺れる。

諸井室長は当惑したように、

「いえ、うちのキャラクターだからそれは知っています。そのねこめろんくんがどうしてここに？」

「浜岡君と一緒です、出張です。本社の方から来ました」

平然と嘘(うそ)をつく。いや、一概に嘘とはいいきれないかもしれない。確かに猫丸先輩も本社のある方からは来た。東京から出張して来たわけだから、浜岡と同じという点でもデタラメは云っていない。『消防署の方から来ました』と消火器を売りつける詐欺と同じ理屈だけは成立している。

諸井室長は納得したのかどうか、

「そうですか」

と、釈然としていない顔つきでうなずいた。

浜岡としては、こんな変テコな物を連れてきてしまったのが大いに恥ずかしい。

「付き添いのかたがどんな格好をしていようと構いません。では早速、データを持ってきます。地下の金庫室にしまってあるんですよ」

ドアの方へ向かいながら、諸井室長は云った。座っていてください、と浜岡にソファを勧めてくれる。

「金庫室とは、また厳戒態勢ですね」

ソファにかけながら浜岡が云うと、諸井室長はドアノブに手を掛けつつ真剣な表情で、

「それは当然です。五年の歳月をかけて開発した新素材ですから。慎重にもなりますよ」

「五年も、ですか」

「ええ、我々第六研の汗と涙の結晶です」

と、諸井室長は笑顔を見せる。浜岡もうなずいて、

「なるほど、警備が厳しかったのも納得できます」

「ああ、入り口で身体検査をされたんでしょう。気を悪くしないでください、特に今日だけ厳しいわけでもないので。ここの警備部長は少し融通の利かないところがありましてね、我々も毎日やられていますよ、念入りに」

「毎日ですか」

浜岡がいささか驚くと、

「ええ、こういう研究施設ですんで、融通が利かないくらいでちょうどいいのでしょう。我々所員も、出勤と退勤の時には徹底的に検査されますから」

と、諸井室長は苦笑して見せて、

「浜岡さんが検査を受けた小部屋があったでしょう、取調室みたいな。大扉のこっち側には、ああいう警備室がいくつも並んでいるんですよ。そこで厳しくチェックされます」

「まさか、所員のかた全員、携帯電話も毎日没収されるんですか」

「いや、さすがにそこまでは。スマホがないと我々も不便でなりませんから。ただ、登録していない撮影機器なんかはうるさく文句を云われますよ、しつこくねちねちと」

「大変なんですねえ」

嘆息して浜岡が云うと、常識人の室長は笑顔を見せて、

「まあ、仕方がないですけれどね——では、すぐに戻ります」

と、部屋を出て行った。

常識的な人がいなくなると、何となく気詰まりになった。室長室が、急に静まり返ったように感じられる。

ソファに座った浜岡と、入り口の脇に幽鬼のごとく佇む三本松。まるで白衣を着た亡霊みたいな陰気さだ。何も云わないし、こちらを見ようともしない。気を遣って会話を繋ごうという意識は皆無らしい。

そして、そんな気まずい思いで座る浜岡の背後にはねこめろんくん。こちらもなぜか、何も喋らない。普段は饒舌で陽気な猫丸先輩が黙りこくっているのが一層不気味だ。何かを企んでいるふうにも見える。無言の〝砂漠の球体〟は何だか怖い。首が座っていないのでその球体が右に左にふらふらと揺れている。中身が極めて小柄なので着ぐるみそのものも小さい。丸い頭部がより大きく見える。それが頭をふらふらさせて、まっ昼間のオフィス空間に無言で立っている。シュールな光景である。

そんなシュールな空気感を打ち破って、ドアにノックの音がした。諸井室長にしては早すぎると思ったら、入って来たのは女の人だった。若い女性だ。

彼女はお茶のお盆を捧げ持っていた。この人も白衣を着ている。小柄な女性だが、もちろん猫丸先輩のように極度に小さいわけではない。

「粗茶ですが、どうぞ」

と、女性は丁寧な仕草でお茶を給仕してくれる。その所作が流れるようで、浜岡はつい見とれてしまった。そして、容姿にも見とれてしまう。白衣の女性は、年の頃は二十代半ばくらいだろうか、とびきりの美人というふうではないけれど、しもぶくれ気味のふっくらとした頰と若干垂れた眉の形に、えも言われぬ愛嬌があった。かわいらしい女性だ。浜岡は、思わず声をかけてしまう。

「第六研究室のかたですか」

「はい、研究室の柏（かしわ）と申します」

女性は柔らかい声で、微笑（ほほえ）んで云った。笑顔も素敵だ。浜岡は、自分も自己紹介してから、

「柏さんは、ここの研究室は長いんですか」

「いえ、まだ三年です。院は出ていないので、新卒で入りましたけれど」

にこやかに柏さんは答える。人当たりもよく、やはり素敵な印象の女性だ。

「三年ということは、例の新素材の開発には途中参加ですね。室長さんは五年かかったとおっしゃっていましたから」

「はい、私が入社した時にはもう基礎研究が佳境に入っていましたね」

「大変だったでしょう、大きなプロジェクトで」

「試行錯誤の連続でした。それだけに完成は嬉しいです。初めての大仕事なのに、2WAY伸縮の性能を高める構造体の体系作りをほとんど任せてもらいましたから」

と、柏さんはにこにこして云う。

「それもようやく手が離れるわけですね」

「はい、後は本社の皆さんにお任せして」

「製品化ですね。ええ、必ずいい物を作ります」

浜岡が格好をつけて請け合ったところで、いきなりドアの横に突っ立っていた三本松が口を挟んできて、

「いい製品にしてくれるのは当然です。我々がこの五年間、どんなに苦心して開発に注力したと思っているんですか。売れる商品にしてくれなかったら許しませんからね」

熱の籠もった口調で云ってきた。相変わらずこちらと視線を合わせようとしないけれど、ヘタをしたら呪いでもかけてきそうなほど情念の入った口振りだった。

「そ、それはもちろん。企画部としても最善を尽くします」

と、浜岡が気圧されながら答えると、柏さんが遠慮がちに、

「あの、どうでもいいことかもしれませんけど、ひとつ伺ってもいいでしょうか」

「ええ、もちろん、何でもどうぞ」

と、浜岡が陰気な三本松からかわいらしい柏さんに意識を戻して云うと、

「どうしてねこめろんくんを連れてらっしゃるのですか。この子、うちの研究所のマスコットキャラですよね」

「あ、これですか、いえ、これはその——」

と、浜岡はしどろもどろになってしまう。魅力的な柏さんとの会話に夢中で、背後に厄介者がくっついているのをすっかり失念していた。

「まあ、気にしないでください、本当に。何というか、おまけでついてきてるだけですんで」

どうして俺が後ろめたいことがあるみたいに言い訳しなくちゃいけないんだよ、と理不尽さを感じつつ、話題の舵を強引に切って浜岡は、

「ところで、研究室の皆さんは全員白衣を着てらっしゃいますよね、それは制服なんですか」

すると、今度は柏さんの方が照れた様子で、

「はい、その、所長の趣味で。理系の人間は研究着を羽織るとテンションが上がるというのが所長の方針で——」

「柏さんも上がりますか、テンション」

「ええ、まあ——上がりますね、正直に云えば」

はにかんだように、柏さんは顔を赤らめた。やっぱりかわいらしい人だ、と思いながら浜岡は、会話が途切れるのがもったいないから話を戻して、

「で、例の新素材ですが、業界の勢力図が変わるほど画期的な物らしいですね」

「ええ、室長以下、そう自負しております」

と、柏さんは、自信があるらしく明確に答える。

「だったら会社に対する貢献度も認められますね。冬のボーナスは期待できるんじゃないですか」

「いえいえ、うちの社がそういうところでシブいのは浜岡さんもご存じでしょう。きっと、ちょっぴり手当がつくくらいでお茶を濁されておしまいですよ」

「そりゃひどい、柏さん達は頑張ったのに」

「まあ、そこは研究員といっても会社員でしかありませんからねえ」

笑って云う柏さんに見とれていると、後頭部にぽよよーんと、柔らかい物がぶつかる感覚があった。ねこめろんくんお得意の頭突きだ。「まったくもう、お前さんときたら、鼻の下伸ばしてるんじゃありませんよ」という猫丸先輩の声が聞こえてくるようである。

やかましいからそれをきっぱりと無視して浜岡は、

「柏さんは研究所にはご自宅から通っているんですか」

などと、少しプライベートに踏み込んだ話題に移行しようとしていると、入り口のドアが開いた。

せっかくの柏さんとの楽しいお喋りタイムを邪魔してくれたのは、諸井室長だった。いや、邪魔とか何とかではなく、こっちが本来の用件だ。浜岡は気を引き締め直す。

「お待たせしました、データをお持ちしました」

諸井室長はそう云ってこちらに来ると、浜岡の正面のソファに腰を下ろした。立っていた柏さんが一歩下がったので、室長が柏さんを従え、浜岡が背後にねこめろんくんを控えさせているような構図になった。ドアの横に立っている三本松の目には、なかなか奇妙な光景に映っていることだろう。

諸井室長は、白衣のポケットから黒くて小さな物を取り出した。名刺ほどのサイズのそのカード状の物は、プラスチックの板のように見える。

「この中にICチップが入っています、どうぞ」

ケースを差し出され、浜岡はそれを両手で受け取った。プラスチックのケースはひんやりとした感触だった。確認のためにそれを開けようとすると、

「あ、ここでは開けないでください」

諸井室長にやんわりと止められた。

「一応電子機器ですから、埃(ほこり)や静電気は大敵です。開けるのは本社のラボで、しかる

べき研究職のかたに任せていただきたい」

「判りました」

まあ、俺の役目はただのメッセンジャーだからな、と思いながら浜岡は、プラスチックのケースをスーツの胸の内ポケット奥深くに、慎重にしまった。若干無防備な気がしないでもないが、仕方がない。銀の頑丈なアタッシェケースに颯爽と収納する予定だったけれど、それは警備室で没収されてしまった。そんな浜岡の動作を、ねこめろんくんが後ろから興味津々で覗き込んでくるのが邪魔くさい。

「では、こちらにサインを」

諸井室長は、クリップボードに挟んだ書類を渡してくる。ざっと目を通して、データ受け渡しに関する内容だと理解したので浜岡はそれに署名した。

書類のボードを室長に返しながら浜岡は、

「では、私はすぐに本社に戻ります」

そう云って立ち上がった。名残惜しいが仕方がない。特に柏さんには未練が残るけれど、仕事は仕事だ。ビジネスマンたるもの仕事には迅速に取りかからなくてはならない。

「それでは、そこまでお見送りしますよ」

と、諸井室長が気さくに云って立ち上がる。

そうして、揃って第六研究室の建物を出ることになった。

ぞろぞろと、明るい陽光の下、芝生の広がる外へと出て来る。

諸井室長を先頭に、浜岡、柏さん、三本松研究員の順だ。殿(しんがり)にねこめろんくんがついてくる。首の座っていない球体の頭をふらふらさせながら。白衣の三人とスーツの浜岡はともかく、やはり着ぐるみの薄緑色の不気味な姿は、どう見ても異質な存在である。しかしどうでもいいけれど、本当にもういい加減に着ぐるみを返さなくてはいけないのではないか、この傍迷惑(はためいわく)な先輩は。という浜岡の内心の心配など、無論、猫丸先輩は気にする素振りすらない。

「せっかくですから研究所もあちこち見学していただきたかったのですがね」

諸井室長が先頭を歩きながら、浜岡に云った。芝生が広々と敷き詰められ、そこを縫ってレンガの道がゆったりとした弧を描いている。その優雅な歩道をのんびりと進みながら、

「東京からさほど遠くはないのに、ここは静かでしょう」

諸井室長は云う。浜岡はうなずいて答え、

「ええ、とてものどかですね」

広い敷地、洒落(しゃれ)たレンガの道、美術館のような研究棟。確かにここは都心とは大違いだ。

「景観重視で、三階建て以上の研究棟は建てない方針なんですよ。そうすると空が広く見える。柔軟な発想にはストレスのかからない環境が大切ですからね。ビルのにょきにょき建つ東京ではちょっと考えられない贅沢(ぜいたく)だとは思いませんか」

なるほど、諸井室長が語ってくれるように、高い建物がないので秋の空がことさら深く感じられる。広い空の下に芝生の敷地。そんな中、はるか向こうのレンガの道を、白衣の人がゆっくり歩いている。芝生の途中に点々と、第六研究室棟とよく似た瀟洒な建築物が建っているのも、いくつか見える。おそらく第二とか第九とかの研究室の建物なのだろう。研究棟はどれも洒落たデザインで、スマートさを競っているふうにも感じられる。他にもところどころ木々の密生した林まであり、その周囲の木陰には東屋(あずまや)やベンチなどが設(しつら)えられている。ベンチのひとつでは白衣の男が二人、ノートパソコンを開いて何やら話し合っていた。

「どうせですので少しだけ遠回りしてみましょうか、散歩がてらに」

諸井室長はそう云って、大きく曲がったレンガの道の分岐点で右側の道を選んだ。浜岡の方向感覚が確かならば、多分、鉄の大門とは反対側に進む道だ。

「こんな田舎(いなか)でも駅前まで出ればショッピングモールもありますからね、住むには悪くないですよ」

諸井室長は空を見上げながら、ゆったりとした口調で云い、

「まあ、若い人には刺激がなくて物足りないかもしれませんが」

「いいえ、研究に没頭できますから、私は気に入ってますよ」

と、浜岡の後ろを歩く柏さんが云った。その後方をついてくる三本松は例によって無口である。こちらの雑談に入ってくる様子はない。陰気でうっそりした顔つきだが、柏さんの意見に異論はないらしかった。

ねこめろんくんの猫丸先輩も、何も云わずについて来る。薄緑色でヒビだらけの球体を被っているから顔が見えず、何を考えているのかまでは判らない。胴体の方の着ぐるみが全体的に肉厚でもこもこしているから、ねこめろんくんは足が短い。その短い足で、とてとてとて、と小走りになって進んでいる。その姿は、浜岡達に置いていかれまいと必死になっているふうにも見えて、健気にさえ感じられる。実際はただ物理的に歩幅が小さいので、とてとてとて、と歩くしかないわけだが、一所懸命に歩いているように見える姿はかわいいといえばまあかわいい。薄緑の球体を覆うヒビ割れ模様の気色悪さを考えなければ、という注釈付きではあるものの。

そうやって、麗らかな陽気の下を散策した。

優雅な時間だった。

五人並んで、ゆっくりと歩く。

鳥が一羽、高い空を鳴きながら飛んで行く。

特命の緊張感がなければ、眠くなりそうな環境である。こういうところで日がな一日研究に没頭できるというのは、なるほど室長の云うように結構な毎日なのかもしれない。東京の雑駁（ざっぱく）な本社で慌ただしく雑事に追われる浜岡には、ちょっと羨ましくも感じられる。

そんな中、

「おや——？」

と、先頭の諸井室長が不意に足を止めた。自然と、後ろを歩く浜岡達も立ち止まる。

「変だな、あんなところに人が——」

諸井室長が独り言でそうつぶやいた。

「どうかしましたか」

と浜岡も、室長の視線の先を目で追った。

どうやらいつの間にか敷地の隅の方まで来ていたらしい。わざとらしい空色に塗られたコンクリートの壁が、そそり立っているのが向こうに見える。例の収容所を思わせる壁である。塀の上には有刺鉄線が張り巡らされている。

諸井室長が見ているのは、その壁の近くに建つ古い建物のようだった。浜岡も目を凝らしてそちらを見る。遠目に見ても恐ろしく殺風景な建築物だった。コンクリートだけの素っ気ない造り。三階建てだが、一見古いアパートのようにも見える。他の研究棟とは違ってデザイン性は皆無。ただの長方形の、面白くも何ともない建造物だ。窓が五つばかり並んでいて、それが三階分、計十五個あるのが確認できた。ここから見ても、どの窓にもガラスが嵌まっていないのが判る。とうの昔に打ち捨てられた建物、という印象だった。

それを指さして諸井室長は云う。

「今、人影が中に見えた。白衣の、多分、男だったように思う。遠くてはっきりとは判らなかったけれど」

「どこです？」

浜岡が聞くと、諸井室長は指を伸ばして、

「ほら、あそこです、あの一階の窓。いや、もういなくなってしまったんだが」

残念ながら、浜岡には誰の姿も確認できなかった。

柏さんも目を細めてそっちを見やって、

「でも、室長、あそこはもう使っていないはずですよね」

「うん、旧研究棟だね」

と、諸井室長は、視線だけを古いビルに向けつつ、浜岡に説明してくれて、

「あれはもう十年も放置されてる昔の研究室の建物でしてね。取り壊すのになかなか予算が取れずに、ああして放ってあるんです。ほら、窓ガラスがどこにも入っていな

いでしょう。あれは廃墟のガラスが地震や台風などで割れると危ないんで、とっくの昔に撤去してあるんですよ」

「普段は誰も近づかないはずなんです」

と、柏さんも補足してくれる。諸井室長はうなずきながら、

「そのはずなんだけどね、怪しい人影が今、ちらっと見えたんだ」

「一階とおっしゃいました？」

「そう、一階。右から二つ目の窓の中。誰が入り込んでいるんだ？　あんな廃ビルに」

と、諸井室長は首を傾げて、

「気になるね、ちょっと見に行ってみようか」

そう云うと、レンガの道をそっちに向かって歩きだす。少し早足になっていた。

浜岡も柏さんと顔を見合わせてから、その後を追った。三本松とねこめろんくんも、黙って後からついてくる。

レンガの道は、まっすぐその廃ビルに向かってはいなかった。ぐるりと大きく曲がっており、廃墟の旧研究棟を回り込むみたいにして、反対側に出るようになっていた。

こうして近くまで来てみると、どうやらこちらが正面らしい。一階のまん中に入り口がある。ただ、そこはドアの板もなく、建物の中央にぽっかりと大きな口が開いて

いるだけの状態だった。こちら側の窓は、裏面のものより小さい。三階まで窓がある が、やはりガラスは外されているようで、素通しの窓枠が嵌まっているだけだった。

そんな建物の正面入り口の前まで来た浜岡達一行は、そこで一旦歩みを止めた。

しげしげとその建造物を観察すると、なるほど十年使われていないというだけあって、旧研究棟は本当に廃墟にしか見えない。表面のコンクリートが劣化してヒビ割れ、あちこちが枯れた蔦のような植物で被われていた。人の気配は感じられない。人間の出入りの絶えた建築物は、命の抜け殻みたいに見える。これは確かに廃ビルだ。のどかな芝生の研究所内にあって、この一角だけ陰気なムードを醸し出している。

「私が見てきます。人影は裏の窓に見えたので、裏へ回って」

と、諸井室長が云い、柏さんも、

「ご一緒しましょうか」

「いやいや、結構、一人で充分だろう。気のせいだったかもしれないからね、ちょっと確かめてくるだけだ」

諸井室長は気軽にそう告げると、一人で歩きだす。建物の横をぐるりと迂回して裏面の方へと姿を消した。

それを見送っていると、

「せっかくだから中を探索してみたいんだけど、どうだ」

と、浜岡の背後で突如として発言する者があった。振り返ると、ねこめろんくんこと猫丸先輩だ。座りの悪い球体の頭が、もふもふの胴体の上でふらふらと左右に揺れている。

「産業スパイが暗躍してるんだろ、怪しい人影はスパイかもしれないぞ。見てみたいな、本物のスパイ」

薄緑色の球体の中から聞こえるくぐもった声は、やけに楽しげだ。そして、

「でも、まあ、さすがにそこまで面白い展開を期待するのもムシがよすぎるってもんかもしれないな。大方、僕と同じように煙草を吸いに来た研究員の誰かだったってオチか何かだと思うよ。ほら、ここは敷地内全面禁煙だろ、だからこっそり一服するなら、人が近寄らないっていうこの建物なんか打って付けじゃないか」

「でも、本当に不審者が入り込んでいるとしたら、怖いですね」

柏さんが云うと、三本松研究員も珍しく発言して、

「いや、冗談抜きでスパイの可能性だってありえます。なにしろこの所内は機密事項を数多く扱っていますから」

「じゃ、三人で行ってみよう、中を見に」

球体頭をふらふら揺らしながら猫丸先輩が云うので、浜岡も一歩前へ出て、

「だったら僕も行きます。柏さんが危険な目に遭うといけない」

「いや、お前さんは大事な物を持ってるんだろ」

と、ねこめろんくんは、その丸っこい鍋つかみみたいな手でこちらのスーツの胸元を指してきて、

「万一のことがあったらいけない。お前さんは留守番だ。安全なここでおとなしく待っていなさいよ」

要するに、スパイの噂にかこつけて廃墟探索をしたいだけなようだ、猫丸先輩は。そんなお遊びに重要なデータを保持している浜岡を付き合わせるのは、さすがに気が引けたのだろう。

「じゃ、行こうか」

「はい、行きましょう」

「判りました」

猫丸先輩の誘いに、柏さんと三本松がうなずいた。そして三人は、入り口から建物の中へと、おっかなびっくりといった態度で入って行く。

三人が廃墟の中に消え、浜岡は一人で取り残された。

見上げてみても、建物の中の様子はここからでは見えない。内側が暗く、外が陽光に満ちて明るいからだ。窓の中には暗がりが広がるばかりで、何も窺(うかが)い知ることはできない。三人がどっちの方へ行ったのかすら判らなかった。

浜岡はただ、ぼんやりと立ちつくすしかなかった。

汚い茶色の枯れた蔦の絡まる廃ビルを見ながら、ぼうっと考える。

猫丸先輩は、研究員の誰かがサボりに入り込んでいるのだろうと主張していた。呑気な意見である。

一方、柏さんは、不審者だったら嫌だと云っていた。これは女性らしい考えだ。

そして三本松研究員は、本当にスパイの可能性を疑っていた。研究を何より大切に考える彼らしい見方といえるだろう。

立場の違いによって三人三様、意見が分かれているのがなかなか面白いと思う。

それはともかく、この打ち捨てられたビルは本当にボロボロだなあ、と浜岡は、三階建ての建物を見上げる。今はまっ昼間だからともかく、夜中にここを探索しろと云われたら物凄く躊躇するだろう。なにせ肝試しにはもってこいの廃墟だ。きっと、好奇心だけで生きているような猫丸先輩だって尻込みするに違いない。いくら外が明るいとはいえ、柏さんが怖がっていないといいけれど。

などと、とりとめもなく考えていたが、いくら何でも遅いのではないか、という疑問が湧いてきた。いや、猫丸先輩達三人はいい。廃墟の中を三階まで探索するのだとしたら、時間もかかるだろう。問題は、諸井室長だ。

室長は建物の裏側を見に行った。それだけのはずなのに、まだ戻ってこない。

建物の反対側は窓が並んでいるだけで入り口の類いはなかったはず。だから建物の内部には入っていないだろう。だのに未だに帰ってこない。これはさすがに変じゃないか。

気になってくると、落ち着かなくなってきた。

おかしい。妙な胸騒ぎを感じる。

裏手を見に行っただけにしては時間がかかりすぎている。戻りが遅い。

諸井室長は何をしているのだろうか。ひょっとしたら、本当に怪しい奴と出喰わして――。

そう思い当たったら、居ても立ってもいられなくなった。

浜岡は一気に駆け出した。

建物の横を半周回り、裏手へ出た。

そしてその場で息を呑み、思わず棒立ちになってしまう。

誰かが地面に倒れていた。白衣の人物だった。

廃ビルのすぐ横の位置、五つ並んだ窓のうち、まん中の窓の真下だ。建物に寄りそうように倒れ伏している。横向きに倒れている人物は、間違いなく諸井室長だった。

慌てて駆け寄る。室長はエビみたいに身を丸め、建物の足元に横たわっていた。

その脇にしゃがみ込み、浜岡は相手の肩を摑んだ。

「諸井室長っ、しっかりしてください」

ちょっと体を揺すってみると、室長はゆっくりと薄目を開く。

「う、うう――痛――うう」

「どうしたんですか、室長、大丈夫ですか」

浜岡が声をかけると、弱々しい目でこちらを見上げてくる。

「う、うう――ああ、きみか――私のことは、うう、構わない――早く、本社へデータを――ううう」

そこまで云って、諸井室長は目を閉じてしまった。意識を失ったらしい。

呼びかけても、もう目は開かない。引き結んだ口から意味のないうめき声が、小さく漏れている。

「室長、室長っ、しっかりしてください」

そこで浜岡は気がついた。

諸井室長は後頭部から出血しているではないか。髪に隠れているが、どこかが傷ついているらしい。頭髪を濡らし、襟足から血が滴っている。

ケガをしている、しかも頭に。これは大変だ――。

浜岡は大いに焦った。室長を抱き起こしながら、周囲を見回す。

すぐに、おかしな点が目に入ってきた。

水だ。地面が濡れている。

この辺りは打ち捨てられた廃ビルの近くなので、芝生は植えられていない。地面は剝き出しの土である。その地面が水で濡れているのだ。湿っているという程度ではない、まるでバケツの水をぶちまけたみたいに、倒れている諸井室長の頭の周辺の土が、どろどろに濡れている。あたかも、たった今ぶちまけられたかのように瑞々しく。

そして、実際にバケツもあった。

古いブリキ製のバケツだ。それが濡れそぼった地面にひとつ、横倒しになって転がっている。

一瞬でピンと来た。

水、バケツ、そして後頭部の傷――すぐに連想が働いた。

浜岡は反射的に、真上を見上げる。

建物の窓があった。上にはちょうど、二階と三階の窓がある。諸井室長が倒れているすぐ上だ。ガラスの嵌められていない窓が、黒々と口を開けている。この位置関係。あそこから落としたんだ、とすぐに閃いた。

水の入ったバケツを落とした。

諸井室長の頭を狙って。

水がなみなみと入ったバケツならば、三、四キロの重さがあるのではないか。それに落下の加速度が加わる。衝撃は大きいだろう。

それで室長は負傷して倒れたのだ。その光景がありありと想像できる。何者かが二階か三階の窓から腕を突き出していて、その手にはバケツの取っ手が握られている。もちろんバケツには満タンの水が入っており、表面にさざ波が立って揺れている。そしてタイミングを見計らって手を離すと、水の入ったバケツは落下し、諸井室長の頭部を直撃する——。室長は衝撃を受けて倒れ、バケツも一緒に地面に転がる。その拍子にバケツの水がぶちまけられて、地面が濡れたわけである。

一瞬で、その情景が頭に浮かんだ。

そして同時に思う。こんな事故はあり得ない、と。

タイミング的にも位置的にも、偶然こうなるなどということはない。

何者かが故意に、諸井室長を狙って水のバケツを投下した！

そこまで考えるのに要した時間は二、三秒。すぐに浜岡は救急車を呼ぼうと、ポケットに手を突っ込む。しかし、そこには携帯電話はない。そうだ、スマホは警備室に預けてあるんだった。しかし、外来者は預けるがさすがに研究所員はそこまでしない、と聞いたのを思い出し、浜岡は叫んだ。

「猫丸先輩っ、柏さんっ、三本松さんっ、誰でもいい、大変ですっ、諸井室長が襲われましたっ」

建物の、窓が並んだ裏面に向かって浜岡は怒鳴る。

「誰かが室長を狙いましたっ、大変ですっ」

その声に呼応して、三階の一番左の窓から柏さんと三本松が顔を出した。一呼吸遅れて、ねこめろんくんを脱いだらしい猫丸先輩も、ひょっこりと首を突き出す。

こちらを見下ろす三人に向かって、浜岡はまた叫んだ。

「室長がケガをしています、早く救急車をっ」

「判りました、すぐに」

仰天した表情で柏さんが答え、顔が引っ込んだ。

三本松もさすがに驚いたらしく、びっくりした顔つきでこっちを見下ろしている。

猫丸先輩も、ただでさえ仔猫みたいなまん丸な目を、さらに丸くしていた。

浜岡は見上げていた顔を下げ、諸井室長の様子をみる。室長は目をつぶって、小さな唸り声をあげていた。呼吸の乱れは感じられないけれど、気を失っている。頭部を負傷しているから、ヘタに動かさない方が賢明だろう。

ふと、室長の右手が何かを握り込んでいるのに気がついた。不審に思い、浜岡はその握った拳を開いてみる。五百円玉が、一個、そこにあった。

さて、それからがまたひと騒動であった。

警備員が一個小隊ほど集結して来た。全員厳つい顔つきのゴツい男どもで、威圧的な深緑色の制服で揃えていた。指揮を執っているのは、さっきも会ったアイパッチの似合いそうな傭兵隊長みたいな男だった。どうやら彼が指揮官らしい。傭兵隊長の警備部長は、部下達にてきぱきと命令を下した。小隊の半数は旧研究棟内の捜索。残りは研究所内の要所要所を調べるために各個散開。よく訓練された無駄のない動きで警備員達は走って行く。その統制の取れた様子は、まるでＣＩＡ直属の特殊部隊みたいに見えた。

警備隊が行動を開始する慌ただしい中、救急車も到着した。負傷した諸井室長に誰が付き添うのかと、少しわたわたした。本来ならば部下の三本松か柏さんが同乗するところだろうが、しかし二人は事件の関係者だ。おいそれと現場を離れていいとも思えない。結局、傭兵隊長の指示の下、警備隊員の一人が付き添って行くことになった。

救急車が大急ぎで発進した後は、傭兵隊長による聞き取り調査があった。三本松研究員、柏さん、浜岡、そしてねこめろんくんを被った猫丸先輩、と一人ずつ、順番に話を聞かれた。一方的に聞かれただけではなく、浜岡の方が得た情報もあった。隊長によると、凶器に使われた古バケツは旧研究棟内で調達した物らしかった。廃ビルは老朽化が著しく、漏電の危険があるので電気は通っていない。ただ、万一の火災に備えて水道の元栓は締めずにいたそうな。だから水は出る。古いブリキのバケツに、建物の中で水を汲んだと思われる。

そうこうするうちにも、警備隊による廃ビルの捜索は進んでいる。外から見ているとどうしたわけだか、三階の窓から隊員の一人がロープを使い、屋上へと上がって行くのが見えた。機敏な身のこなしは、本物のレンジャー部隊のようだった。もっとも、屋上に上がった隊員はすぐに、何かを諦めたみたいな様子で、ほんの一分もしないうちに戻ってきてしまったが。

そんなこんなで浜岡達はようやく落ち着き、今は現場近くの芝生の上に集合していた。現場の旧研究棟から三十メートルばかり離れたところだ。諸井室長の倒れていた地面には、まだ例のバケツが転がっている。古いブリキのバケツはところどころ錆(さび)が浮いている。もちろん重要な証拠物件なので、あえて手を触れずに置いてあるのだ。ちなみに、バケツの底のフチの部分には、血液がべったりとこびりついており、それが凶器であることが証明されている。もっとも血痕などなくても、転がったバケツとぶちまけられた水、そして被害者の倒れた位置関係からして、それが犯行に使われたのは一目瞭然なのだが。

芝生の上に集まっているのは、浜岡達事件関係者と傭兵隊長の警備部長である。柏さん、三本松研究員、そして浜岡にねこめろんくん。浜岡の右手向こうには、旧研究棟のボロビルが建っている。こうして少し離れて改めて見ると、茶色い蔦に半分侵食された外壁には、何の取っかかりもないのが判る。ビルの裏面の窓にはベランダもなく、手すりもない。ただ、窓の穴が並んでいるだけのシンプルな造りだ。そこにはガラスさえ嵌まっておらずに、四角い穴が開いているのみなので、一段と廃ビルの雰囲気を際立たせていた。時折、警備隊員達が、二階や三階の窓から顔を出してきょろきょろしている。

その廃ビルを背にして立った傭兵隊長は、

「おかしいですね、皆さんの話を総合すると犯人は消えてしまったことになる」

厳つい顔に威圧感のある目つきで、浜岡達の顔をぐるりと見渡して云った。傭兵隊長は明らかに不機嫌そうだった。言葉遣いこそ丁寧だが、語気が怒っているようにしか感じられない。

「もう一度繰り返します。まず、諸井室長が不審な人影を発見した。そして皆さん全員で迂回して、あの建物の正面まで出た。この反対側の入り口のある方です。それから室長は一人でこちら側を見に来た。その直後、あなたがた三人が建物の中に入った。ここまでは間違いありませんな」

傭兵隊長に睨まれて、柏さん、三本松、着ぐるみの猫丸先輩が揃って、おずおずとうなずいた。首の座りの悪いねこめろんくんは、大きな頭部が左右にふらふら揺れている。

「その間、本社から来たあなた、浜岡さん、でしたね、あなたはずっと出入り口の前に立っていた。そうですね」

「ええ、間違いありません」

　警備部長の鋭い眼光にたじろぎながらも、浜岡は答える。

「そして浜岡さんは、なかなか戻って来ない諸井室長を不審に思い、こちら側に回って来た。そこで倒れている室長を発見した。そうですね」

「はい」

「で、お三かたは建物の中を調べて、中には誰もいなかった、と」

「そうです」

　と、柏さんが代表して云った。傭兵隊長は不機嫌さを隠そうともせずに、強面（こわもて）の顔をしかめて、

「やはりおかしいじゃないですか。犯人が消えたふうにしか見えない。浜岡さん、あなた出入り口を見張っていたのに、本当に誰も見なかったのですか」

　疑いの眼差し（まなざし）で見られて、少し反発心を感じながらも浜岡は、

「見ていません、本当です」

「見落としはなかったんですね」

「ええ」

「まさかあなた、白衣を着た人物が出て来たのを研究所の者だと思って見すごした、

なんてオチはないでしょうな」

「いや、まさか。白衣の人はおろか、猫の子一匹出入りしていませんよ」

浜岡が主張すると、傭兵隊長はぎろりと怖い目で睨んできて、

「それは変でしょう。だったら犯人はどこへ消えたというんですか」

そんなことを聞かれても、こっちも困る。

浜岡が返答に窮していると、そこへ警備隊員の一人が駆け足で近づいて来た。そして隊長の前に直立不動の姿勢で立つと、

「報告。建物内には何者もおりません。不審な物も特に発見に至らず、です」

「うむ、ご苦労。しかし念を入れろ。不自然な痕跡などないか、もう一度一階から捜索せよ」

淡々と命令を下す傭兵隊長に、報告係の隊員は、

「了解。再度探索します」

びしりと敬礼すると、走って建物を迂回して行ってしまった。隊長はそれを見送るでもなく、こちらへ向き直ると、

「さて、もう一度皆さんにお聞きします。消えた犯人の心当たりはありませんか」

そんなものがあったらとっくに云ってますよねえ、とばかりに一同は顔を見合わせる。柏さんも三本松も、不安そうな表情をしていた。ねこめろんくんを被った猫丸先

輩だけは、どんな顔をしているのか判らない。

　差し出がましいとは思いながらも、浜岡は発言して、

「あの、その辺のことは警察に任せてしまってはどうでしょうか、俺達がそんな犯人探しに躍起にならなくても。そういえば警察は遅いですね。救急車はとっくに来たのに、警察はまだ来ない」

「警察なら来ません、連絡をしていないのでね」

と、傭兵隊長はこともなげに云う。浜岡は驚いて、

「どうしてですか、これは思いっきり傷害事件ですよ、いや、ヘタをしたら殺人未遂だ。警察に届けなくちゃいけないでしょう」

思わず食って掛かるような口調になってしまった。傭兵隊長は不愉快そうに顔をしかめて、

「もちろん届けはする。しかしその前に、何が起きたか把握する義務が我々にはあります」

「何云ってるんですか、ダメですよ、早く警察呼ばないと」

「それは判っていると云っているでしょう。後で通報しますよ」

「後って、いつです」

「事態が把握できてからです」

「それじゃ遅いですよ」

「いや、遅いとは思いませんな」

浜岡と傭兵隊長が言い争いになると、ねこめろんくんを被ったままの猫丸先輩がしゃしゃり出てきて、

「まあまあまあ、お二人さん、そう角突き合わせてケンケンするんじゃありません。そうやって剣突喰らわせ合ったって何も進展しないんだからさ」

「猫丸先輩は黙っててください、部外者なんですから」

浜岡が云うと、傭兵隊長も矛先を変えて、

「その通りだ。だいたい何なんですか、あなた、そのふざけた格好は。人が一人襲われて負傷している事件の最中に、どうしてそんな訳の判らん物を被ってるんだ」

「訳の判らん物じゃありません、れっきとしたねこめろんくんです」

何のつもりか、猫丸先輩は堂々と胸を張って云う。座りの悪い頭部がゆらゆらと揺れる。そのおちゃらけた態度が厳格な傭兵隊長のカンに障ったのだろう。隊長は今までの遠慮をかなぐり捨てて、目を三角にすると、

「ふざけている場合じゃないっ、何なんだ、その態度は」

怒鳴ったところで、電話の呼び出し音が鳴った。傭兵隊長の制服の胸ポケットからだった。隊長は鼻を鳴らしてねこめろんくんを睨みつけると、携帯電話を取り出す。

着ぐるみの球体の中で、猫丸先輩はくぐもった声で、

「うひゃあ、怒られちゃったよ、こりゃとんだ藪蛇(やぶへび)だったみたいだねえ」

と、つぶやいている。そりゃ怒られもするわなあ、と浜岡は思う。そんなアホみたいな格好で謹厳実直そうな隊長に余計な茶々入れたりしたら、文句のひとつも云われるに決まっている。擁護する気にもなれない。

その傭兵隊長は電話で話していて、

「うん、うん、そうか、判った、いや、そちらに待機せよ、うむ、頼んだ」

通話を切った傭兵隊長は、浜岡達の方へ向き直って、

「病院に同行した部下からの連絡でした。被害者の諸井室長は命に別状はない、とのことです。ケガも見た目より軽傷。後頭部の表皮を切ったので出血は多かったが、骨に異常もなく、脳波も安定しているらしい。被害者は意識もしっかりしていて、こう証言したそうです。『いきなり後ろからガツンとやられたようで気が遠くなった。犯人が後ろに近づいて来た気配がまったくなかったから油断した。犯人の姿も見ていない』と。まあ、凶器のバケツは上から落ちてきたのですから、気配を感じなかったのは当然でしょうが、とにかく、負傷箇所が頭部ですので、大事を取って一応精密検査はするらしく一晩入院するそうです。しかしケガが軽かったのは不幸中の幸いでした」

その報告に、柏さんがほっと胸をなで下ろし、

「よかった――ケガがひどかったらどうしようと思いました」

安堵しきった口調で云った。浜岡は「よかったですね」と柏さんにうなずきかけてから、再び傭兵隊長に向かって、

「軽傷で済んだからといって通報しないわけにはいきませんよ。水で重くなったバケツを頭の上に落とすなんて、これは殺意すら感じさせる犯行です。今回はたまたま運がよかったですけど、打ちどころによってはケガなんかじゃ済まなかったんですからね」

「それは判っていると何度も云っている。通報しないとは云っていない。しばらくの間時間をくれと云ってるのです」

と、隊長もまたもや厳つい顔をこちらに向けてきて、

「ここは機密事項の多い研究所なんです。我々はそこの警備を一任されている。警察に引っかき回されて機密保持態勢に支障が出たら困るんだ。ヘタに警察にうろちょろされるより、犯人を捕らえて引き渡した方が効率がいいでしょう。見てください、あの壁を。ここの敷地はあんな高い壁に囲まれているんです。トゲ付きの鉄線には高圧電流が流れている。監視カメラもすべての塀の上をフォローしております。出入り口も厳重に封鎖しました。誰も外へは逃げられんのですよ。無論、犯人もです。だから

犯人は今も必ずこの施設内にいる、逃げ場を失ってね。袋の鼠だ。捕らえるのも時間の問題でしょう。だから我々警備部に任せていただきたい。それともあなた、本社の浜岡さん、でしたね、万一機密が漏洩でもしたら、その責任取れますか」

隊長の言葉に、浜岡はぐっと詰まってしまう。サラリーマンとしては責任という言葉には滅法弱い。

「ということで、犯人は我々が捕まえます。私もその指揮を執りに行ってきますので、これで失礼」

傭兵隊長は、話は終わったといわんばかりに踵を返す。その広い背中に向けて、柏さんが、

「あの、私達はどうしたらいいんでしょうか」

「そうですね――」

と、傭兵隊長はゴツい顔面だけをこちらに向けると、

「後で警察の事情聴取もあるでしょう。できたらここで待機していてください」

ぶっきらぼうに云って、急ぎ足で立ち去ってしまった。

浜岡達は取り残された。

柏さん、三本松研究員、そして浜岡にねこめろんくんの猫丸先輩。この四人だ。四人は事件現場から三十メートルほど離れた芝生の上、何もない青空の下に放置される

こととなった。

待機していろと云われたが、俺は本社に戻った方がいいんじゃなかろうか。と、スーツの胸の内ポケットを上からそっと押さえ、プラスチックケースの感触を確かめながら、浜岡は思う。ただ、今の傭兵隊長の態度からして出口の警備はより厳重になっていることだろう。果たしてここを出て行けるのかどうか——などと頭を巡らせていると、

「ああ、もうっ、落ち着かないっ」

唐突に、三本松研究員が叫んだ。ぼさぼさ頭を片手で掻きむしって三本松は、

「こういうのは嫌なんですよ。犯人が消えたなんて、そういう合理性のない話を放っておくなんて許せない。落ち着かないんですっ。本当にもうっ、常識外れの事態を看過するなんて気持ち悪いっ。何もかも整然としてきっちりしてないと生理的に不快なんですよ、私はっ」

さっきまでの無口ぶりはどこへやら、突然饒舌になっている。浜岡が今日、彼の口から聞いた言葉の総数より、いまの台詞量の方が圧倒的に多いだろう。多分、何かのスイッチがいきなり入ったのだろうけど、何がきっかけになったのかも、どんなスイッチが入ったのかも判らない。変人はやはり変わっている。

柏さんはそんな三本松の豹変に慣れているのか、驚いたふうでもなく、

「そうですねえ、私もしっくりこないのは何だか据わりが悪い感じがします。警備部長さんはああおっしゃってましたけど、ひょっとしたら私達のことを疑っているのかもしれません。だからこんな中途半端な場所に待機させて——。根拠もなく疑われるのも、あまりいい気はしませんしね」

と、不安そうに、ふっくらした頬に細い指先を当てて首を傾げる。

ねこめろんくんを被った猫丸先輩も、球体の内側からくぐもった声で、

「うんうん、三ちゃんと綾ちゃんの云うことももっともだね、僕も今のままの宙ぶらりんじゃ尻の座りがよくない心持ちだ。判らないことが謎のままなのは、どうにも気分が悪いもんだな」

そうか、柏さんは綾ちゃんという名前なのか、うん、かわいらしくて似合っているな、と納得しかけた浜岡だったが、いや、猫丸先輩はいつの間にそんなに親しげに呼ぶまで距離を縮めてるんだよ、と不満に思った。恐らく、三人で旧研究棟の廃ビルを探索している間に仲良くなったのだろうけど、猫丸先輩のこの無遠慮さは何なんだ、と思う。気安く名前で、しかもちゃん付けで呼びやがって、この人はもう——。ただ、猫丸先輩は元よりそういう人だから仕方がないといえば仕方がない。下心とかそういったこととは関係なく、持ち前の人懐っこさと愛嬌でもって、するっと他人の懐に入り込んでしまう人なのだ。誰とでも、すぐに仲良しになれる。学究肌で気難しそうな

三本松のことも、三ちゃん呼ばわりしているし。

「そうですね、落ち着かないのは俺も同感です。どうですか、少し四人で検証してみましょうか」

と、浜岡は、気分を変えてそう提案した。本社に戻るのは遅くなってしまうが、どのみち出口は封鎖されているのだろう。非常事態なのだから、多少の遅参は大目に見てもらう他はない。

そうして四人で輪になって、いい陽気の青空の下、芝生の上で話し合うことになった。

とりあえず浜岡が口火を切って、

「まず前提として、被害者の諸井室長は水の入ったバケツを頭に落とされて負傷した。このバケツは二階、もしくは三階の窓から落とされたものである、という点には異論はないですよね」

柏さんがうなずき、

「ええ、まさか一階の窓ということはないでしょうから」

「はい、一階の窓は位置が低いですからね。窓枠は、外の地面に人が立ったら胸辺りの高さになってしまう程度です。あの窓から外にいる人の頭部を狙うことは不可能でしょう」

と、浜岡は、少し離れたところに建つ旧研究棟を見やって、

「そして、犯人も諸井室長と同じように外の地面に立っていて、そこで殴ったというのも考えられません。凶器は水の入ったバケツです。普通の鈍器のように、片手で振り回したりできる物ではありませんからね。人の頭にぶつけようと思ったら、どうしたって両手で抱えて振りかぶらなくてはなりません。そんな不安定な凶器を振りかざした犯人が背後から近づいて来たら、いくらなんでも諸井室長も気がつくでしょう。ましてて室長は不審者を探していた最中です。いつもより周囲に気を配っていたはずですからね。それに、病院からの本人の証言でも、誰も近づいて来た気配は感じなかった、というようなことを云っています。だから、犯人がそっと後ろから忍び寄ったと考えるのは現実的ではありません。さらに、ケガは軽傷だったといっても、あの出血量です。皮膚をざっくり切ったほどですから、ある程度の威力があったはずです。そうしたことを総合的に考えるとやはり、二階か三階の窓から不意を突いて水の入ったバケツを落とした、と断定しても構わないと思います」

「つまり、犯人は建物の中にいた、ということですね」

と、柏さんも、後ろの廃ビルを振り返りながら云う。さすがに頭の回転も速い。浜岡の云いたいことをちゃんと理解してくれている。

「そうです、それを云いたかったんです。犯人はビルの中にいた。室長が最初に見た

怪しい人影は気のせいなんかじゃなかったんです」

「白衣の人物、ですね」

と、柏さん。浜岡はうなずいて、

「ええ、しかしその怪しい人物は消えてしまいました。どこにもいなかったんですから」

「ああ、もうっ、そういう不合理が許せないんですよっ」

と、出し抜けに三本松が割って入ってきて、

「人が消えるなんて非常識なことが、起こるはずがないでしょう」

「そうです、だから皆さんに伺おうと思っていたんです」

と、浜岡は三本松をなだめながら、

「皆さんは三人で建物の中を調べましたよね。その時に見落とした可能性はありませんか」

「ない、と思います」

と、柏さんが申し訳なさそうな口調で云った。ねこめろんくんの猫丸先輩も話し合いに加わってきて、

「そう、綾ちゃんの云う通り、それはないんだよ。いいか、浜岡、僕達は三人でひと固まりになって行動してたんだ。探索っていっても三人手分けして探してたんじゃな

い。常に三人一緒だった。だってそうだろ、もし不審者なんてものが本当にいると、綾ちゃんが一人のところに出喰わしたら大ごとだ。かといって三ちゃんもこの通り細っこいしな。ひょろひょろで頼りないから、到底一人で行動させるわけにはいかない。ついでに云えば僕だってこの格好だ。こんなもこもこに着膨れてまん丸な体じゃ普段みたいに身軽にゃ動けやしない。だから結局、三人一緒に探索することにしたんだ。ずっと三人で行動していた。だから行く先々、常に三人の目があったわけなんだ。合計六つの目ん玉で見回ってたんだからな、そいつを逃れるのは無理な話だろう。見落としなんざありっこないんだよ」

滑舌のいい早口で云う。ねこめろんくんを被ってくぐもっていても、猫丸先輩の言葉は明瞭で聞き取りやすい。それはともかく、浜岡は何となく、三人バラバラになってそれぞれ探索していたのだと思い込んでいた。しかしそれはどうやら間違っていたようだ。三人は常に行動を共にしていた。だが、だったら逆に、その目を欺く手段もあったのではないだろうか。浜岡はそう思い、

「どこかに隠れるとか、そういう手があるんじゃないでしょうか。三人をやり過ごして先手を打って立ち回れば、どうにか身を隠せるんではないですか」

「あ、浜岡さんは中を見てないんでしたっけ。だったら判りにくいかもしれません」

と、柏さんが両手をぽんと打って、

「先に内部構造を説明しておくべきでした。気が回らなくてすみません。といっても、造りは簡単です。要するに、ハーモニカ構造なんですね。浜岡さんが見張っていた方、つまり出入り口のある表側は、廊下が一本通っています。そしてこっち側、建物の裏面に部屋が五つ並んでいる。そういう単純な造りになっているんです、ちょうどハーモニカみたいに。一階の入り口から建物に入ると、廊下が左右に伸びていて、正面に上にあがる階段があります。階段の左にはトイレ。そしてその横に、部屋が二つ並んでいます。そして階段の右側にも、今度は三つの部屋のドアが並んでいる、という形です。表側には廊下があるだけで、部屋や階段は裏側にずらっと一列に並んでいるわけで、ハーモニカ構造といったのが判っていただけると思います。そこを三人一組で順番に調べました」

丁寧に説明してくれる。柏さんの云うその建物内構造図を頭に思い描きながら、浜岡は口を開き、

「とはいえ、隠れる余地はあったんじゃないでしょうか。例えば、こんなのはどうです。最初の一部屋か二部屋目を三人が探索している時、犯人は四番目か五番目の部屋に隠れているんです。そして三人が移動して三番目の部屋の入った瞬間を見計らって、こっそり廊下を忍び足で通って、犯人は一番目の部屋に移動する。こうやって皆さんの捜索をやり過ごすわけです。まさか一度調べた部屋に犯人がいるとは、誰も思わな

いでしょう」

「ところがどっこい、そうはいかないんだよ、浜岡」

と、ねこめろんくんの頭部をふらふらと揺らしながら、猫丸先輩が云う。

「そいつは無理なんだ。実はな、僕は一人だけ、どの部屋にも入ってはいないんだよ。なにしろこの丸い頭を脱いで抱えてたからね、こいつが邪魔で、ドアから中へ入るのが億劫だったんだ。だから綾ちゃんと三ちゃんが各部屋に入っている時、僕はずっと廊下にいたんだな。視界が狭いから、ねこめろんくんの頭も外してね。片目で室内を調べる二人を見守って、もう片方の目で絶えず廊下を見渡してたわけだ。な、これじゃ隙なんかありゃしないだろ。犯人が部屋を移動なんてしたら、必ず僕の目に止まる。僕に見つからずに移動するのは不可能なんだ。そしてもちろん、そんな奴なんぞ影も形も僕は見ちゃいない。天地神明にだって仏様にだってサンタクロースにだって誓うぞ。僕は誰も見ていない。移動する犯人なんてどこにもいないんだ」

「なるほど、そうですか――」

猫丸先輩はこういう時、目端が利く。うっかり見落としをするタイプではない。その猫丸先輩がこうまで断言するなら間違いはないのだろう。建物の裏側の窓にはベランダも手すりもついていない。だから、部屋を移動するには内部の廊下を使うしかないのだ。そこを通っていないのならば、犯人は部屋を行き来することができない。と、

そんなことを浜岡は考えながら、

「移動がないのは判りました。でも、部屋の中に隠れる場所はあったんではないでしょうか。柏さんと三本松さんはそれを見逃してしまった」

「いいえ、全部の部屋は空っぽでした」

と、柏さんが首を振って、

「ロッカーやキャビネットなんかの什器(じゅうき)は、全部撤去されているんです。だから部屋の中にはほとんど物がなくて、がらんどうだったんです。電気はつきませんでしたけど、窓から明るい光が入ってきていましたから、部屋の中はよく見えました。けど、人が身を隠せるような場所は、どの部屋にもなかったんです。カーテンも、もちろんありませんでしたから、そこにくるまって隠れるなんてこともできませんしね。部屋の中にあったのは、モップやチリトリ、あとは、それこそ古いバケツが転がっている、そんなものでした。あれでは人が隠れることはできないでしょう」

「そうですか。俺はてっきり、中はもっとごちゃごちゃしてて、隠れるような場所があるのかと思い込んでいましたよ」

と、浜岡は云う。柏さんの説明によれば、そんな場所はないようだ。そして、

「バケツが転がっていたなら、犯人はそれを使ったんでしょうね。水道は出るようですから、トイレかどこかで水を汲んで凶器にしたんだろうと、さっきの警備部長さん

も云っていましたっけ」

「私も、最初に現場を見た時、そう思いました」

柏さんは云う。浜岡は、そのふっくらと愛らしい頰のラインを見ながら、

「移動といえば、足跡はどうでしたか。犯人の足跡です。その痕跡を辿れば、犯人の行動も判るんじゃないでしょうか」

「それが、残念ながらダメですね。足跡はつかないんです」

と、柏さんはふるふると首を振り、

「あそこは全部窓ガラスが外されているでしょう。長年そういう状態だったから、吹きっ晒しだったんでしょうね。どの部屋も廊下も、雨風が入り放題だったみたいです。それで床は埃と泥が固まって、外の地面みたいに硬くなっていました。土埃が乾いてカチカチに」

「そう、あれじゃ足跡なんざ残るはずもないんだよ。探索しながら、綾ちゃんと三ちゃんともそう話したもんだ」

と、横からねこめろんくんの猫丸先輩が補足する。

そうか、それは残念。犯人が消えてしまったなどと信じていなかった浜岡にとって、なんだか風向きが悪くなってきたように思う。多分、誰かが何かを見落としていて、それで怪しい奴が消失してしまったように見えているだけだろう。何となく、そんな

ふうに思っていた。しかし、その見落としが何なのか、なかなか判らない。どこかに手掛かりがあるといいのだけれど、と考えて、ああ、そうだ、手掛かりといえば――ふと思いつき、浜岡は質問して、

「声は聞きませんでしたか。探索中に、窓の外から声を。ひょっとしたら頭にバケツが落下した時、諸井室長が悲鳴をあげたかもしれません。それに、水の入ったバケツが地面でバウンドした音も」

「いいえ、聞いていませんね」

柏さんが云い、ねこめろんくんも巨大な球体頭をゆっくりと横に振る。三本松も無言で顔を左右に動かし「いいや」とサインを送ってきた。

そうか、犯行のタイミングは判らないか――浜岡は少し悔しく思う。どのタイミングで犯行があったか判明すれば、犯人の行動も推察しやすいと思ったのだが。とにかく、犯行時刻は諸井室長が一人で建物の裏手に回ってから、浜岡が発見するまでのどこかということになる。ほんの十分ほどの間だ。どうにかしてその正確な時間が判らないかと思ったけれど、誰も何も聞いていないのではそれも難しいかもしれない。もちろん、建物の反対側に一人で立っていた浜岡自身も、何も聞いていない。

「もう少し、犯人がどう動いたか考えてみましょうか」

と、浜岡は気分を入れ替えて提案し、

「まず、犯人は二階か三階の窓から犯行を行った。これは確かです。そこから建物の外にいた諸井室長の頭に水の入ったバケツを落とした。室長が倒れていた位置から考えて、五つある窓のうち、まん中の窓から落としたのは間違いないでしょう。それが二階か三階かは今はおいておくとしてですね、逃走経路はどうだったんでしょうか。犯行後、二階もしくは三階のまん中の部屋を出て、どっちへ向かったと思いますか」

「普通に考えれば、一階へ下りようとしますよね、逃げるために。ですから、向かったのは階段です」

と、柏さんが打てば響くようなタイミングで答えてくれる。

「そうです。しかしその時にはもう、皆さん三人が建物の中に入っていました。諸井室長が裏側へ回って三人が中へ入るまで、ほとんどタイムラグはありませんでしたから。でも犯人が階段を下りてきたら、皆さんと鉢合わせしたはずでしょう」

「そうだな、もし僕らが入るより前に下りてきていたとしても、これもどうにもならん」

と、ねこめろんくんの猫丸先輩は、

「その時、建物の入り口前には僕達四人がもう立っていたんだ。裏手に回る室長を見送ってね。だから犯人が出入り口から逃げ出すのは、絶対に無理なんだよ」

「それでどこかの部屋に隠れて——というのはもう否定されたんでしたよね」

浜岡が云うと、柏さんが軽くうなずいて、

「そうです、私達三人で一部屋ずつ見て回りました。入って左の奥の部屋から順番に。私と三本松さんが室内に入った時、廊下はねこめろんくんが見張っていたんです。だから犯人は移動できるはずがないんです」

猫丸先輩もそれに続けて、

「そうやって一階の部屋は全部調べたんだよ、奥から順繰りに。もちろんトイレの中もな。けど、誰もいなかった。犯人の姿はおろか、仔猫一匹姿を見ていやしないんだ。怪しい物が置いてあるなんてこともなかったよ、部屋はすっからかんだったし。その辺は綾ちゃんと三ちゃんがよく見ている。そうだよね、三ちゃん」

「ええ、何もなかったですね」

無口な三本松が猫丸先輩の問いかけにちゃんと答えたのに、浜岡はちょっとびっくりした。何だ、ちゃんとコミュニケーションが取れるんじゃないか、と思いつつ、

「では、二階のどこかに隠れたということでしょうか。逃げようとして階段を下りかけたら、一階を探索する三人の声がする。多分猫丸先輩のことだから、探検気分ではしゃいだ声でもあげていたことでしょうからね。それで犯人は階段を下りるのを断念して、二階のトイレにでも身を潜める」

「お言葉ですが、その後はどうするんでしょう。一階を探してから、私達三人は当然

二階へ向かいました。そして一階と同じように、一部屋ずつ見て回りましたよ」

柏さんが疑義を呈すると、猫丸先輩も横から、

「そうそう、僕も一階の時と同じように廊下に立って、部屋の中と廊下を同時に見張っていたんだぞ。その時も、もちろん誰かがこっそり移動している姿なんか見ていやしない、一階と同じようにな。当然、各部屋の中にも異常はなかった。そうだったよな、三ちゃん」

「ありませんでした」

「トイレの中も調べたよね」

「はい」

「何もなかったし、誰もいなかった」

「ええ」

三本松が短く答えると、柏さんがそれを引き継いで、

「そうやって、二階を見て回りました、一部屋ずつ順番に。左の隅から右の五部屋目まで、トイレも含めて何も発見できませんでした」

猫丸先輩も付け加えて、

「もちろん階段を使った者もいないよ。廊下から階段の上り口と下り口は丸見えだからね、ずっと僕の視界に入っていたんだ」

浜岡はその言葉にうなずきながら、

「それで、二階の捜索を終えて、今度は三階へ行ったんですね」

「はい、三人揃って階段を上がりました。後の手順はこれまでとまったく同じです」

柏さんが云い、猫丸先輩も、

「綾ちゃんと三ちゃんが各部屋に入って調べて、僕は廊下に立っていた」

「三階でも、誰の姿も見ていないんですね」

浜岡が確認すると、柏さんはきっぱりと、

「ええ、誰も。そして最後に一番右奥の部屋を調べている時に――」

「お前さんの胴間声が聞こえてきたんだ、外の、裏手の窓の下からね。室長がケガをしているとか何とか、お前さん、叫んでいたよな。それで三人で、何ごとだろうと窓から外を見てみたってな按配さね」

猫丸先輩はそう云う。その時の姿は浜岡も見ている。三人で、不可解そうに顔を出してきた。そうか、あれは最後のひと部屋を調べ終わった後だったのか、と浜岡は納得しかけて、すぐに首を傾げる。あれ？　だったら犯人はどこにいったんだ？

その疑問を口に出して浜岡は、

「犯人、どこにもいなかったんですよね」

「だからさっきからそうみんなで騒いでるんだろうが、犯人が消えちまったって。何を今頃気づいたみたいな顔してるんだよ、お前さんは、鳩が豆鉄砲を喰らったような面しやがって。今になってようやく呑み込めたのか、このニブチンめが。ここまで懇切丁寧に説明してやらないと理解できないなんて、お前さんの方がよっぽどメロン頭じゃないか、この大間抜けめ」

猫丸先輩がやけに嬉しそうに云う。柏さんの見ている前であんまりボロカスに罵倒するのは勘弁してほしい。

いや、そんなことはともかく、これで確かに異常事態なのはよく判った。犯人は本当に消えてしまっている。建物の中のどこにもいなかった。何か見落としや錯誤があっただけなのだろうと高をくくっていたけれど、これでは本当に超常現象ではないか。不思議だ。不可解だ。

二の句が継げないでいる浜岡に、今度は柏さんの方から聞いてきて、

「浜岡さんは、入り口の前にずっと立っていたんですよね」

「ええ、そうです」

「誰も逃げ出してはいませんね」

「もちろんです。さっきも云いましたが、入り口のすぐ前に立ってましたから、見逃すはずはありません」

浜岡は、傭兵隊長に尋問された時と同じように断言した。何度聞かれても答えは変

わらない。探索組三人が廃ビルに入ってから、ずっと張り番をしていた。絶対に誰も出入りなどしていない。

「そして浜岡さんは、こっち側へ建物を迂回して来て、室長が倒れているのを発見したんですよね」

　柏さんに再度確認され、浜岡は答える。

「うん、戻るのが遅いから気になって」

「その時にはもう、私達は旧研究棟の全部の部屋を調べ終えていたんです。浜岡さんが出口を見張っている間に、です。でも犯人はどこにもいなかった。これはどうしたことでしょうか」

　柏さんは、小首を傾げる。かわいらしい仕草だった。

　浜岡は、はたと気がついて発言する。

「屋上は？　どうですか。屋上に逃げたとは考えられませんか。もしかしたら水の入ったバケツを落としたのも、そこからかもしれない。犯人はずっと屋上にいたんですよ」

　しかし、柏さんは首を振り、

「いいえ、屋上へは上がれないんです。扉に鍵がかかっていて、鍵穴も錆だらけで半分錆の中にうずもれていました。あれでは何者かがキーを持っていたとしても鍵は開きません。ドア枠もほとんど錆ついていて、扉自体が開きそうにありませんでしたし」

猫丸先輩も、隣で球体の頭をふらつかせながら、

「僕が三階の廊下を見張ってる間に、綾ちゃんと三ちゃんが屋上に出る階段を上がってって調べたんだ。でも、二人ともすぐに諦め顔で下りて来た。そうだったよね、三ちゃん」

「鉄の扉が錆びついていました。あれは開きません」

陰気な口調で、言葉少なに三本松は云う。

「その扉の前、踊り場に人が隠れるような場所はありませんでしたか」

浜岡の質問にも、三本松は短く、

「ないですね」

と、即座に否定するだけだった。

そうか、あの傭兵隊長率いる警備隊が屋上を調べるのにレンジャー部隊よろしく三階の窓から上がって行ったのは、ドアが開かないから仕方なくロープを使って上がっていたんだ。と浜岡は、さっき見た光景を思い出す。

屋上に上がった警備隊員は何も発見できなかった様子だった。すぐに戻ってきていた。とすると、犯人は屋上には上がっていない。屋上が無関係だとすると、他には何

が考えられるだろうか、と浜岡は額に片手を当てながら、

「二階の窓から飛び降りて逃げた。そうだ、これでいけるでしょう。逃走経路はここしかありませんよ。皆さんが一階を調べている間に、犯人は、こっち側の二階の窓から飛び降りるんです。僕は表側の出入り口の方にいましたけど、裏には誰もいません。こっちから飛べば誰にも見られずに逃走できます。地面に被害者の諸井室長が倒れていましたけど、室長はほとんど気絶状態でした。だから犯人が近くに飛び降りてきても気がつかなかったんでしょう」

我ながらいい考えだと思って自信満々に云うと、ねこめろんくんの中の猫丸先輩は、大きな球体の内部からくぐもった声で、

「いや、ちょっと待ちなさいよ、浜岡、犯人が何のためにそんなことしなくちゃいけないんだ。そんな危ないマネをしたら、足を挫(くじ)いたりしてケガするかもしれないじゃないか。足を痛めちまったらもうそこから逃げられないぞ。そんなリスクを負ってまで飛び降りる必要なんてあるのか」

「それはもちろん、追いつめられた結果ですよ。皆さんが三人で一階の探索をしていて、その声が聞こえたんでしょうね。二階にいた犯人は、それで誰か第三者が建物内に侵入して来たのを知ったわけです、それも複数人が。会話の様子だと、どうやら闖(ちん)入者(にゅうしゃ)はひと部屋ずつ調べて回っているらしい。そう犯人も気づいたはずです。きっと

そのうち二階へも上がって来るだろうと予測もつく。それで逃走経路を塞がれたと悟った犯人は、仕方なく二階の窓から飛んだ、というわけです。捕まるよりマシだから、リスクを承知で」

「だからなんでそんな極端なことする必要があるんだよ。それこそどこかの部屋に一旦身を隠せばいいだけの話だろうに」

猫丸先輩が云うので、浜岡は反論して、

「でも、隠れていても次は二階が調べられるんですよ。身を隠しても見つかる可能性は大きいです」

「いやいや、僕の云ってるのはそういうこっちゃないんだ。いいか、僕達がどうやって探索して回ってるか、その段取りを犯人は知らないんだぞ。人数だって正確には判らない。まさか三人一組で固まりになって歩いていて、ましてそのうちの一人が絶えず廊下を見張ってる、なんてことは犯人が予測できたはずないじゃないか。だからケガのリスクを背負ってまで二階から飛び降りるくらいなら、まずはどこかに隠れて探索者をやりすごそうと考える方が自然だろう。普通に考えたら、誰だってそう判断するに決まってる。とりあえず身を隠して、隙を突いて一階に下りて普通に出口から出て行く、そういう手段を選ぶのは自明だろうに」

「けど、出口の前には俺が立っていたんですよ。そこから逃げたら俺と鉢合わせするじゃないですか」

「このスカポンタン、だから犯人がどうしてお前さんがそんなところに突っ立っているのを知ってるっていうんだよ。お前さんが張り番をしていたのは、あくまでも結果的にそうなったってだけのことじゃないか。犯人が前もってそれを知ってるはずがないだろう」

「だったら、一階の出口の前まで来た時に、俺が外に立っているのに気がついて、トイレかどこかに隠れた、とか」

「判らん奴だねお前さんも、呑み込みが悪いにも程があるぞ。いいか、浜岡よ、その時にはもう僕らの探索は始まってたんだ。一階は調べ始めていたんだぞ。階段を二階から下りてくる奴がいたら、一階の廊下を見渡していた僕の目に止まっているはずじゃないか」

「あ、そうか、いや、だったら、一階の裏側の窓から出て行けばいい」

「それも無しだな。犯人はどうやったって、僕の目を逃れて一階へ下りてくることなんぞできやしないんだから。なにしろ僕はずっと、廊下も階段も見張ってたんだからな」

猫丸先輩はねこめろんくんの内部できっぱりと云う。

それではもうお手上げじゃないか、と浜岡は混乱してきた。どう行動しても探索組三人の目に止まってしまう。おまけに外の出入り口を見張っていたのは浜岡自身なのだ。どうにも逃げられない。逃走経路はすべて塞がれている。

だったらどうする？

三階の窓から飛び降りるか。いや、それはもっと危険だ。三階の窓は高い。ヘタをすれば足の骨を折る。そしてさっき猫丸先輩の云ったように、窓から飛び降りるくらいなら隙を突いて階段を使おうと考えるのが普通だ。犯人は探索チームがどういう手順で動いているのか知らないのだから、どこかに隙があると判断することだろう。様子を見るため、一階まで抜き足差し足で階段を下りて来るに決まっている。まさかその階段を、目端の利く着ぐるみ姿の小男に見張られているなどとは夢にも思わないだろうから。

しかしその小男は犯人が階段を下りて来る姿を見ていない。犯人はなぜか、上階に留(とど)まっていたのだ。そして、探索チームは二階、三階と調べていったが、誰かが隠れているのは発見できなかった。

ん？　だったら、あの蔦に摑まって下りるか、と浜岡は、廃ビルの表面を被っている茶色く枯れた植物を見ながら、苦し紛れに考える。窓から飛び降りるのが危険でも、何かにしがみつけば、ずるずると下りて来られるのではないだろうか。いやしかし、あんなボロボロに枯れた蔦に人間一人の体重を支える強度があるとも思えない。絶対に途中で千切れて、犯人は落下するだろう。そうなったら目も当てられない。これもダメだ。犯人は窓から逃げてはいない。

　ううん、これは本当にお手上げだぞ、と浜岡は頭を抱えたくなってきた。これでは本当に、犯人が消えてしまったとしか思えないではないか。どこかに見落としがあると高をくくっていた自分の間抜けさ加減に腹が立つ。しかし、これはどう考えても奇怪だ。異常現象にしか思えない。犯人が消えてしまうなんて。これは一体どうしたことだろう。

　呻吟（しんぎん）する浜岡の横で、柏さんが遠慮がちな口調で発言する。

「あの、これは今さらどうでもいいことかもしれませんけど、諸井室長はどうして狙われたのでしょうか。いえ、これまでのお話からは逸（そ）れますけど、あんな悪意のある方法でケガをさせた犯人の意図が、少し怖くて、気になっていたものですから」

　柏さんが気にするのも、もっともだと浜岡は思った。あれは悪意どころか殺意すら感じさせる犯行である。たまたま軽傷で済んだものの、場合によっては即死していたかもしれない。殺人未遂だ。

「犯人は白衣を着ていたと諸井室長は証言していましたね」

　と、浜岡は考えながら、口を開いて、

「白衣を着て、外部の者がここの研究者に変装していたのか、それとも本物の所員だったのかまでは判りません。ただ、無関係な研究員なら、あんな何もない廃ビルになんか入って行くとも思えないんですよ。外部犯の変装だとしても本物の研究員だとしても、怪しい行動という他はありません。恐らく、人には表立って云えないような後ろ暗い目的があったに違いないでしょう。犯人は何らかの良からぬことを企んでいたと推測できます。悪事を働いていたからこそ、顔を見られたと思って室長を抹殺しようとしたんじゃないでしょうか」

「良からぬこと、というと、具体的には？」

柏さんが再び首を傾げる。浜岡は答えて、

「あくまでも憶測ですが、この研究所は機密事項をふんだんに扱っているとさっき警備部長さんも云っていましたよね。そこから考えて、スパイ行為か何かではないか、と俺は思うんですけど」

「産業スパイが潜入している、とおっしゃるんですか」

柏さんが疑問を口にすると、突然、三本松が割って入ってきて、

「しかし、見てください、あの高い壁を。ここの敷地はあんなに頑丈な壁で囲われているんですよ。壁の上には有刺鉄線に高圧電流の防犯措置までなされている。おまけに警備はとびきり厳重だ。こんな中にスパイなど入って来られるものでしょうか。いや、来られるはずがない。不合理ですよ。そういう不合理な解釈は、どうにも納得で

きませんね。私はそういう合理性を欠く事象は許せない性質なんです。ええ、許せません」

「いや、まあ、落ち着いてください、そう興奮しなくても」

と、浜岡は三本松をなだめておいてから、

「だから俺は、内部の者が犯人ではないかと疑っているんです。ここの研究員の誰かですね。ここには研究室が第十研まであって、何十人という研究員がいるんでしょう。その中の一人です。白衣を来ていたのも変装などではなく、ただ正規の服装をしていたにすぎないんです。従って犯人は、被害者が第六研究室の室長だとちゃんと判っていたわけです。それだから、自分の顔を見られるのはマズいと感じた」

「つまり、被害者と犯人は顔見知りだった？」

柏さんがちょっと驚いた顔で云うので、浜岡はうなずき、

「その可能性は高いと思います。だからこそ室長の口を封じようとしたのでしょう。自分の正体がバレるのを恐れて」

「判りました。目的に関してはそういう推測も成り立つということで納得できます」

と、柏さんはふっくらとした頬に指先を当てて、

「ただ、もうひとつ疑問点があります、ほんの些細(ささい)なことですけど」

「構いませんよ、この際どんな小さな疑問でも潰していきましょう」

浜岡が促すと、柏さんは、

「犯人は正確に、被害者の室長の後頭部を狙いましたよね。二階か三階かはまだ判りませんけど、とにかくあのまん中の窓から水の入ったバケツを落としたわけでしょう。そして一度で命中させています」

「そうですね、一発で当てないと、被害者が上からの落下物に気がついて警戒してしまいます。二度目のチャンスはないでしょう」

「その一回きりで当てたのが、どうしても私、しっくり来ないんです。そんなにうまくいくものでしょうか。手近にあったバケツを使ったことといい、これは突発的な犯行だったはずですよね。犯人は練習なんかしていないはずなんです。だのに犯人は、位置を一度で正確に計りだしています。そんなに都合よくいくのでしょうか」

柏さんは真剣な表情で云う。なるほど、もっともな疑問だ、と思った瞬間、浜岡はピンと来た。

「そうか、だから五百円玉なのかっ」

「五百円玉？」

柏さんが不思議そうに云い、三本松も怪訝（けげん）な顔つきでこっちを見ている。

「そう、五百円硬貨です。被害者は右手に五百円玉を握り込んでいました。倒れているのを発見した時、室長が何か握っているから、何だろうと思って調べてみたんです。

どうしてあんな物を握っていたのか判りませんでしたけど、柏さんが疑問を提示してくれたからたった今、思い当たりました。あの五百円玉、あれはマーカーだったんですよ」

「マーカー、ですか？」

「ええ、落下地点を正確にするための目印です。つまり犯人は五百円玉を地面に置いておくことで、被害者の立つ位置をコントロールしたんですね。五百円玉が落ちていれば、大抵の人は何気なく拾ったりするでしょう。諸井室長もあの時そうした。犯人はその前に、バケツの水を一滴垂らすか何かして、五百円玉の真上の位置を測量しておいたんです。もちろん五百円玉も窓から落としたんでしょうけど。そうすれば水の入ったバケツも正確に投下することができる。五百円玉はそのためのマーカーだったんですよ」

「あ、そうか、だから後頭部だったんですね」

と、柏さんが感心したように声をあげ、

「室長の傷が頭の後ろにあったことも、どうしてだろうと気になっていたんです。でも、その疑問もこれで解けました。被害者が硬貨を拾おうとしゃがみ込んだところを、犯人は狙ったんですね。屈(かが)んで下を向いた時に、水の入ったバケツを落下させた。しゃがんで地面を向いた姿勢だったから、バケツは後頭部に当たったんですね」

「その通りです」

そこまでは考えていなかった浜岡だったが、柏さんに感心したような眼差しを向けられて、悪くない気分だった。

真相の一端を解き明かしたこの勢いで、犯人消失の謎も判らないだろうか、と浜岡は頭を回転させる。

廃ビルの中からどうにかして逃走する手段はないものか。一階から上がってくる捜索部隊に見つからずに。

二階の窓辺りからロープか何かを伝って降りるというのはどうだろうか。ビル内にはモップやチリトリやバケツなどが落ちていたという話だ。その中にロープがあったとしたら使えるのではないか。ロープをどこかに結んで、それを伝って窓から外へ――いや、ダメだ。それだとロープが残ってしまう。回収できない。そしてもちろん、現場には垂らされたロープなど残っていなかった。

それともロープをUの字状にして使い、降りた後で片方のロープを引っぱって、全部を回収するか。いや、そうなると今度は、その回収したロープをどう処理したかという問題が出てきてしまう。ロープを使ったのなら、そんな物は現場に投げ捨てて行けばいいのだ。逃走方法など見破られても犯人にとっては痛くも痒くもないのだから、現場に放置しておくのが最も効率的だろう。しかし実際には、現場にそんな物は捨てられていなかった。では担いで逃げるかといえば、それもナンセンスだ。そんなことをしたら目立って仕方がない。後で警備部や警察が聞き込みに回ったら、たちまち目撃者が出てきて犯人の正体が判明してしまうだろう。ロープを担いで逃げるなど、愚の骨頂だ。だけど現場に捨てられていないのだから、やはりロープなど使われていないと考える他はない。

だったら、道具は何も使わなかったと考えるのはどうか。ボルダリングのように、壁を伝って降りる？　いやいや、壁にはそんな手足を引っかけるような出っ張りはないし、落ちる危険もある。犯人がわざわざそんな危ないことをするはずもない。枯れた蔦を使うのも、先ほど却下した。そもそも、そんなリスクを負うくらいなら、さっき猫丸先輩の云ったように、内部の階段を使うという正規のルートを選ぶだろう。犯人が窓から逃げたとは思えない。

では一体どうするか。内部は三人の探索組が見て回っていた。廊下は特に猫丸先輩が目を光らせていた。目端の利くこの人の目を欺くのは難しいだろう。となると、やはり内部での移動は不可能と考えるべきか。そうなると犯人は、犯行を犯した部屋から逃げられなくなってしまう。雪隠詰め(せっちんづ)めだ。そこから廊下に出ずに、どうやって逃走する？　廃ビルのこちら側はただのコンクリートの壁だ。ベランダも手すりもないから、細工をする余地がない。のっぺりとして窓の穴がぽっかりと開いているだけの建物からは、どうやったって逃れようがない。

何かないか。方法はないか？

実は、犯人は犯行時に中にはいなかった、とか？

三人の探索チームが建物に入る前に、一階の窓から裏側に出て来ていた――いや、そうすると、水の入ったバケツを投下する時間がなくなる。被害者の諸井室長が裏手に回るのと、探索隊が入り口をくぐるのにはそれほど時間差はなかった。もし二階や三階からバケツを落とした犯人が逃げて来たら、階段のところで探索隊と鉢合わせする。さらに、被害者は後頭部をざっくりと切っていた。あれだけの傷は、水の入ったバケツをある程度の高さから落下させないとできないだろう。バケツは二階か三階から落下させたと見るしかない。

ん？ 落下のエネルギーを他の方法で得ることはできないか？ 例えば遠心力。水の入ったバケツをぐるぐる回す。そうすると遠心力で水はこぼれない。小学生の理科だ。そうやってぐるぐる回しながら被害者の後頭部を殴りつける――いやいや、さすがに無理がある。そんなのが近づいてきたら被害者が逃げるに決まっている。ぐるぐる回転するバケツが頭にヒットするまで、おとなしく待っていてくれる被害者などいるはずもない。やはりバケツは、二階か三階から落としたと断定するしかなさそうだ。

だが、その犯人の姿を三人の探索チームは目撃していない。そしてどこにも逃げ道はないのだ。

　犯人はやっぱり消失したとしか思えない。

　いかん、これでは堂々巡りだ。

　などと浜岡が頭を悩ませていると、三本松が突然、ぼさぼさ頭を掻きむしり、

「ああっ、もうっ、判らないいっ、不可解だ、不合理だっ、犯人が消えたみたいに見えるなんて、こういうのは落ち着かないいっ、嫌なんですよ私は、こんな合理的でない事態なんて。どうにももやもやして気分が悪いっ」

　誰にともなく訴え始める。三本松も思考が行き詰まり、苛立っているようだ。

　柏さんも眉を顰めて、

「本当に変ですね。犯人はどこへ行ってしまったんでしょうか。警備部の人達もまだ発見できないようですけど」

　と、三十メートルほど離れたところに建つ廃ビルを振り向き、眺めている。

　それを合図にしたみたいなタイミングで、猫丸先輩が、

「よいこらしょっと」

　と、ねこめろんくんの頭部を外した。不気味な薄緑色の球体が取れた胴体は、もこもことした丸っこい体つきをしている。そこに猫丸先輩の小さな頭が乗っかっているのは、奇妙な姿だった。前髪をふっさりと眉の下まで垂らし、まん丸い仔猫みたいな

目をした猫丸先輩は、

「あー、暑かった、着ぐるみの中ってのは本当に暑いんだよ。この季節だってのに蒸して仕方がない。まあ、頭だけでも脱げば、外気が入ってきてだいぶマシになるんだけどね。いやもう、暑くって敵わなかった」

文句を云うくらいなら早く脱いでおけばいいのに、と浜岡は思うのだが、どうやら本人はねこめろんくんの格好がそれなりに気に入っていたらしい。何でもおもしろがれる人なのだ。

猫丸先輩は、もこもこした胴体の中で何やらごそごそ動いていたかと思うと、やがて着ぐるみの喉元から片手が出てきて、口に煙草を一本くわえた。くわえ煙草の猫丸先輩は、何だかほっとしたような顔をしている。

「猫丸先輩、ここ、禁煙です」

浜岡が注意すると、猫丸先輩は、片方の眉を大きく吊り上げて口を尖らせると、

「んなこた判ってるよ、いいか浜岡、禁煙って書いた文字を思い浮かべてみろ。何て書いてある。あれは煙を出すのを禁じるって書いてあるんだぞ。だったら煙さえ出さなきゃいい道理だ。だから僕は煙草をくわえてる。くわえてるだけなんだから、禁煙に反しちゃいないだろ。そもそもライターを没収されてるから火もつけられないしな。ただ、こうして一本くわえてないと気分が乗らないんでね」

「屁理屈は結構ですけど、気分が乗らないって何のです？　何か乗らなくちゃいけないことでもあるんですか」

　一云えば十になって返ってくる猫丸先輩の多弁さに辟易しながら浜岡が聞くと、猫丸先輩はそれには答えず、にんまりと笑って、

「さて、浜岡も綾ちゃんも三ちゃんも袋小路に入り込んでるみたいだね。ってことでそろそろおしまいにしようや。みんながあたふたしてるのが面白くてさ、特に浜岡がバカみたいな間抜け面で困ってるのは見物だったけど、もう飽きた。ここを出ないと煙草も吸えやしないしね。ややこしいことはとっとと片付けて、外へ出て一服つけたいんだよ、僕は。あんまり遅くなって、帰りの電車が混むのも閉口するしね」

「猫丸先輩、何の話ですか、片付けるって何をです？」

　浜岡が不審に思って尋ねると、

「もちろんこの一連の騒動さね、今からそいつを解いてやるよ」

　と、くわえ煙草の猫丸先輩は、にやりと人を喰ったような笑顔になった。

「本当ですか。この謎、解けるんですか」

　と、柏さんがちょっとびっくりしたみたいに云った。無口な三本松も、疑わしそうな顔つきだ。

　猫丸先輩はこともなげに、

「簡単だよ。さあ、ささっとやっつけよう。解決編の始まり始まりだ」

ねこめろんくんの頭部を足元に置くと、むくむくの着ぐるみの胴体のまま、両手を大きく拡(ひろ)げてポーズを取った。

そういえば、この人は前々からこういうのが得意だった。浜岡はそう思い出した。変わり者だから、思考回路も常人とは少々ズレていて、その素っ頓狂な頭脳でおかしなことを思いつくのだ。

変人はもふもふの着ぐるみ姿で、愛嬌たっぷりの仕草でもって、

「まず、犯人が消えてしまった問題だけど、こいつから片付けちまおう」

と、語り始める。

「犯人はあの廃ビルのどこにもいなかった。僕ら三人でそれは確認した。これは問題ないね、綾ちゃん」

「ええ、いませんでした」

柏さんが答える。

「表の出入り口は浜岡が見張っていて、そこから出入りする者は誰一人としていなかった。それも確かだな、浜岡」

「間違いありません」

浜岡も、うなずく。猫丸先輩はそのやり取りに満足したようで、

「だったら話は簡単だ。シンプルに考えよう。怪しい奴なぞ僕達は見ていない。浜岡も出入りを見ていない。それなら簡単に答えが出るだろう。そんな奴なんてどこにもいなかったんだ。誰もあの旧研究棟には近づいたりしていない。以上、これが解答だよ」

「けど、室長が目撃した白衣の男は何なんでしょう。室長の見間違いなんですか」

柏さんが尋ねるので、浜岡も便乗して、

「それに、諸井室長が殺されかけたのも事実ですよ。犯人がいないはずがないじゃないですか」

「そうやって二人して首を伸ばして詰め寄るんじゃありません、動物園の食事時のフラミンゴの檻の前じゃないんだから」

と、猫丸先輩は涼しい顔で、

「いいか、僕は怪しい奴などいなかったって云ったんだぞ。これは第三者はいないって意味だ。だから一見犯人には見えない、怪しくない者までいないとは云っていない。怪しくない者ってのは、つまりは事件の関係者のことだ。今日の騒動の場合、関係者ってのは僕達のことだな。事件の時にあの廃ビル近辺にいたのは僕らだけなんだから。要するに、犯人がいるとしたら僕らの中にいると考える他はないってことだ」

その言葉に、ぎょっとして浜岡は周囲の顔ぶれを見回す。中にいるといっても、ここには四人しかいない。柏さん、三本松研究員、猫丸先輩、そして浜岡自身。この四人だ。この四人の中に犯人がいるというのか——不審な思いでいっぱいの浜岡に構わず、猫丸先輩は続けて、

「そう考えれば後は簡単だろ。とりあえずひとつのグループは犯人候補からごっそりと除外できる。犯行のあった時間帯、ずっと一緒にいたグループのことだよ。そう、旧研究棟探検チームだな。綾ちゃん、三ちゃん、そして僕。この三人は常に行動を共にしていた。そうだよね、綾ちゃん三ちゃん、一緒だっただろう」

「ええ」

「はい」

柏さんと三本松が異口同音に答える。

「途中で離れて単独行動をした者もいなかったな」

猫丸先輩の言葉に、二人はまた揃ってうなずいた。

「だから僕達三人は犯人じゃないってことだ。三人一緒にいて、犯行機会がなかったんだからな。そして残りは——」

「いや、ちょっと待ってください」

と、浜岡は慌てて猫丸先輩を止めて、

「残りなんて一人、俺しかいないじゃありませんか」

焦る浜岡に対して、猫丸先輩はしれっとした顔つきで、

「何を泡喰ってやがるんだよ、お前さんは、そんな仏像がポップコーンぶつけられたみたいな顔して。見苦しいからムキになるんじゃありませんよ。あのね、浜岡、僕はそうは云ってないだろう。確かにお前さんは一人で出入り口の前で張り番をしていたさ。大方、腑抜けみたいな気の抜けた顔で突っ立ってたんだろうけど。確かにその時なら、お前さんは一人で行動できないでもない。だけど、どうやる？　どうやって犯行を成し遂げるんだ。建物の中には僕達三人、探索チームがいた。僕らがどういうフォーメーションで動いているのか、浜岡には予測できなかったはずだろう。そんな状態で僕らの目を盗んで、二階や三階に上がることはできるはずがないんだ。どこで僕達三人のうちの誰かと出喰わすかもしれないのに、うかうか建物の中に入って来られるわけがない。現に、廊下や階段は絶えず僕の監視下にあったんだしな。だから浜岡は建物内に入ることができないんだ。僕の目に触れずに侵入するのは不可能だものな。そうかといって、こっちの裏手に回ってもどうにもならない。一階の窓から忍び込んだところで、探索チームと出喰わす危険があるのは同じだし、建物の中には入らず外の地面の上で被害者を襲ったとも思えない。さっき云ったように、被害者に近寄って殴りつけるのは無理がある。バケツを振りかざしている間に、被害者に勘づかれて逃げられちまうだろうからな。そもそも建物内に入れない浜岡には、凶器のバケツを用

意することができないんだ。水もバケツもあの廃ビルで調達した物だろう。他の現役研究棟からここまで、水入りバケツをえっちらおっちら運んできたんじゃ目立って仕方がない。現地調達したのは確実だ。だからあの旧研究棟の中に入らなくちゃ水もバケツも用意できない。しかし浜岡は中へは入れなかった。前もって準備しておくってのも無理筋だな。初めてこの研究所に来た浜岡には、どこに何があるか勝手が判らないはずだし、最初にここに来た時には三ちゃんに案内されて、一人になる時間もなかった。その後は僕らと一緒に行動してたんだから、どうやったってバケツと水を準備する暇なんてなかったはずだ。な、そうだろ、浜岡」

問われて、浜岡は何度も力を込めてうなずき、

「そうですそうです、俺には犯行の機会なんてないはずです」

「うん、だから浜岡も犯人じゃない」

猫丸先輩はこともなげに云う。

「いや、俺が犯人候補から外れるのは嬉しいですけど、そうなるとまた犯人が消えちゃいますよ。候補者が一人もいなくなってますから」

浜岡が主張すると、猫丸先輩は火のついていない煙草を口の端でぴょこんと上向きにさせて、

「一人残ってるじゃないか、簡単なことだよ。事件関係者はあの建物に近づいた者だ

けだって云っただろう。旧研究棟に僕達と一緒に来た人物——ほら、一人まだ俎上に載せられていない人がいるじゃないか。もう判っただろう。そう、諸井室長、彼自身だ。そう考えるしかない。僕らは最初五人でいた。その中で、綾ちゃん、三ちゃん、僕と浜岡の四人が除外されたんだ。自然と残りは一人。諸井室長しかいない道理になる。な、シンプルでいいだろ」

「いや、でも、諸井室長は被害者ですよ」

浜岡が云っても、猫丸先輩はどこ吹く風で、

「狂言、自作自演、一人芝居、嘘八百、どうとでも云ってくれ。五人中四人が除外されたんだから、残る一人が犯人なのは自明だろう」

「でも、無理があります。自分の頭の上に水の入ったバケツを落としたっていうんですか。重いんですよ、ヘタすりゃ死にます。まさか自殺願望があったなんて話になるんじゃないでしょうね。だいたい水の入ったバケツなんて、どうやって自分の後頭部にぶつけるんですか。何か、時限装置みたいな物で自爆したわけですか」

浜岡が云うと、横から三本松が陰気な顔つきで、

「そんな都合のいい機械は中で見つかっていません。しかし、方法は他にないとは云えないでしょう。例えば、ロープなどを使う方法です。ロープを三階の窓枠に通す。ロープの片方に水の入ったバケツの取っ手を結びつける。もう片方のロープを引いて、

それを上の高さまで引き上げる。宙に浮いたバケツの真下に立ってから、ロープを手放す。そうすればバケツは自然に落下します」

「そんな仕掛けを室長がしたというんですか」

と、浜岡は反論して、

「そんなやり方じゃロープが丸々残っちゃいますよ。本人は意識を失うかもしれないんだから、片付けることはできないんだし。後のロープの処理をどう説明つけるんですか。バケツの取っ手にロープなんて結びつけてあったら、一目で手口が判明して自作自演がバレますよ。そんな方法を使ったとは到底思えませんね。それに、打ちどころが悪かったら死んでしまうかもしれないのに、そのやり方は危険すぎます」

すると、今度は柏さんが、ふっくらとした頬に片手を当てて、

「水の入ったバケツを自分の後頭部にぶつけるのは、思ったより難しそうですね、今のロープのやり方だと証拠隠滅ができなくなりますし、かといって道具を使わず自力でバケツを持ち上げて、頭の上で手を離したくらいでは、大したケガはしないでしょうし」

浜岡もうなずき返しながら、

「そうですね、自分で両手を伸ばして頭上から落とした程度の衝撃じゃ、あれほど出血するようなケガはしないはずです。その方法では擦り傷すらできないと思いますね。

あのケガは、やっぱりある程度の高さが必要です」

「自力では無理ですよね」

柏さんが云うと、三本松が訥々と、

「では、共犯者がいた、というのは？　誰か共犯の者に依頼して、上からバケツを落としてもらう」

「何云ってるんですか、そんなの無理ですよ。三本松さん達にはアリバイがあって、俺も建物の中には入れなかったはずだって、今このちっちゃい先輩が説明したばかりじゃないですか。共犯者なんていたら、今度はそいつが建物内から消えちゃったってことになって、またややこしい事態になるんですよ。三本松さんは、そんな不合理を許せるんですか」

「うう、不合理は嫌だ、許容できない。うん、理解した、共犯者の件は取り下げる。合理性のないのは不快だ」

三本松が、陰気な調子でぼそぼそと云った。それを見てから浜岡は、

「猫丸先輩は自作自演って云いましたよね、だったら諸井室長が一人でやったわけでしょう。そうですよね、猫丸先輩」

浜岡が確かめると、当のちっちゃい先輩は、

「そうだねえ」

と、何やら楽しそうに、にまにまと笑っている。それを不可解そうに見ながら柏さんが、

「でも、一人でどうするんでしょう、方法がありません」

「そうですよ、水の入ったバケツなんて、どうやったら自分の頭に叩(たた)きつけられるっていうんですか」

浜岡も援護すると、猫丸先輩はにまにました笑顔のままで、

「あのな、お前さん達はさっきから、水の入ったバケツ水の入ったバケツって繰り返し云ってるよね。まるで枕詞(まくらことば)か何かみたいに、何度も何度も繰り返し。あのおっかない顔の警備部長さんも云ってたよな、水の入ったバケツってずっと何度も。でもな、そいつは固定観念に捕らわれすぎってもんだぞ。いいか、もっと柔軟に考えようや。水の入ったバケツをバラすと、どうなると思う？　はい、浜岡」

「えっ、バラすんですか」

「そう、分解する、または別々にする」

猫丸先輩に問いかけられて、浜岡が答えに窮していると、横から柏さんが、

「〝バケツ一杯分の水〟と〝カラのバケツ〟ですね」

「そう、その通り、さすが綾ちゃんは呑み込みが早いね、どっかのでくの坊とは大違いだ。それでいい、百点満点の解答だよ」

「でも、〝カラのバケツ〟なんてどうするんですか。凶器には重さが必要ですよ。水を満たさないとバケツに重みは出ません」

でくの坊呼ばわりされた浜岡が反論すると、相手はしれっとそれを無視して、

「そんなこたどうでもいいんだよ。なあ、浜岡、お前さんが見たのは何だったんだ。事件を発見した時の現場で、室長が倒れている以外、お前さんは何を見た？」

「地面に水がぶちまけられていて、カラのバケツが転がっていました」

「ほら見ろ、そのまんまじゃないか。それでいいんだよ。元々は水が入っていたかもしれないけど、水を地面にぶちまけたら後に残るのはカラのバケツだ。こいつは軽いし、扱いも楽だな。これを上へ放り投げておいて、落下予測地点に後頭部を差し出す。

お辞儀するみたいな要領でな。こんなのはちょっとした度胸がありゃできるだろう。水が入ったままで重量のあるバケツだったら、ヘタすりゃ命を落としかねないから、自殺レベルの蛮勇が必要だろうよ。でもカラのバケツなら多少痛い程度だ。バンジージャンプを飛ぶくらいの気構えがありゃ誰にだってできるだろう。肝が据わらずについ頭を引っ込めちまったりして失敗しても、もう一遍トライできるのもこの方法のいいところだな。このやり口ならば、不意を突かれて頭に水入りバケツを落とされた被害者をでっち上げることができる。とにかく頭にコブのひとつもできりゃ、発見者が勝手に解釈して水の入ったバケツが落下してきたものとカン違いしてくれるって寸法

さね。これはそういう作戦だったんだよ。今回はたまたま当たりどころがよくて、バケツの底のフチの部分が後頭部の皮膚を削ぐみたいな形でぶつかったんだろうな。それでざっくりと表皮が切れて、出血も派手だったわけだ。計算外の成果だったんだろうね。それを見たどっかのうっかり早とちり野郎がすっかり慌てて、狂言の奸計に嵌まったってわけさ。ぶちまけられた水と転がったバケツを見て、水の入ったバケツが上から落ちてきたと、そのうっかり野郎は信じ込んじまった。第一発見者のその言葉に影響されて、他の皆もそう思い込まされたってだけのことだな」

まさかそんなくだらない手口だったなんて、と浜岡は愕然としてしまった。言葉を失い、何も云う気が起きない。そんな子供騙しにうかうかと乗せられてしまったのか。これではうっかり野郎と揶揄されても言い訳すらできない。己の注意力不足が情けない。

「一人芝居の段取りは大方こんなところだと僕は思う」

と、猫丸先輩は打ちひしがれている浜岡を気にも留めずに続けて云う。

「現場での狂言の前段階として、室長はこんな仕込みをしたんだろうな。まず、浜岡を送り出す口実であの旧研究棟の近くに僕らを誘い出す。回り道をしようと提案して僕達をこっちの方へ連れてきたのは他ならぬ室長だったのを皆も覚えているだろう。あれは、後で発見者や証人になってくれる者を用意したわけだな。四人もいれば目撃者としては充分だろう。どう考えても全然無関係で、胡散臭(うさんくさ)いねこめろんくんの扮装をした僕まで同行を黙認したのは、部外者がいた方が目撃証言にリアリティが出るからだろうね。そして、怪しい人影を見たと云って、あの廃ビル前までやって来る。他の誰も見ていないんだから、そんな奴は最初からいなかったんだな。狂言の第一幕はここから始まったわけだ」

猫丸先輩は上機嫌そうに語っている。

「それから室長は一人で建物の裏側に回って行った。水を汲んだバケツはあらかじめ、一階のどこかの部屋の中の窓際にでも用意してあったんだろう。これは午前中にでも仕込んでおいたのかもしれないな。そして外から窓の中へ上半身を乗り出して、水入りバケツを回収する。後のことはさっきも云った通りだ。バケツの水を地面にぶちまける。カラのバケツを上に放って頭にガツンとやる。これで被害者のフリができるって按配だ。後はその場に倒れ伏し、気絶したお芝居で僕達が様子を見に来るのを待つだけだ。戻って来るのがあんまり遅かったら、表側に待機していた僕らが不審に思うのも織り込み済みだな。実際、浜岡はその通りに行動している」

「ええと、それじゃ、猫丸先輩、あの五百円玉は何だったんですか。室長が握り込んでいた五百円玉」

おずおずと浜岡が尋ねると、猫丸先輩はあっさりと、

「ダミーに決まってるだろう。どっかの早とちりのドジ野郎が、落下位置を特定するためのマーカーだとか何とか云い出すのを先読みして、握っていただけの話だ」

ありゃ、やっぱりそうか。浜岡はがっくりしてしまう。汗顔の至りとはこのことだ。さっき物凄くしたり顔でマーカー説を披露してしまった。柏さんにいいところを見せようとして、得意満面でカッコつけた。まんまと罠に嵌まっただけなのに、鼻高々で語ってしまった。今となってはこの上なく恥ずかしい。

「そうして倒れていれば、僕達が発見者になってくれる。そういう段取りだったはずなんだ。けど、僕が要らんことを提案したせいで、この目論見は崩れて事態がややこしくなっちまったわけだね」

猫丸先輩が云うと、柏さんが呼応して、

「建物内の探索、ですね」

「そう、こいつは室長にとって計算外のことだった。全員がおとなしく出入り口付近で待っていてくれた方が都合がよかった。誰か一人が発見しても、その人はもちろん、大変だみんな来てくれと全員を呼び集めるだろう。事件があれば、すわ何事かと皆がそこへ集結するのは自然な成り行きだからな。そうすれば僕達全員が、揃って建物の裏へ回って駆けつけて来る。これで表の出入り口の前には、誰もいない時間ができる。バケツを落下させた犯人は、この空白の時間帯に出口から建物外へ逃走した。とそういう脚本だったんだろうな、元々は」

「けれども、ねこめろんくんが探索を提案してしまった」

と、柏さんが云い、猫丸先輩はそれに応じて、

「そう、室長にとっては余計なことにね。これで僕と綾ちゃんと三ちゃんの三人が旧研究棟の中へ入ってしまった。そのせいで建物の中には誰もいないこと、あまつさえ逃走経路までないことが証明されちまったんだ。こりゃ室長にとっては予想外だな。室長の意図と異なり、犯人が消失するという怪現象が発生しちまったわけだから。本来ならば単純に、出口から逃げたのだろうと推定されたはずなのに、僕が面白半分に要らんことを提案したばっかりに、こんな変テコな状況になったってわけなんだ」

消えた犯人という謎も、解けてみればこんなバカげた真相だったんだな、と浜岡は半ば感心しつつも呆れていた。犯人が仕組んだトリックというわけでもなく、偶然そうなっただけなのに、犯人が消えた消えたと大騒ぎをしていたのだから、おめでたいというかくだらないというか。空騒ぎを演じたこっちがいい面の皮である。

浜岡がげんなりした気分になっていると、柏さんがふっくらとした頬に指を当てて、

「室長が自作自演したというのは腑に落ちました。犯人消失の真相はそれしかなさそうですから。でも、ねこめろんくん、どうして室長はこんな手間のかかることをしたんでしょう。わざわざ面倒な一人芝居までやって見せたその理由、それが判りませ

ん」

「うん、それなんだけどねえ」

と、猫丸先輩は、どうしたわけか浜岡の顔を横目で見てから、にんまりと人の悪そうな笑みを浮かべて、

「理由はひとつしか考えられないと思うんだ。そこで質問だけど、今日は室長率いる第六研究室にとっては、いつもと違う特別な日だったはずだよね、なあ、三ちゃん、何の日だっけ?」

「本社の使者にデータを渡す日。五年間の研究成果を」

ぼそぼそとした口調で三本松が答えると、猫丸先輩は満足げに、

「そう、だから理由はそれに絡んだことと考えるのが一番自然だ。他でもない今日という日を選んで狂言を実行したんだからな。というわけで、浜岡、チップを出しな、例のデータの入ってるチップ」

「え、でも――」

「いいから出しなさいって。ごちゃごちゃ云うんじゃありません。今さら躊躇してどうするよ」

猫丸先輩は有無を云わせない。

仕方なく浜岡は、スーツの内ポケットから渋々と、プラスチックのケースを取り出

した。黒い、カード状のケースだ。

「開けてみろよ、この際だから遠慮するな」

猫丸先輩に云われ、浜岡はケースの一面をスライドさせた。中には——何もなかった。カラっぽだ。何も入っていない。そんなバカな、ＩＣチップはどこへいった？

呆然とする浜岡をよそに、猫丸先輩は肩をすくめて、

「ほらな、そんなこったろうと思ったんだ。やっぱり想像した通りだったよ」

「ど、どういうことですか、今度はチップが消えちゃいましたよ、何なんですか、これは、どうしてこんなことになってるんですか」

「そうエサをねだるカバみたいにすがりついてくるんじゃありませんよ、浜岡は、重いよ。何をおたおたしてやがるんだか、この節穴男めが。あのな、お前さんが後生大事にしまっておいたケースの中身が消えるわけがないだろうに。肌身離さず持っていたんだからさ。途中で中身だけが消失するはずなんてないんだから、こいつは最初っから入ってなかったって考えるしかあるまい」

と、猫丸先輩は浜岡の訴えを軽くいなすと、

「いいか、ここの研究所の警備はことのほか厳重だ。外来者の僕達はもちろん、働いている研究者の人達も毎日身体検査をさせられるそうじゃないか。さっきの警備部長さんも云ってたけど、機密事項をたくさん扱う開発部門だから、厳しいのもまあ仕方

ないんだろう。しかしな、もしここに厳重な警備をかいくぐって何らかのデータを持ち出したいと企てた者がいたらどうすると思う？　通常の時じゃ警備がキツいんだから、なかなか難しいだろう。だったらそれこそ、非常事態を作ればいい道理だとは思わないか。例えば、救急車とか、だな。頭を負傷して意識を失っている人がいたら、それは何を置いても病院に送り届けるのが先決になるだろう。その救急搬送の際、さすがに身体検査まではしないはずだ。急を要する怪我人だ、ましてや頭に傷があって出血もしている。もたもたしてたら命に関わる。これなら厳重な警備をかわす抜け道になるだろう。データチップを靴下の中にでも隠しておけば、救急車に乗って外へ持ち出せる」

ああ、そのためにケガをした芝居を見せる必要があったのか、と浜岡は改めて得心した。狂言は、データチップを極秘裏にここから持ち出すための方策だったのだ。

「おまけに本社からの使者が東京に戻ってデータを取り出そうとしたら、中身はカラっぽだ。当然、怪しく思われるのはその使いの者だな」

「えっ、俺ですかっ」

浜岡は飛び上がらんばかりに驚いた。猫丸先輩はさらりと云ってくれたが、俺まで計画の中に組み込まれていたのか――。

「研究所では第六研の室長が襲われて負傷する事件が起きた。その混乱の中、本社の使者がデータを紛失した。そう思わせるのがこの作戦の一環だな。実は元よりケースの中身はカラっぽなんだけれどね。第六研究室の室長室で渡された時、つまり最初からカラだったわけだけど、本社のお偉いさんからしたら、使者の若僧が紛失したように見えるってわけだ。室長は、その本社の若僧に罪を被せようとしたんだな。ケガをした当人はまんまと救急車でデータを持ち出せる。これはそんな一石二鳥の企みだったんだよ」

「そんなことされたら、俺が大切なデータを紛失した大間抜けになりますよ」

浜岡が泣き言を云うと、猫丸先輩はいかにも楽しげな笑い顔で、

「それどころか、お前さん、スパイの片棒担いだと疑われてたかもしれないんだぞ。むしろそっちの方がこの計画の本命の線じゃないかと、僕は睨んでるんだけどね。傷害事件が発見されれば救急車を呼んだり警備隊が右往左往したり、場合によっては警察の連中が大挙して押し寄せたり、と大混乱になるのは必定。そのごたごたに紛れて、本社から来たスパイが、例の目撃された怪しい人物にデータの中身を渡した。そう思わせるのがこの計略の眼目だな。いくらお前さんが潔白を主張しようと、実際にそのケースの中がカラっぽなんだからこれ以上の証拠はないだろう。真犯人の室長は絶対にチップを入れたと証言するだろうし、中身がカラなのは動かしようのない事実なんだしな。つまり浜岡は最初からスケープゴートにされる予定だったんだよ。大間抜け

どころかスパイに仕立て上げられた可能性が大きかったんだ」

「そんな――」

浜岡は血の気が引くのを感じていた。スパイの一味のレッテルを貼られたらサラリーマンとして終わりだ。いや、それどころか犯罪者になってしまうではないか。それはあんまりだ。ひどすぎる。

再びにんまりと笑って猫丸先輩は、くわえ煙草のまま、球体のねこめろんくんの頭部を持ち上げると、

「よっこらせっ」

と、頭に被った。

それを見ながら柏さんが口を開いて、

「でも、データを持ち出して室長はどうするつもりなんでしょうか」

「まあ大方、売っ払うんだろうね」

と、ねこめろんくんの球体の中で、猫丸先輩はくぐもった声で、

「室長も報酬面で会社に対して不満を募らせていたのかもしれない。ほら、前にニュースになったのがあったじゃないか、青い電球を発明した人が会社を相手取って裁判起こした一件。あれと同じようにさ」

猫丸先輩の云っているのは多分、青色発光ダイオード訴訟のことだろう。機械や電

気関連のことに関しては小学生レベルで疎い人だから、うろ覚えなのだろうけど、あれは企業に属する研究者がその特許権が個人にあると主張して訴訟に発展したものだった。

「技術者の頭脳流出が社会問題になっているってのも聞いたことがあるな。優秀な研究者が、国内の企業の待遇の悪さに見切りをつけて、海外に渡っちまうそうじゃないか」

猫丸先輩が云うと、柏さんがうなずき、

「ええ、そうですね、私の大学の知り合いにも外国で就職した人が何人かいます」

三本松もその隣で神妙な顔になっている。研究者の一人として、彼にも何か思うところがあるのかもしれない。

「今回の第六研の研究も、多額の儲けが出るんだろう」

猫丸先輩の言葉に、浜岡は無言でうなずいた。課長の話によると、ＮＡＳＡが数億ドル出すとかいう噂も飛び交っているという。それに対して、開発チームのボーナスは雀の涙だと、柏さんが云っていた。

「苦心して開発しても手柄は会社のもので、個人には大した褒美は無しだ。外国で特許でも取れば億万長者にもなれるかもしれないのに、会社からの報酬はたかがしれてるっていうんだから、こりゃ室長がデータをこっそりライバル社にでも売り捌こうって考えても、あながちおかしくもないだろう」

ねこめろんくんの内部の猫丸先輩の云うことに、柏さんは静かに首を左右に振りながら、

「確かにそうですね、諸外国に比べて国内での研究者の地位は不当に低いと、私みたいな下っぱでも感じることもありますから。室長クラスならもっと不満が蓄積していたのかもしれません」

そう云って、ため息をついた。直属の上司の暴走を悔しく感じているのかもしれない。

三本松も、ぼさぼさの頭を片手で掻いて、何か云いたげにしている。

猫丸先輩は、そんな二人に向かって、

「もっと大金がもらえてもバチは当たらないんじゃないかって思うのが人情ってもんだろうしね、そいつは部外者の僕にでも少し判る気がする。まあ、何とも散文的でありきたりな動機だけど、結局は誰でも金がほしいんだな。なあ、浜岡よ、僕のこの着ぐるみと同じだろ。着ぐるみを着ていれば、外から見ただけじゃ中身が誰かは判らない。僕が頭突きを喰らわせた時には、まさか中に僕が入っていようとはお前さんも予想だにしなかっただろう。それと同じで、諸井室長も外見はこの研究所に所属する第六研究室の責任者として働く研究者だけど、中身はその辺の犯罪者と同じで金がほし

い人だったわけなんだ。研究室長という着ぐるみを脱いだら、中身はただのありきたな、欲望に忠実なだけの人だったんだ。どうしてそんなに金が必要だったかまでは僕は知らないけどね。まあ、そのお陰で、どっかの誰かさんがスパイの濡れ衣着せられそうになるという大層愉快な展開を見られたから、僕は楽しかったけど。間抜け面さらしてカラっぽのケースを後生大事に保管した挙げ句、産業スパイの手先の汚名を着せられかけてるんだから、こりゃ笑いが止まらんわな」

多分、猫丸先輩は、ねこめろんくんの頭部の中で、嬉しそうににんまりと笑っていることだろう。おかしくてたまらないというふうに、にまにましているに違いない。

「さて、これで全部片付いた。室長の持ち出したデータは恐らくまだ病院にあると思うぞ。ライバル社の本物の産業スパイと受け渡しがあるとしたら、そいつは多分夜中になってからだ。周囲に人がいなくなって、人目につかないようになってから、こっそり取り引きするんだろうからね。今はまだ、警備員の人が一人、病院に付き添ってるはずだろう。だからあの怖い顔した警備部長に進言して、室長の衣服を調べさせるといい。きっとチップが見つかると思う。それで事件は解決、見事終幕千秋楽だ」

「行ってきます」

と、三本松がぼそりと云って、芝生の上を駆け出して行った。ひょろひょろの体格に似合わない、びっくりするほど早い駆け足だった。何だ、機敏に動けるんじゃないか、と浜岡は少し意外に思いながら、それを見ていた。

ねこめろんくんを被った猫丸先輩も、駆けて行く三本松の後ろ姿を見送っている。柏さんが、そんなねこめろんくんを尊敬の眼差しで見つめているのが、大いに面白くない浜岡だった。いや、それよりもっと面白くないことがある。

猫丸先輩がいなかったら、今頃俺はスパイの仲間と疑われていたかもしれないのだ。それを猫丸先輩は口八丁の言葉だけで、きれいさっぱり晴らしてくれた。これは大きな借りを作ってしまったことになる。

この傍若無人な先輩に借りを作ることがどんなに面倒なことか、短くない付き合いで浜岡は嫌というほど承知している。後でそれを楯にして、どんな無理難題を押しつけられることか、判ったものではない。

きっと猫丸先輩本人もそれに気づいている。浜岡に大きな貸しができたことを。それでさっきから必要以上に、にんまりと笑っていたのだ。嬉しくてたまらないというふうに。きっとその邪悪な笑みを見られないように、わざわざねこめろんくんを被り直し、顔を隠したに違いない。

ああ、もう、助かったんだか迷惑なんだか、一難去ってまた一難ってこういう時に使うんだっけ——こんがらがってきて、浜岡は傍らのねこめろんくんを横目で見ながら嘆息するばかり。

猫丸先輩の着た首の座っていない着ぐるみは、相も変わらずその球体頭を左右にふらふらと、いつまでも揺らせていた。

解説――あんな味やこんな味、猫丸先輩もいるよ

村上貴史
（ミステリ書評家）

■倉知淳と本格ミステリ

本格ミステリとは、まあ言ってみれば理に適った小説である。奇っ怪な事件を描いていたりはするが、最終的に探偵役が真相を語ると、ロジカルに納得できるのである。倉知淳は、そんなタイプのミステリを得意とする作家だ。

例えば、初めての著書である連作短篇集『日曜の夜は出たくない』（一九九四年）もそうだった。転落死事件というか墜落死事件というか、周囲には十分な高さの建物も足場もなにもないところで、一人の男が二〇メートルもの高さから墜落して死んだ事件の謎が、まずは冒頭の一篇で描かれている。ちなみにタイトルは「空中散歩者の最期」。まさにそんな謎だったのだ。こうした魅力的な謎とその謎解きの数々を愉しめる短篇集で世に出た倉知淳は、九六年に発表した『星降り山荘の殺人』において雪の山荘での連続殺人を描き日本推理作家協会賞長編部門の候補作になるという成果をあげた。さらに、本格ミステリ作家・倉知淳を象徴する出来事としては、『壺中の天

国』（二〇〇〇年）によって、第一回、つまり初っぱなの初っぱなの本格ミステリ大賞小説部門を受賞したことがあげられよう。父と娘と三人で知子が暮らす町で送電線の鉄塔建設計画が持ち上がり、それに反応したかのように電波系の怪文書が出回り始め、さらに殺人事件も連続する。そんな状況ではありながら知子もクリーニングの配達と御用聞きのパートを辞めず……というサイコサスペンス混じりの日常ドラマなのだが、終盤に到ると伏線の見事さやミスディレクションの巧みさを強烈に思い知らされるという本格ミステリでもあった。

そして、だ。

そんな具合に本格ミステリの雄たる倉知淳なのだが、それに拘泥しているわけではない。『壺中の天国』刊行時にインタビューした際には、「僕の作品は本格ミステリじゃないと思うんです」と発言しているし、（本書と同様に六つの独立した作品で構成されている）『シュークリーム・パニック』（一三年に二分冊の新書で刊行され、一七年の文庫化に際して一冊に纏められた）を執筆するにあたっては、「本格ミステリとして濃いものも薄いものも入れておこう」と考えて書いたそうだ。もちろん韜晦もあるだろうから額面通りには受け取れないにしても、確かに、作品によって本格ミステリとの距離感は異なっている。例えば、前述した作品群と比べて、近年の短篇集『作家の人たち』（一九年）の本格ミステリ味は決して濃くない（とはいえ油断は出来ない一冊で、読み手としてニヤリとしてしまうのだが）。

そうした本格ミステリへの多様な距離感は、本書『豆腐の角に頭ぶつけて死んでしまえ事件』にも投影されている。本書には、〝本格ミステリっぽさ〟がたっぷりの密室状況もあれば、決して言葉を語ってくれない〝友〟の心を慮る温もりの推理もあり、一方で理詰めとは対照的な荒技が痛快な一篇もあったりする。そのうえでタイトルが強烈だ。そんな具合にカラフルな魅力を備えた六つの短篇を、順次紹介していくとしよう。

■倉知淳と豆腐とあれこれ

まず冒頭の一篇「変奏曲・ＡＢＣの殺人」から。

この作品、本格ミステリとの距離感でいえば、明確に本格ミステリを意識した一作となっている。それも、一般論としての本格ミステリではなく、アガサ・クリスティーの著名な作品である『ＡＢＣ殺人事件』（一九三六年）だ。クリスティーの作品は、英国ハンプシャーのアンドーヴァーでアリス・アッシャーが殺され、続いて、ベクスヒル・オン・シーでエリザベス（ベティ）・バーナードが殺され、さらに、チャーストンでカーマイケル・クラークが殺されるという事件、つまりＡという町でＡ・Ａが殺され、Bという町でB・Bが殺され、Cという町でC・Cが殺されるという事件にエルキュール・ポアロが挑むというミステリで、本格ミステリの古典中の古典の一つである。そして倉知淳は、このクリスティー作品を活かして、変奏曲を書き上げたのだ。

その〝変奏〟がいかにも倉知淳らしい。人を食ったようなとぼけた味を作品に注入しつつ、読者の想定外の切り口でオリジナルの旋律を奏でているのだ。意外な真犯人というタイプのミステリではないが、驚愕は強烈に備わっている。クリスティーの著作を読んだ読者もそうでない読者もビックリするだろう。しかもこの短篇、皮肉なユーモアに彩られつつ、よくよく考えると病んだ現代社会を反映しているようでもあり、なんとも複雑な読後感が残るのだ。よいミステリである。

マザ・コンというコンピュータの判断に人々が動かされる社会を描いた第二話「社内偏愛」もまた皮肉が効いた一篇。しかも、この文庫化のタイミングで読むと、その皮肉が皮肉に止まらず、うっすらと恐怖にすら変化する。というのも、単行本が刊行された二〇一八年よりも、本書刊行の二〇二一年のほうが、この短篇のリアリティがずっと増しているからだろう。そう、年月を経て陳腐化するのではなく、より生々しく、そして身近になっているのである。現代社会へのAIの浸透速度を考えると、「社内偏愛」を単に皮肉なコメディとして読むことが出来なくなっているのだ。いってみれば、熟成を愉しめる一篇なのである。そのうえで、結末の〝投げ出し〟感は痛快。ドライでクールで清々しい荒技だ。

第三話「薬味と甘味の殺人現場」は、謎が魅力の一篇である。パティシエ専門学校の学生が殺された。仰向けに横たわった被害者の頭部の近くには三種類のケーキが置かれ（つまり甘味だ）、口にはネギが突き立てられている（こちらは薬味）。死因は扼殺で、それはまあ常識の範囲の殺害方法だが、厄介なのが甘味と薬味である。なかでも薬味のネギだ。いったい犯人はなにを考えていたのか――動機を探るホワイダニット型のミステリなのだが、探偵役の警察官コンビが捜査と推理を重ねて真相（らしきもの）に辿りついた段階で読者の胸に宿るのは、驚きだけではない。そこには粘っこく糸を引くようなおぞましさがあるのだ。大団円とは対極の結末を体感して戴きたい。

続く第四話「夜を見る猫」は、だいぶテイストの異なるミステリである。東京で働く会社員の由利枝が、田舎のおばあちゃんの家で猫と休暇を過ごす、という小説だ。時間がゆったりと流れるなかで、彼女は愛猫ミーコのちょっと妙な仕草に気付き……という流れで由利枝が知恵を使い、ミーコが〝見たもの〟を見抜く。ミステリとしてはその由利枝の推理とそれが導く真相が魅力なのだが、実はこの一篇、由利枝自身の心を描く一篇としても、そして彼女に寄り添うミーコの一篇としても、十二分に味わい深い。素敵な短篇なのだ。ちなみに倉知淳が〝猫を書きたくてたまらなくなって書いた〟短篇が『シュークリーム・パニック』に収録されているので、猫好きの方はそちらもどうぞ。「通い猫ぐるぐる」という短篇である。

第五話「豆腐の角に頭ぶつけて死んでしまえ事件」は、うん、謎解きだ。本格ミステリだ。そうなんだけど、ねぇ……。

昭和十九年十二月初旬。長野県は松代の帝國陸軍特殊科学研究所の実験室で屍体が発見された。周囲に降り積もった雪に足跡はなく、実験室に侵入した痕跡もそこから逃走した痕跡もない。被害者は後頭部を四角いものの角で殴打され絶命したらしい。そして、その死体の頭部を中心にぶちまけられていたのは、他ならぬ豆腐であった。

題名の通りの事件である。密室であり不可能犯罪であり、その意味ではオーソドックスな本格ミステリなのだが、いやいや実体は奇天烈である。そもそもここで行われていた実験が奇妙極まりないし、その実験の根底にある異形の発想が謎解きに絡みついてくる展開も尋常ではない。しかしながらそれを所与のものとして推理を深めていくと、結果として〝あんなもの〟が〝あんなところ〟にあることが見えてくるのだ。ロジックに染められたミステリならではのマジックといえよう。美しく衝撃的で、そして歪な絵図である。研究所を仕切っているのが〝正木博士〟という人物である点も、夢野久作の『ドグラ・マグラ』(一九三五年――クリスティーのＡＢＣとほぼ同時期ですね)と時空を超えて繋がっているようで、この歪さに拍車をかけている。

ちなみに歪というのは、褒め言葉だ。常人の発想を遙かに超越した次元で、しかしながら十分に理解できるロジックの鎖を用いて、倉知淳は繋がるはずのないAとBを繋いでくれているのだ。繋がるはずがないものが繋がるから歪ではあるが、一読すれば、繋がっていることに納得がいくのである。それはミステリファンとしては喜びでしかない。

閑話休題。

その〝歪な謎解き〟から結末への流れも素晴らしい。いかにも昭和十九年的であり、同時に今日的でもある〝忖度のこころ〟が顔を出していて、愚かというか醜いというか絶望的というか、何とも苦い余韻が残るのである。さて、豆腐の角に頭をぶつけるべきは誰なのだろう。

最終話「猫丸先輩の出張」は、倉知淳がデビュー時から描き続けているシリーズキャラクター、猫丸先輩が探偵役を務める一篇である。今回の猫丸先輩は、企業の研究所で発生した〝バケツの角に頭をぶつけて死にそうになった事件〟に巻き込まれる——というか、首を突っ込む。たまたまその日、この企業のPR動画に出演するために（着ぐるみのなかに入って、だが）この研究所に来ていたのをいいことに、そして、たまたまその日、学生時代の後輩（たまたまこの企業の社員だった）が出張でこの研究所に来ていたのをいいことに、である。そうやって出しゃばるだけあって、猫丸先輩は、きちんと探偵役を果たす。すると読者には（ようやく）見えてくるのだ、巧みに張られていた伏線が、くっきりと。例えば、あの五百円玉にはあんな意味があったのか、とかである。いやいや倉知淳、さすがである。推理から解決へと続く展開も洗練されていて、これはもう紛うことなき本格ミステリだ。それも上質な。

こんな具合に猫丸先輩が本書に鮮やかに終止符を打ち、読者は満足感とほんのりとした喜びとともに本を閉じることになるのである。

■倉知淳と猫丸先輩

さて、その猫丸先輩の活躍は、もう四半世紀以上にも及ぶことになる——なるのだが、本稿執筆時点での最新刊『猫丸先輩の空論』（創元推理文庫版では『とむらい自動車』）は、なんと二〇〇五年の刊行である。一五年も前のことなのだ。その後、『こめぐら』（二〇一〇年）や本書に顔は出したものの、大活躍というにはだいぶ大人しかった（？）のだが、実は、しばらく前に活動を復活させている。一九年一〇月に雑誌『ミステリーズ！』において、猫丸先輩シリーズの連載が始まっていたのである。

連載第一回「ねこちゃんパズル」は謎の男が残した奇っ怪な暗号メモを巡るミステリなのだが、なんと、その暗号の目撃者である猫丸の後輩君は、その暗号を忘れてしまうのである。写真も撮っていない。かくして猫丸先輩は〝どんな暗号か判らない暗号の謎〟というとんでもない謎に挑むことになるのだが、質問には質問で返せとばかりに〝猫ちゃんパズル〟を出題し、その上で鮮やかにこの謎を着地させるのだ。すごいなぁ、この人は。

倉知淳はその後も連載を続ける。どこが怖いのか判らないオカルト写真の謎に挑む「恐怖の一枚」や、嵐に襲われた海の家でバイトリーダーが遭遇した出来事を描く「海の勇者」（マッチョスイマーというパワーワードが頻出して愉快）、民家の庭に侵入者たちが何故か連続するという「月下美人を待つ庭で」、謎めいた贈り物と一時間限りの誘拐（さらわれたのは犬）という二つの事件を同一の太刀筋で華麗に解明する「ついているきみへ」など、猫丸先輩の活躍を心待ちにしていた読者の渇きを癒やすような、しなやかでロジカルで穏やかかな、そして人の心を多面的かつ多様に切り取ってみせる、そんな良質な短篇を連発したのである。

それだけ短篇がたまれば――もちろん本になる。新刊『月下美人を待つ庭で　猫丸先輩の妄言』が刊行されるのだ。一五年ぶりのことである。この『豆腐の角に頭ぶつけて死んでしまえ事件』の文庫刊行に先立ち、二〇二〇年一二月の刊行とのことなので、もう読まれた方も多いだろう。滅多に書籍化されない猫丸先輩の物語が、まさか、こんな短期間で連続して書店に並ぶことになるとは。偶然なのか必然なのか。もしかすると今後二度と起きないかもしれない出来事である。是非、その機会をリアルタイムで愉しんで戴きたい。この二冊を読めば、倉知淳の本格ミステリ作家としての引き出しの多様さを体感できると同時に、ミステリ作家としての幅の広さも体感できるはず。

　こんなご時世だが、二〇二〇年と二一年、その両方において愉しみが用意されることになった。そう思える倉知淳の活躍である。

本文挿画／溝口イタル
二〇一八年三月小社刊

実業之日本社文庫　最新刊

泉ゆたか
猫まくら　眠り医者ぐっすり庵
江戸のはずれにある長崎帰りの風変わりな医者と一匹の猫がいる養生所には、眠れない悩みを抱える人々が——心ほっこりの人情時代小説。（解説・細谷正充）
い17 1

草凪優
アンダーグラウンド・ガールズ
東京・吉原の高級ソープランドが廃業した。人気の嬢たちはデリヘルを始め、軌道に乗るも、悪党共の手により…。女たちは復讐を誓う。超官能サスペンス！
く6 8

倉知淳
豆腐の角に頭ぶつけて死んでしまえ事件
戦争末期、密室状況の陸軍の研究室で死んでいた兵士のそばには、なぜか豆腐の欠片が——奇想満載、前代未聞のユーモア&本格ミステリ。（解説・村上貴史）
く9 1

今野敏
潜入捜査　新装版
今野敏の「警察小説の原点」ともいえる熱き傑作シリーズが、実業之日本社文庫創刊10周年を記念して装いも新たに登場！　㊙捜査の行方は…。（解説・関口苑生）
こ2 14

佐川光晴
駒音高く
将棋会館の清掃員、プロを目指す中学生、引退間際の棋士…勝負の世界で歩を進める7人の青春を描く。家族小説の名手による感動傑作！（解説・杉本昌隆八段）
さ6 2

原田ひ香
サンドの女　三人屋
心も体もくたくたな日は新名物「玉子サンド」を召し上がれ——サンドイッチ店とスナックで、新・三人屋、今日も大繁盛。待望の続編、いきなり文庫で登場！
は9 2

藤田宜永
彼女の恐喝
奨学金を利用し、クラブで働く圭子と、殺人現場から逃げ出した男。ふたりは次第に接近する。驚愕の心理サスペンス。著者、最後の作品。（解説・西上心太）
ふ7 1

南英男
謀殺遊戯　警視庁極秘指令
元エリート官僚とキャバクラ嬢が乗った車が激突して二人は即死。しかし、この事故には不自然な点が。極秘捜査班が調査に乗り出すと——怒濤のサスペンス！
み7 18

吉村達也
血洗島の惨劇
会長が末期ガン、新社長就任を控えた息子が惨殺……大実業家・渋沢栄一生誕の地「血洗島」で悲劇の連鎖!?朝比奈耕作、真相を抉る！（解説・大多和伴彦）
よ1 11

実業之日本社文庫　好評既刊

有栖川有栖
幻想運河
水の都、大阪とアムステルダム。遠き運河の彼方から静かな謎が流れ来る――。バラバラ死体と狂気の幻想が織りなす傑作長編ミステリー。（解説・関根亨）
あ151

有栖川有栖
ジュリエットの悲鳴
密室、アリバイ、どんでん返し……。有栖川有栖から読者諸君へ、12の挑戦状をおくる！　驚愕と哂い溢れる傑作＆異色ミステリ短編集。（解説・井上雅彦）
あ152

青柳碧人
彩菊あやかし算法帖
算法大好き少女が一癖ある妖怪たちと対決！「浜村渚の計算ノート」シリーズ著者が贈る、数学の知識がなくても夢中になれる「時代×数学」ミステリー！

あ161

青柳碧人
彩菊あやかし算法帖　からくり寺の怪
キュートな彩菊が、妖怪が起こす事件を得意の算法で解決！『むかしむかしあるところに、死体がありました。』著者が贈る、新感覚時代×数学ミステリー！

あ162

天祢　涼
探偵ファミリーズ
このシェアハウスに集う「家族」は全員探偵!?　元・美少女子役のリオは格安家賃の見返りに大家の「レンタル家族」業を手伝うことに。衝撃本格ミステリ！

あ171

実業之日本社文庫　好評既刊

秋吉理香子
婚活中毒

この人となら――と思った瞬間、あなたは既に騙されている！　人生はどんでん返しの連続。幸福を願うすべての人へ贈る婚活ミステリー。（解説・大矢博子）

あ23 1

安東能明
女形警部　築地署捜査技能伝承官・村山仙之助

捜査一課刑事から歌舞伎役者に転身後も「捜査技能伝承官」として難事件解決に尽力する人気女形、村山仙之助の活躍を描く！　実力派が放つ、異色警察小説。

あ20 1

池井戸 潤
空飛ぶタイヤ

正義は我にありだ――名門巨大企業に立ち向かう弱小会社社長の熱き闘い。『下町ロケット』の原点といえる感動巨編！（解説・村上貴史）

い11 1

伊坂幸太郎
砂漠

この一冊で世界が変わる、かもしれない。一瞬で過ぎる学生時代の瑞々しさと切なさを描いた一生モノの傑作長編！　小社文庫限定の書き下ろしあとがき収録。

い12 1

伊兼源太郎
密告はうたう　警視庁監察ファイル

警察職員の不正を取り締まる警視庁人事一課監察係の佐良は元同僚・皆口菜子の監察を命じられた。彼女とはかつて未解決事件での因縁が…。（解説・池上冬樹）

い13 1

実業之日本社文庫　好評既刊

田中啓文
力士探偵シャーロック山
相撲界で屈指のミステリー好き力士・斜麓山の周辺でなぜかシャーロック・ホームズの名作ばりの事件が続発。はじめて本物の事件を解決しようと勇み足連発!?
た64

田中啓文
文豪宮本武蔵
剣豪・宮本武蔵が、なぜか時を越え明治時代の東京に。人力車の車夫になった武蔵だが、樋口一葉、夏目漱石らと知り合い、小説を書く羽目に…爆笑時代エンタメ。
た65

知念実希人
仮面病棟
拳銃で撃たれた女を連れて、ピエロ男が病院に籠城。怒濤のドンデン返しの連続。一気読み必至の医療サスペンス、文庫書き下ろし!（解説・法月綸太郎）
ち11

知念実希人
時限病棟
目覚めると、ベッドで点滴を受けていた。なぜこんな場所にいるのか？　ピエロからのミッション、ふたつの死の謎…。『仮面病棟』を凌ぐ衝撃、書き下ろし!
ち12

貫井徳郎
微笑む人
エリート銀行員が妻子を殺害。事件の真実を小説家が追うが……。理解できない犯罪の怖さを描く、ミステリーの常識を超えた衝撃作。（解説・末國善己）
ぬ11

実業之日本社文庫　好評既刊

実業之日本社文庫　好評既刊

東川篤哉
探偵部への挑戦状　放課後はミステリーとともに
美少女ライバル・大金うるるが霧ケ峰涼の前に現れた——探偵部対ミステリ研究会、名探偵は『ミスコン』＝ミステリ・コンテストで大暴れ!?（解説・関根亨）
ひ42

真梨幸子
6月31日の同窓会
同窓会の案内状が届くと死ぬ!?　伝統ある女子校・聖蘭学園のOG連続死を調べる弁護士の凜子だが……先読み不能、一気読み必至の長編ミステリー！
ま21

前川 裕
文豪芥川教授の殺人講座
無双大学文学部教授でミステリー作家でもある芥川竜介。大学内外で起きる事件を迷推理？　現役大学教授作家が贈る異色文学講座＆犯罪ミステリー！
ま31

水生大海
ランチ探偵
昼休み＋時間有給、タイムリミットは2時間。オフィス街の事件に大仏ホームのOLコンビが挑む。安楽椅子探偵のニューヒロイン誕生！（解説・大矢博子）
み91

水生大海
ランチ探偵　容疑者のレシピ
社宅の闖入者、密室の盗難、飼い犬の命を狙うのは？　OLコンビに持ち込まれる「怪」事件、ランチタイムに解決できる!?　シリーズ第2弾。（解説・末國善己）
み92

実業之日本社文庫 く91

豆腐の角に頭ぶつけて死んでしまえ事件

2021年2月15日　初版第1刷発行

著　者　倉知 淳

発行者　岩野裕一
発行所　株式会社実業之日本社
〒107-0062　東京都港区南青山5-4-30
CoSTUME NATIONAL Aoyama Complex 2F
電話 [編集]03(6809)0473 [販売]03(6809)0495
ホームページ https://www.j-n.co.jp/
DTP　ラッシュ
印刷所　大日本印刷株式会社
製本所　大日本印刷株式会社

フォーマットデザイン　鈴木正道(Suzuki Design)

ISBN978-4-408-55642-0（第二文芸）